Sonya
ソーニャ文庫

恋獄《れんごく》の獣《けもの》

栢野すばる

イースト・プレス

contents

プロローグ　僕がもし大人になれたら　005

第一章　嵐の訪れ　021

第二章　異国の男　052

第三章　乙女の誘惑　087

第四章　狂乱の宴　155

第五章　選ぶのは俺だ　187

第六章　旅立ちの朝　218

第七章　蘇った花　270

第八章　恋獄の獣　319

エピローグ　大人になれた俺たちは　359

あとがき　366

プロローグ　僕がもし大人になれたら

高熱に喘《あえ》ぎながら、ルドヴィークは夢の中で、馬乗りになって祖父にナイフを突き立てる己の姿を見ていた。

抵抗する祖父に燭台《しょくだい》で脇腹を刺されても、急所を狙ってナイフを突き立て続ける自分の姿は悪魔に取り憑《つ》かれているかのようだ。

十二歳の子供とは思えない、冷酷《れいこく》で迷いのない動きだった。

――父さんと母さんの仇《かたき》だ。殺してやる。殺してやる。

何度もナイフを突き立てるうち、祖父は動かなくなった。血の滴《したた》る脇腹を押さえたルドヴィークの手から、ナイフが転がり落ちる。

足元から、じわじわと冷たい恐怖が這《は》い上がってきた。

――殺してしまった、僕はもう綺麗な場所に戻れない……もう僕の手は……汚れて……。

うなされて譫言《うわごと》を言い続けるルドヴィークの耳に、優しい声が届いた。

『大丈夫、怖くないよ。僕が今から君の傷を縫《ぬ》うからね』

続いて、幼い女の子の声が、ルドヴィークを励《はげ》ましてくれた。

『いたい……の……とうしゃま……なおす……ダイジョブ』

朦朧《もうろう》としたルドヴィークの視界に、よく似た顔立ちの若い父娘の姿が映る。

それが命の恩人ギリアンと、その娘リーシュカとの出会いだった。


「リーシュカ……もうおいで、こっちに。父様のところにおいで」

黒髪に褐色《かっしょく》の肌をした美青年が、己に生き写しの幼女に向けて手招きした。

彼の金色の目には困り果てた光が浮かんでいる。

「気にしないで、ギリアン。でも、どうして僕の匂いばっかり嗅《か》ぐんだろうね？」

寝台に座ったルドヴィークは、小さなリーシュカに膝《ひざ》を占領されたまま笑う。ちんまりと膝の上に収まったリーシュカは、真剣にルドヴィークの掌《てのひら》の匂いを嗅ぎ続けていた。

ギリアンは、娘の様子をじっと見守りながら、申し訳なさそうに言う。

「うちの子、お気に入りの匂いがあるみたいなんだ。いつもいろんな人の匂いを嗅いで、好きな匂いを探してて……この子の母親もそんな感じだったんだよね」

ギリアンは、貧民窟《ひんみんくつ》にほど近い施療院《せりょういん》で働く闇医者だ。

この施療院に運ばれてきたとき、脇腹を燭台で刺されたルドヴィークは、生きるか死ぬかの状態だった。

ギリアンの的確な治療のお陰で奇跡的な回復を遂《と》げたけれど、まだ怪我人なのである。

しかし五歳のリーシュカには、そんな事情はまだよくわからない。

とにかくルドヴィークに遊んでほしいのだ。

無理やり膝から下ろすと泣いてしまうし、ルドヴィークが寝台に居ないときは、ルディ、ルディと声を張り上げ、名前を呼んで必死に捜している。

――こんなに懐《なつ》いてくれて可愛いけど……明日でお別れなんだ。ごめんね、リーシュカ。

ルドヴィークは彼女の後ろから、ひょいと小さな顔を覗き込んでみた。

父親より明るい褐色の肌に、黒真珠《くろしんじゅ》のような不思議な色の髪。そして父とそっくりな金色の大きな目。びっくりするほど美しい顔立ちの五歳児だ。

しかし、このバチェスク聖王国では、ギリアンとリーシュカ親子は『最下層民』の『奴隷』に位置づけられている。

どれほど美しく能力があっても、ギリアンは奴隷なのだ。

理由は、髪も目も肌も、白くないから。『神聖なる民の国』であるバチェスク聖王国を穢《けが》す『異国人』だからだ。

二人とも『醜《みにく》い色はなるべく晒《さら》さないように』と、髪を短く切られていた。伸ばせばどれほど美しい髪なのだろう。特にリーシュカの、この黒真珠のような髪の色。

……父母と共に世界中を旅行したルドヴィークも、リーシュカのような美しい髪の人間を見たことはない。

――勿体《もったい》ないな、この国に暮らす限り、二人が一生奴隷だなんて。

この国は、徹底して『白くない』人間を……異国人を排除する。

バチェスク国内で瀕死の重傷を負ったルドヴィークも、当初、バチェスク人専用の病院での診察を拒まれた。『異国人の血で病院が穢れるから駄目だ』と。

だが、部下が金貨の袋をちらつかせたところ、『それだけ金があるのならば、教会に寄《き》進《しん》しなさい。そうすれば〝道が開ける〟でしょう』と、医者が教えてくれたのだ。

意味ありげな言葉に従った結果、教会関係者に紹介されたのが、『闇医者』のギリアンだった。教会付属の施療院で、普段は下働きをしているという。医術の腕は確かで、教会の命令でかなり高度な治療もこなすとのことだった。

結果として、ルドヴィークの命はギリアンに救われた。

――ギリアンは何者なんだろう。奴隷なのに、こんなにも医術に精通しているなんて。

ルドヴィークは、ギリアンの美しい立ち姿に目をやった。

彼の手首には、金の紐《ひも》がきっちりと巻かれている。

奴隷に高価な私物の所有は禁じられているのだが、その紐だけは『死んだ母親の形見』とのことで、持ち続けることを許されたのだそうだ。

『僕の母が亡くなったときに、金糸と間違われて取り上げられそうになったんだけど、人毛製品ですよって言ったら、気味悪がられて没収されなかったんだ』

『えっ……人の髪の毛なの？』

尋ねたルドヴィークに、ギリアンは笑いながらこっそり教えてくれた。

『いや、馬の尾毛《びもう》なんだって。僕の故郷では金の尾毛は最愛の伴侶に贈るお守りらしい』

ギリアンの褐色の肌に、その黄金の色は非常に似合っている。よくできた細工《さいく》だと見入っていたとき、リーシュカが急にルドヴィークの膝に乗ったまま立ち上がろうとした。

「あ、危ない！」

ぐらつく小さな身体を支えようとした刹那《せつな》、脇腹に鋭い痛みが走った。

ルドヴィークの脇腹の刺し傷は、ようやく閉じたばかりだ。膝の上で立ち上がった五歳児の無双ぶりを支えられるほどには回復していない。

ルドヴィークの苦痛の表情に気付いたギリアンが、リーシュカを膝の上から抱き上げた。

「こら！　駄目！　ルドヴィークは大怪我をしてるんだよ！」

「おろちて！」

「駄目だ！　患者さんに痛い思いをさせることだけは絶対に許さないよ」

普段は優しい父に厳しく叱られ、リーシュカは泣きだした。

——ああ……泣いちゃった……。

ルドヴィークはハラハラしながら、二人の様子を見守る。

「言うことを聞けないなら、もうルドヴィークとは遊んじゃ駄目だ。お椅子に座って、父様の仕事が終わるまでおとなしくしていなさい」

ギリアンの叱責《しっせき》に、リーシュカが泣きながら反論する。

「やだ！　とうしゃま、メッ！　リーチュカ、かくにん……ちてるの、じゃま、メッ！」

なぜかリーシュカは逆にギリアンに対して怒っているようだ。

――確認？　僕は何を確認されてるんだろう。

ルドヴィークは思わず噴き出し、再び痛んだ脇腹を押さえた。

ギリアンはぐずる娘を刺激しないようにするためか、抱っこしたまま無言で小さな後ろ頭を撫《な》でている。褐色の指はしなやかで若々しい。

ギリアンはまだ二十代前半だ。この国の女性との間に娘のリーシュカをもうけたのは、十代の終わりの頃だという。相手の女性とは、一緒に暮らせないのだと聞いた。

「リーシュカ、もうルドヴィークの膝の上に立ったりしないね？」

泣き止んだリーシュカに、ギリアンが優しく尋ねる。

「ハイ、とうしゃまも……リーチュカの……じゃま、メッ……わかる？」

負けずに問い返した娘に、ギリアンが苦笑した。

「まったく……いい子にしてないと駄目だよ。父様はお仕事の片付けをするからね」

ギリアンがそう言って、腕に抱いたいたずら娘をそっと床に立たせた。

リーシュカは懲りずに、またしてもちょこちょことルドヴィークに駆け寄ってくる。無言でリーシュカを見守るギリアンの目は、心配性な父親そのものだ。

「ここがとても痛いから、脚の上に立たないでね」

脇腹を示してそう言うと、リーシュカはルドヴィークの目を見て、こくりと頷いた。

――本当に目が大きくて、猫みたいだ。可愛いな。

リーシュカは、ルドヴィークが腰掛けている寝台に這い上がってきた。

「ルディは、あぶないことすきです。だめ。また、おおけが、しますから！」

リーシュカの一人前の『お説教』にルドヴィークは笑いそうになった。きっとギリアンの真似《まね》をしているに違いない。

だが危ないことが好き、という指摘は正しい。普通、十二歳の子供は、両親の仇を取りに行った挙げ句、相手の反撃で大怪我などしない。

——妙《みょう》に鋭いんだよな、リーシュカは。

リーシュカが寝台の上に立ち上がった。頭のすぐ側でふんふんという息づかいが聞こえる。どうやら髪の匂いを嗅いでいるらしい。

次に小さな頭が、ルドヴィークの腕の付け根にポテっとぶつかった。

今度は脇の下の匂いを嗅ぎたいようだ。ルドヴィークは困惑して、慌ててリーシュカの頭を押しとどめる。

「こ、こら、そんなところまで嗅がないでよ、リーシュカ……」

ギリアンは机に向かって手帳にペンを走らせながらも、何度も振り返ってリーシュカの様子を窺っている。娘が気になって仕方がないようだ。

「リーシュカ、僕は、ここが痛いんだ。覚えてる？」

腕の付け根より下、心臓の脇あたりを指し示すと、リーシュカがはっとしたように、脇の下から顔を離す。

「ごめん……でした……」

神妙な顔になったリーシュカは、今度はそーっと慎重に、ルドヴィークの傷のあたりに鼻を近づけてきた。

「くすり……いっぱい……ぬるですか……いたいです……ね」

「そうだよ、痛いんだよ」

「しんだら、とうしゃまも、なおすのできない！　だめ、あぶないこと、いけません」

――まあそうだよな。リーシュカの言うとおりだ……。

リーシュカは目を瞑《つむ》り、真剣に匂いを嗅いでいたが、突然寝台から飛び降り、引き出しに駆け寄って小さな瓶《びん》を取り出した。

そしてギリアンにちょこちょこと近づき、流暢《りゅうちょう》な異国語で何かを尋ねる。リーシュカの言葉がたどたどしいのは、普段は父の母国語で暮らしているかららしい。

リーシュカが手にしているのは軟膏《なんこう》の瓶だ。ギリアンが笑顔で立ち上がって、リーシュカの頭を撫でた。

「そうだよ、そのお薬を塗ってあるんだよ」

ギリアンは大陸共通語でそう答えた。ルドヴィークにもわかるようにだろう。

――リーシュカは、本当に鼻が利《き》くんだな。

内心で、記憶力と鼻の良さに舌を巻く。褒められたリーシュカが笑顔で走ってきて、ちんまりと傍らに腰を下ろした。

「ルディ、ずっとにゅういん……しよう。リーチュカといっしょに……いよう」

リーシュカの無邪気な言葉に、胸が痛んだ。

「ごめんね、僕は明日イストニアに……あ、そうだ」

ルドヴィークは顔を上げ、立ったままこちらを見ているギリアンに言った。

「あの、昨日も話したけど、よかったらギリアンたちも一緒に、うちの船に乗らないか」

ルドヴィークの財力なら、他国の奴隷二人くらい逃がすことができる。

朝早く、見つからないうちにルドヴィークの船に二人を乗せて、そのままイストニアに逃げるのだ。

ルドヴィークの母国イストニアは、大陸最大の王国である。文化の程度も高く、奴隷制など百年近く前に廃止されている。イストニアに行けば、ギリアンとリーシュカは、虐《しいた》げられることなく普通の暮らしができるはずだ。

けれどギリアンは、ルドヴィークの言葉に、悲しげに首を振った。

「ううん、この子の母親が、ここを離れられないから無理だ。リーシュカまで取り上げたら、彼女の希望は何もなくなってしまう……だからごめんね、ありがとう」

——希望がなくなる……？　リーシュカのお母さんにはどんな事情があるんだろう？

そう思いつつ、ルドヴィークは言葉を重ねた。

「えっと、リーシュカのお母さんも、一緒でもいいよ。逃げるなら僕たちが手伝う。一緒に暮らせたほうがいいなら、ギリアンの奥さんのことも助けるよ。幸い僕の護衛には腕利きたちを連れてきているし、よほどのことがない限り、上手く連れ出せると思う」

ルドヴィークの言葉に、ギリアンは切れ長の美しい目を伏せた。

「ありがとう、気持ちはとても嬉しい……でも、無理なんだ……」

遠回しの拒絶の言葉だった。軽々しく口にはできない、深い事情があるのだろう。

「そう……なんだ……わかった。皆にもそう伝えておく」

別の宿で休んでいる護衛たちの落胆ぶりを想像する。きっと皆、なぜ一緒に逃げないのかと言うに違いない。

この半月ほどで、皆、この清らかな父娘が好きになっていた。

優しいギリアンが、闇医者としてバチェスクの教会で『飼われている』ことに納得がいかないのは、ルドヴィークも皆も同じだ。

ギリアンは『奴隷』ゆえに給料もほとんどもらえず、汚い寮と施療院を行き来して、教会の命令通りに『特別患者』を治療するだけの日々を送っている。

私物の所有はほぼ許されないそうで、ルドヴィークが渡そうとしたお金も『没収されるから……』と一切受け取ってもらえなかった。

奴隷の行動を制限するためか、大陸共通語の読み書きも一切教えられていない。医療知識は口頭で教えられ、その場で覚えなければ棒で叩かれたそうだ。

しかし、今、ギリアンの頭の中には、教会の施療院で『闇医者』として働くための知識が完璧に叩き込まれている。その事実だけでも、ギリアンの知能の高さをうかがい知ることができるのだ。

——ギリアンは奴隷として扱われていい人じゃないのに……。

納得いかないけれど、ギリアンはどうしても『リーシュカの母』がいるこの国を離れたくないらしい。ルドヴィークは無念さを呑み込み、小さな声で言った。

「……また、会いに来るよ。手紙も送る」

父とルドヴィークの会話の意味がわかったのか、リーシュカが鋭い声を上げた。

「ルディ、どこいくの？」

「僕は明日、自分の家に帰るんだよ」

そう告げた刹那、リーシュカの大きな金色の目に、うるうると涙がたまった。

「リーチュカも……いく……！」

そう言って、リーシュカはまたもやルドヴィークの膝の上に座ってしまった。

「ヤダ……ヤダ……だめ……かえるの……いやです……」

そう言いながら、リーシュカがぐすぐすと泣きだした。

「リーチュカは、ルディ、かえるの、いやですから！」

「こら、わがまま言わないの」

ギリアンが窘《たしな》めても、リーシュカは言うことを聞かなかった。

「イヤー！　だめ、かえるの、いやですから！　ルディ、いっしょにいよう！」

泣きじゃくるリーシュカを見ていたら、ルドヴィークの目にも涙が浮かんでしまった。

こんなに慕《した》ってくれているのに、明日でお別れだなんて。もしまた会えたとして、幼いリーシュカが、ルドヴィークと遊んだことを覚えているだろうか。

そう思うと、ひどく切ない気持ちになる。

ギリアンは困り果てたように娘を見つめていたが、無理やり笑みを浮かべて、泣いているリーシュカの前にかがみ込んだ。

「大きくなったら、ルドヴィークの船に乗せてもらいなさい。父様が見張っていなくても大丈夫なくらい、大人になったらね」

「それ、いつ、あした？」

「ううん、もっと先のこと。リーシュカが、このくらいまで大きくなったら」

ギリアンがそう言って、自分の肩のあたりを示してみせた。リーシュカは父が示す位置を見上げて、難しい顔になる。今日明日では無理だと理解したに違いない。

──大人になったら……か……。

ギリアンの言葉に胸がいっぱいになり、ルドヴィークは無言で頷く。

そのとき、部屋の扉が叩かれた。

「こんばんは、ギリアンさん。差し入れ持って来ましたよ。食い物なら腹に入れちまえば取り上げられないでしょう？」

顔を出したのは、ルドヴィークの父に仕えていた護衛、ロードンだった。

手には巨大な籠《かご》を抱えている。部屋中にこんがり焼けた肉や香辛料の匂いが漂った。

肉の匂いに気付くなり、リーシュカはぴたりと泣き止んで、膝を降りてロードンの足元にちょこちょこと駆け寄る。

「おにいしゃん、おおきいにく、くだしゃい！」

娘のあまりに率直なおねだりに、ギリアンが噴き出す。

「食べ物をもらうときだけ上手に喋《しゃべ》れるんだ。僕に似て現金なのかな」

ギリアンの言葉に、ルドヴィークもつられて笑う。ロードンも笑っていた。

――この国での最後の晩餐《ばんさん》だ。今夜は笑って過ごそう。ギリアンとリーシュカのこれからの幸せと平穏を祈って。

ルドヴィークは切ない気持ちを振り払い、立ち上がって言った
「ギリアン、もう施療院を閉める時間だろう？　これから宿の食堂に行かないか？　僕の他の護衛たちも呼んで、もっとたくさん料理を出してもらって、皆で一緒に食べよう」

『肉がほしい』と言っているリーシュカと手を繋ぎ、ルドヴィークは目を細めた。

――いつかリーシュカを船に乗せて、色々なところに連れて行ってあげたいな。きっと喜ぶよね。真っ青な海とか、氷河とか、どこもかしこも、夢のように綺麗なんだ……。

ルドヴィークは、空いたほうの己の手を見つめた。

――いつか、大人になったら……。

家に帰ったら、ルドヴィークは『死の商人』と呼ばれた亡き父の跡を継ぐ。

一族の誰もがやりたがらない『武器商』の仕事を継ぐのだ。

ルドヴィークの実家は『バーデン商会』という巨大貿易会社を経営する富豪一族だ。数百年前からありとあらゆる貿易を手がけ、世界の王侯を顧客に持つ大商人である。

バーデン商会では、昨今、父が幹部を務める『武器商部門』が他の部門に比べて格段に売上を伸ばし始めていた。仕事内容は、武器の大量売買および開発、他社工房の視察や買収だ。もちろん、戦地へ武器を届ける仕事も頻繁にある。武器に関わる以上、常に危険が伴う仕事である。

父が亡くなった今、武器商部門を継ぐのはルドヴィークだ。これまで以上に厳しい戦闘訓練を受けた後、武器商部門の『跡継ぎ』として現場に放り込まれる。

だがルドヴィークは『死の商人』などと呼ばれるのはごめんだった。

——僕は武器なんて嫌いだ。強い武器ほど人を簡単に殺せる。だから嫌いなんだ。殺すのは痛くて怖くて苦しい……それがわからないのに、武器を使う奴らも嫌いだ。

だが、父の跡を継ぐ以外に、ルドヴィークが生き延びられる道はない。

『使えないガキ』と判断されたら、バーデン商会の会長である伯父に殺されるだけだ。あの男は、父と母だって罠《わな》に嵌《は》めて、母方の祖父に殺させた。自分より優れた弟が憎くてたまらなかったから……。

葬儀の席で弟の死を嘆くフリをして、薄笑いを浮かべていた伯父のことが忘れられない。

——終わらせてやる……お前の大事なバーデン商会を……。

唇を噛んだルドヴィークの様子に気付いたのか、リーシュカがくいくいと腕を引いた。

「ルディ、ずっと、にゅういんしよう。ねんねのした、かくれる、ダイジョブ」

『寝台の下に隠れていれば連れて行かれないよ』と、リーシュカは言っているのだ。

——そうできたらどんなにいいか。でも、ごめんね、リーシュカ。

リーシュカは、遠い未来『死の商人』と呼ばれるようになったルドヴィークに、同じように笑いかけてくれるだろうか。

人殺しの道具を手に、血染めの金で煌びやかに着飾るルドヴィークを見て、今のように大好きだと言ってくれるだろうか。

答えは多分、否だ。優しい彼らに会えなくなる日はいつか来る。

別離の痛みに耐える覚悟を、今からしていなくては。

「リーチュカは、ルディ、とおくにいく……のは……、いやですから！」

真剣な顔で訴えるリーシュカに、ルドヴィークは微笑み返した。

両親亡き今、世界で一番ルドヴィークを慕ってくれるのは、リーシュカかもしれない。

そう思いながら、ルドヴィークは優しい声でリーシュカに約束した。

「また会いに来るから、いい子で待っていて、リーシュカ」

第一章　嵐の訪れ

父とリーシュカが、港町から山村に引っ越してきて十年が経った。

今住んでいるのは、港町からは山道を一時間ほど上った場所にある、ひなびた農村だ。

ここに引っ越してきた理由は、バチェスク聖王国の政務を司る『貴族議院』の命令によるものだった。

リーシュカが七歳のとき、貴族議院の代表者が、父のところに来て告げたのだ。

『陛下に御子が生まれなくなって五年。念のため、その穢れた王女を王家の人間として迎えることになった。子、孫と代を重ねれば、その汚い色も抜けるやもしれぬ』

一瞬だけ、優しい父の顔が凍り付いた。今でもはっきりと覚えている。

……穢れた王女。

それは『リーシュカ第二王女』のあだ名だからだ。

リーシュカは、バチェスク聖王国の女王ジェニカが、異国人の奴隷男と関係を持ち、産み落とした王女だ。

王家の恥部として忌まれ、うち捨てられた存在だった。

貴族議院の代表は、凍り付く父を無視して続けた。

『ゆえに今日から、リーシュカ第二王女を正式に王族の一員として認め、最低限の保護を与える。居住場所をこれから命じるところに移せ。なるべくその汚らわしい姿を人目に晒さず、慎ましい暮らしを続けるように』

こうしてリーシュカたちは、王家が所有する物置小屋を新居として与えられた。

物置小屋とはいえ、さすがは王家のものだけあって、教会の寮よりはるかに広くて立派だった。だが、かなり古くて傷んでいた部分も多く、父がこつこつと修理を重ね、土間や物置を増築して、だんだんと住みやすい家に変えていったのだ。

それからもう一つ、この村に来て、父子の生活に大きな変化があった。

『リーシュカ王女の養育係』が派遣されることが決まったのだ。

『配属先が決まらない五十過ぎの女官がいる。その者を姫の養育係に任命した』

どんなやる気のない、困ったおばさまが来るのかと、父は心配していた。

だが、やってきたのは『本当に、配属先がなくてここに島流しにされた方ですか？』と問いたくなるような優雅な貴婦人だった。

服装は質素で、山村のおかみさんたちと大差なかったが、黙っていてもあふれ出す気品と威厳が常人のものではなかった。

『本日よりリーシュカ第二王女殿下の養育係を務めさせていただきます、マルヒナと申します。何卒よしなに』

リーシュカは、マルヒナの気品に打たれ、反射的に床にひれ伏した。

『あ、あの、マルヒナ様、何かの間違いでは……配属先のない、五十過ぎの侍女の方をここに寄越すと聞いておりましたが……』

冷や汗だらだらの父を横目で見ながら、リーシュカも全身で、目の前の高貴な貴婦人を警戒した。この人はきっと貴族に違いない。貴族は怖い。異国人を蹴《け》ったり石を投げたりしてくるのは、貴族やお金持ちばかりだった。

『そのとおりです。私は配属先がなかった、五十過ぎの女官でございます。王立迎賓館《げいひんかん》の責任者も、王宮職員の総監職も、貴族向け作法学校の校長就任も、全て断りましたから、配属先なんて、もう一つもございませんのよ』

言い終えたマルヒナがころころと笑う。

口元に手を当てる仕草は、上流階級の女性そのものだ。

『な、なぜ……そんな立派な仕事を蹴って……うちに……』

父の困り果てた問いに、マルヒナは笑顔で答えた。

『私、王宮では長く女王陛下の乳母兼、侍女頭を務めておりましたの』

『お、お名前は存じ上げて……ですが、女官の頂点におわす貴女がなぜ……』

父はますます真っ青になった。リーシュカもつられて一層身を縮こまる。

『陛下の近辺のお世話は、娘に任せました。あれもようやく人並みの気働きができるようになりましたから』

『し、しかし、こ、この家は、あばら屋で……』

蒼白な父の言葉に、マルヒナは真面目な顔で答えた。

『見ればわかりますよ。ですが覚悟は決めております。この任務は女王陛下のたっての望み。私は第二王女殿下を一人前の貴婦人にお育てするという仕事に何よりもやりがいを感じております。雨漏り程度で冷める情熱ではございません』

言い終えた彼女は、突っ伏してぶるぶる震えているリーシュカの前に膝を突き、優しい声で語りかけてくれた。

『リーシュカ姫様、本日より、姫様の養育係を務めさせていただきます、マルヒナと申します。ばあや、とお呼びくださいませ』

汗だくになって半泣きのリーシュカの顔を、マルヒナは優しく拭《ぬぐ》ってくれた。

『……こうして拝見しますと、陛下の面影が確かにございますわ』

リーシュカの丸い顔を見つめるマルヒナの視線は、優しかった。

当初は、大変な人が『ばあや』になってしまったと思った。

けれど彼女は、ここに来た日から一度もリーシュカに手を上げたことはない。

内気で、まともに大陸共通語も喋れず、隠れてばかりいたリーシュカが変わったのは、ばあやの尽力のたまものだった。

『ギリアンさん、姫様が十になるまで、会話は大陸共通語で統一いたしましょう。その後でギリアンさんの母国語を系統立てて学んでいただいたほうが良いです。言葉の習得が両方とも半端になると、姫様が苦労なさいますから』

　ばあやにそう指摘されるまで、父は、リーシュカが無口すぎる原因をよくわかっていなかったらしい。

　父自身、大陸共通語は喋れても、あまり読み書きできない状態なのだ。娘にどの言葉を、いつどう教えればいいかわからず、混乱していたのだろう。

　それにばあやは、知らない人が側に来るとつい匂いを嗅いで『どんな人』なのか確かめる、リーシュカの癖にも気付いて、直るまで根気よく注意してくれた。

『姫様、そんなふうに匂いを嗅がれた人は驚いてしまいますよ。淑女なのですから、人前ではいけません』

　ぼろぼろの服を着ていたリーシュカに、新しい服を仕立ててくれたのもばあやだった。

　父がばあやにお礼を言っていた姿を、今でもよく覚えている。

『服まで作ってくださって、ありがとうございます。娘にあんなに綺麗な服を着せてあげられて、とても嬉しいです。それに僕の服まで……』

『ギリアンさん、泣かなくてよろしいのよ』

『は、はい……本当に……ありがとうございます……』

　庭で、地面に字を書いて大陸共通語の勉強をしていたリーシュカはびっくりして、泣いている父に駆け寄った。父がばあやに苛められたのかと思ったからだ。

　でもすぐに誤解だとわかった。

父は嬉しくて泣いていたのだ。初めて綺麗な服をリーシュカに着せることができて。

『ギリアンさん、お気付きになっていましたか、姫様の御髪《おぐし》の、この虹色がかった艶《つや》。真珠のようではありませんこと？』

リーシュカの黒い髪を丁寧に梳《す》くたびに、ばあやは嬉しそうに同じ話をした。姫様は本当に綺麗なお姫様だと……。

養育係のひいき目だとしても、ばあやにそう言われるのは嬉しかった。

それにばあやは、父とは違う視点で、大切なことを教えてくれた。

『姫様に大事なお話を一つお教えしなくては。世の中には怖い人間がおります。どんなに褒めてくれたとしても〝自分は嘘を言わない〟と言う人間にだけはお気を付け遊ばせ』

リーシュカは驚いて、髪の毛をとかしてくれるばあやを振り返った。

『うそをいわない……が、うそ……ですか……？』

『ええ。後ろめたいことがなければ、口に出す必要はない言葉ですのよ』

明るく笑い、ばあやはリーシュカに手鏡を渡し、可愛らしく結い上げた髪の毛を見せてくれた。思わず笑顔で振り返ると、ばあやも微笑み返してくれた。

ばあやは、リーシュカの人生にもたらされた、新しい光だった。


山村に越してきてから、十年が経った。

リーシュカは、父と二人、今も穏やかに暮らしている。

ばあやも週四回、王宮近くの自邸から馬車で通い続け、リーシュカに家事全般と、行儀作法をきっちりと教えてくれる。

その彼女が、最近、頻繁に同じ心配ごとを口にするのだ。

『マリーシカ様が、姫様に余計な干渉をしてこなければいいのですけれど』

リーシュカの母、女王ジェニカには三人の娘がおり、全員父親が違う。王太子となる第一王女マリーシカは、正式な夫である王配殿下との間にできた姫君だ。

だが、そのマリーシカの評判が、ここ数年非常に芳《かんば》しくない。

この山村にまで、信じられないような噂が流れてくるようになった。

曰く、『媚薬《びやく》を使い、若い貴族の男女を交わらせて遊んでいる』とか、『子持ちの貴族を誘惑し、家族を捨てさせ、乱交に参加させてご機嫌らしい』などと……。

数年前までは、マリーシカの評判もここまでひどくはなかった。

機嫌次第で周囲に当たり散らしたりすることはあったが、一応『王太子』としての公務は果たしていた。

しかし最近はそれすらも放棄しているらしい。

そのためばあやは『マリーシカ様が姫様に妙な真似をしないか』と心配しているのだ。

稀《まれ》に呼ばれる王宮の行事で見かけたマリーシカの姿を思い浮かべる。

マリーシカは中性的な外見の小柄で痩《や》せた女性だ。とても美しいが、表情の喜怒哀楽は薄く、人形めいていて冷たい。リーシュカに対しては、視線一つくれたことがない。

――マリーシカお姉様は、私を完全に無視している。実際に、王宮の行事で顔を合わせても、声すら掛けてこないし……そんなに心配しなくても大丈夫だと思うけれど。

ばあやは心配性だから……と思いつつ、リーシュカは天井を見上げた。雨漏りしないように、父が綺麗に作り直してくれたのだ。

――本当に、十年前と比べれば、ゆっくり平和に暮らせるようになったたな……家の中は昔住んでた寮より暖かいし、村の人も、そこまで意地悪な人はいないし。

山村の人たちは、はじめこそリーシュカたちを遠巻きにしていたが、今は、一部の家庭は普通に近所づきあいをしてくれるようになった。

村長夫妻も父の高い技能を評価してくれ、村の薬師として歓迎してくれている。

父は山村の薬師として働く傍ら、教会から『闇医者』の仕事でお呼びがかかれば、迎えの馬車に乗って出掛けていく。もちろん、リーシュカを一人で留守番させるのは危険だからと、常に同行させてくれた。

父の仕事は、本当に大変なものだった。

凄絶な現場に行かされたことも、患者を助けられないことも何度もあった。

父は、血まみれで絶叫する患者に平気で近づいていき、時には患者に馬乗りになってでも治療を施す。患者の命を助けられず、落ち込んだ暗い顔で家に帰っても、『急患が』と呼び出されれば、怯《ひる》まずにまた出掛けていく。

リーシュカは、父にばかり大変な仕事をさせられないと思った。

『私も、お父様のお手伝いをして、患者さんを助けられるようになりたい』

十歳くらいの頃、思い切ってそう告げたら、父は嬉しそうに笑ってくれた。そして、少しずつ医療技術の基本を教えてくれるようになり、今日に至る。

自宅の庭にある薬草園の世話の手伝いもリーシュカの仕事だ。

父は暇さえあればコツコツと薬草園を拡張している。

山から見つけてきた、今では栽培されていない古い時代の薬草やら、自家受粉させて改良した品種やら、家の薬草園でしか採れない薬草もたくさんある。

この広い薬草園のどこに何が植えてあるのかわかるのは、父とリーシュカだけ。

立て札などは立てられない。村の貧しい人間が高く売れる薬草を盗んでいくからだ。

いくら塀を張り巡らせても、村長から『盗みは禁止』と触れ書を出してもらっても、お金が欲しい村人はこっそり夜中に薬草園に入り薬草の株を盗んで行こうとする。

——危険な毒草もあるから危ないって、何度も言ったのに。

それでも、ここでの暮らしは、教会の不潔な寮暮らしよりずっとましだった。村の人の大半は、父に薬代や治療費をまともに払ってくれる。薬草園の恵みから薬を作り、港町の問屋や薬局に卸せば、ちゃんと毎月、納めた分だけの代金が支払われる。そのお陰で、毎日食事ができ、底冷えのする床にも敷物を敷く余裕ができた。薪《まき》も炭も、穀物《こくもつ》や干し肉も、贅沢はできないけれど必要な分は買える。

ばあやについて教養を学び、父の仕事をこの目で見て同じ技術を身につけること。それが今のリーシュカがすべきことだ。

この山村での暮らしに、リーシュカは満たされている。

ルドヴィークが、もう五年も会いに来てくれないこと以外は……。

——五年前は、忙しくなるけどまた来るって、約束してくれたのに……元気なのかな、危ないこと、してないかな……。

最初の出会いが怪我人と医者の娘という関係性だったからだろうか。彼のことを思うと、常に淡い不安が付きまとう。

ルドヴィークが無事か、怪我をしていないかと、つい考えてしまうのだ。

最後に会ったとき、ルドヴィークは二十歳だった。

会うたびに美しくなる彼は、小柄なリーシュカが見上げるくらい背が高くなっていた。

今のルドヴィークはどんな大人になっているのだろう。

どんなに彼のことを知りたくても、この五年の間、手紙もまれにしか送ってくれなかったからわからない。最後に手紙をくれたのは三年前だ。

『リーシュカのお母さんのことを調べた。勝手に調べてごめん。色々大変だと思うけれど、俺の友情は常にギリアンとリーシュカのもとにある。しっかりとギリアンやマルヒナさんの言うことを聞き、たくさんのことを学んでください。　君の友　ルドヴィークより』

その手紙を最後に、ルドヴィークはリーシュカに手紙すらくれなくなった。

――私の出生のことを知って、面倒になったのかな。ううん、ルディ……いえ、ルドヴィークさんはそんな人じゃないわ。ただ、忙しくて、時間が取れないだけよ……。

リーシュカは俯《うつむ》いて、一番考えたくない『仮説』を心に浮かべた。

返事が来ないのは、彼がもうこの世にいないからではないか……と。

リーシュカは、ルドヴィークのことを、心の片隅で常に案じ続けている。会いたくて、無事な笑顔が見たくて、心の中の靄《もや》が晴れないままだ。

――手紙、やっぱり今日も来なかった……。

最近、リーシュカは、ばあやの手ほどきを受けてレース編みに挑戦していた。

これが四日後の朝までに編み上がれば、王宮での『第二王女成人の儀』にレースの飾り襟を付けて出席できる。

リーシュカは、王宮の儀式にはいつも、自分で作った服で出席している。だが素人がどんなに手縫いで頑張ったところで、さすがに王侯貴族の纏《まと》うドレスには敵わない。

姉のマリーシカはここ数年姿を見せないが、妹の第三王女キィラは、いつも、王女にふさわしい華麗な装いをしている。キィラと並ぶと、リーシュカの質素な姿は、会場に紛れ込んだ下働きのように見えてしまい、貴族の一部からは失笑を買う有様だった。

だが母は、リーシュカがどんなにみすぼらしい姿でも微笑みかけてくれた。

共に暮らせない父とリーシュカを、いつも心の底から案じてくれているのだ。

だからこそ、母を喜ばせるためにも、少しでも綺麗に装いたい。

早く付け襟を仕上げて、ばあやに最後の確認をしてもらおう。……そう思うのだが、今日はどうにも手が止まりがちだった。

父が今朝、出がけに妙に怖い顔をしていたのが気がかりだからだ。

どうしたの、と尋ねても『何が？』と、とぼけられてしまったけれど……娘の勘《かん》だ。あの顔は何か不自然だ。

思えば最近、どうにも父の様子がおかしかった。

心ここにあらずなのだ。一人で喜びを堪《こら》えるように微笑んでいたり、かと思えば眉根を寄せて何かを考え込んでいたり。

リーシュカに対する態度もおかしい。

あと四日で、リーシュカは十八歳の誕生日を迎える。この国では成人と見做《みな》される特別な誕生日なのだ。

だが父は『ああ、そうか、君はもう成人なのか……』と、寂《さび》しげな顔をするばかりで、あまり喜んでくれない。今までは誕生日を笑顔で祝ってくれたのに。

──絶対、私に何か隠し事してるわ。帰ってきたら問いただささなきゃ。

そう思ったとき、突然家の扉が強く叩かれた。

「姫様！　ギ、ギリアンさんが、誰かに刺されて……！」

何を言われたのかわからなかった。

ばあやは、村長夫人に頼まれて、公文書の書き方の指導をしに行ったはずだ。

お礼に林檎《りんご》を一籠もらえる予定だと言っていたはず。

だが飛び込んできたばあやは、いつになく取り乱していた。突然のことに、何が起きたのか理解できない。

――刺され……た……？　え……何……？

リーシュカは、知らせに来たばあやと共に、父が倒れているという場所まで、震える足を叱咤《しった》して必死に走った。

現場となった山道に駆けつけると、草の上に横たわっていた父は血まみれで、既に虫の息だった。

手の施しようがなく、周囲の者は皆、呆然と立ち尽くしているだけだ。

「お父様、お父様、しっかりして……！」

娘の声が届いたのか、父が薄く目を開けた。

鮮やかな金色の目がぼんやりとリーシュカの輪郭《りんかく》を映す。

長く伸ばした漆黒の髪が、草の上に散らばっている。

おびただしい出血に、身体の下の草は赤く濡れていた。

父の姿の痛ましさに、リーシュカは思わず漏らす。

「誰が、誰がこんなことを」

歯を食いしばったリーシュカに、父は弱々しい声で語りかけてきた。

呼吸がおかしい。顔色も変だ。リーシュカの身体はガタガタと震えだした。

このままでは、心臓が止まってしまう……これまで父の見習いをしてきた経験から、そう判断したからだ。

「リーシュカ……ごめんね……父様のことは、いいよ」

意味がわからなかった。なぜ父が謝るのか。

「お、お父様……どこを止血すればいい？　どうしたの、刺されたって……」

リーシュカは震える手で、父の血で汚れた身体を探った。駄目だ、どこを刺されたのさえわからない。恐怖で頭が真っ白になって、何も考えられない。

「覚えていて。憎しみと、怒りで……君の尊い人生を浪費しては、いけないって」

さっきから何を言っているのだろう。まるで遺言のように聞こえる。

怖くてたまらず、リーシュカは悲鳴のような声で言った。

「やめて、喋らないで！」

リーシュカの言葉に、父が微笑む。

「愛しているよ、リーシュカ。父様は、幸せだった……君の、お陰で、世界一……幸せな、父親だった……」

そう告げた父の息が、ふいに浅く短いものに変わった。あまりに苦しげな息づかいに、リーシュカの喉がぎゅっと窄《すぼ》まる。

「お……お父……様……」

——いや……ちゃんと息をして……お父様……。

もう声は出なかった。

身体もただひたすら震えるだけで、何もできない。わからない。

父の下で医術の基礎の基礎を学んできたのに、最愛の父のいざというときに、こんなにも動けないなんて……。

駆けつけた村の人たちは、何も言わずにリーシュカと父を見守っている。

父はリーシュカと同じ色をした切れ長の目を細め、消え入りそうな声で言った。

「ごめんね」

父の温かな手が、ぎゅっとリーシュカの小さな手を握る。

それが最後だった。

父は二度と目を開けなかった。どんなに泣いて縋《すが》っても、父はリーシュカの名前を呼んではくれなかった。

見守っていたばあやが、肩を支えてくれる。

「姫様！　しっかりなさいませ」

放心状態のリーシュカを守るように抱きしめ、ばあやが大丈夫、大丈夫だからと繰り返すのが聞こえる。

誰かが『教会の人を呼ばないと！』と叫んだのが、やけに遠くに聞こえた。

「姫様、大丈夫です、ばあやがおりますからね」

ばあやの声と共に、ふいに視界が暗転した。

目が覚めたら、あたりはもう真っ暗で、父のことは悪夢だったのだと思った。でも家の中を捜し回っても、父もばあやもいなくて、リーシュカは灯り一つ無い家の中でへたり込む。

——お父様……ばあや……だれか……。

恐怖に震えるリーシュカに声を掛けてくれたのは、村長の妻だった。気を失ったままのリーシュカの様子を見に来てくれたのだ。

リーシュカが倒れた直後、たまたま村長の家を訪れていた教会の人が現場に駆けつけ、脈と呼吸、瞳孔《どうこう》を確かめて、父の看取《みと》りをしてくれたと教えられた。

「大丈夫だよ、リーシュカさん、マルヒナさんが、ギリアンさんに付いていてくれてるから。港町の教会に運んでもらったから……。ほら、しっかりね……」

リーシュカを慰めながら、村長の妻がすすり泣き始める。

父は死んだのだ。あれは……夢ではなかった。

リーシュカは腰を抜かしたまま、床に突っ伏して号泣した。

——嘘、嘘だ、嫌だよ、お父様……！

バチェスク聖王国の第二王女リーシュカは、十七歳で最愛の父を失った。

『もうすぐ誕生日だね。成人してしまうのか……時が経つのは早すぎるよ』

寂しげに笑っていた父は、リーシュカの人生から永遠に去ってしまったのだ。

翌々日、父の葬儀が行われた。

村長の娘が貸してくれた喪服に袖《そで》を通し、リーシュカは父を見送ることになった。

思えば、ばあやがずっと付き添ってくれていたのだ。

家に帰らなくて大丈夫だろうかとぼんやり思っていたものの、『帰っていい』と言えなかった。父の不在を一人で受け止められなかったからだ。

面倒見のいい村長の妻が『しばらくうちにおいで』と言ってくれたが、父の匂いのする家から離れる勇気が出なかった。

ずっとリーシュカを愛し、守ってくれた父の匂いはやがて薄れて、消えていく。せめてその日まではずっと父の残り香に寄り添っていたかったのだ。

そこまで考えたとき、視界が歪《ゆが》むほどの涙が頬を伝って地面に落ちていった。

――お父様……。

リーシュカは虻《あぶ》に刺された首筋に触れながら、墓穴に収められる棺《ひつぎ》を見守っていた。

気を失っている間に刺されたのだろう。

不快な痛みも、今は他人事のように思える。

父は、教会の『冷たい部屋』の処置人たちの手で、全身きっちりと布で巻かれ、亡き人を天へ導くというお守りを胸にのせられて戻ってきた。

――ああ、『冷たい部屋』で綺麗に処置してもらえてよかった。これなら天国に行けるわ。

この埋葬方法は、バチェスク人にとっては一般的なものだ。

特殊な薬剤を浸した布で遺体をくるみ、バチェスク杉の棺に入れて葬《ほうむ》れば、亡き人の肉体は完全にバチェスクの大地に還《かえ》る。肉体を失ったことでこの世に残したあらゆる未練を捨て、天国の門をくぐる資格を得るという。

この国の人間は皆『冷たい部屋』で正しく処置され、故郷の大地の一部になり、天国に行くことを望んでいる。

父の亡骸を整えてくれた『冷たい部屋』の処置人は、リーシュカに教えてくれた。

『ギリアン殿は、何も所持していませんでした。殺害されたときに奪われたのでしょう。貴女が仰《おっしゃ》っていた金色の髪紐とやらも、恐らくは物盗《ものと》りが……』

――物盗り……物盗りなんかのために……私のお父様が……！

父の尊い人生が、たかが所持品を奪うために失われてしまったなんて。この悔《くや》しさをどこにぶつければいいのかわからない。

その姿の父に一日寄り添い、リーシュカは村人や父の知人たちの弔問《ちょうもん》を受けた。そして明くる朝、埋葬の時を迎えた。弔問の記憶はほとんどない。

お別れの覚悟はできたかと自分の胸に問うても、わからなかった。

父がいないなんて、まだ信じられなかったから。

リーシュカの母、ジェニカ女王は、やはり父の葬儀に参列できなかった。

この国で政権を握っているのは、貴族たちから選出される『貴族議院』だ。女王は崇拝《すうはい》の対象、国の象徴として君臨する存在である。

この国の宗教を司るバチェスク派教会をはじめ、国民たちは女王を崇めているが、女王自身には政治的な力などほとんどない。

貴族議院はリーシュカが生まれてからずっと、父と母が面会することを固く禁じてきた。今回、母が父の葬儀に出席することすらも許さなかったようだ。

母はずっとずっと、『父に会いたい』と言い続けていたのに……。

年に三回、リーシュカとの面会を許されるたび、母は『ギリアンに愛していると伝えてね。私は今も貴方だけを愛していますと、必ず伝えて』と、涙を流していた。

――こんなの、お母様が可哀相よ、どんなにお父様に会いたがっておられたか……。

葬儀を欠席する代わりに、母からは手紙が届けられた。

震える字で『リーシュカへ　葬儀には行けません。こんなときに貴女を一人にしてごめんなさい。ギリアンに、愛していますと伝えてください。私はギリアンを生涯愛しています。ギリアンは私にとって〝あまねく慈愛《じあい》の花〟でした』と書かれた手紙に涙が溢れる。

――そうね、誰に対しても優しくて献身的で、慈愛の塊《かたまり》みたいなお父様だった。

母の、父に対する深い愛情が少しも変わっていないことが悲しくて、リーシュカは止まることのない涙を拭った。

皮肉なものだ。聖王家の女王、この国で一番尊い女性が誰よりも愛した男が、人々から蔑まれ、まともな暮らしも許されなかった『異国人の奴隷』だなんて。

父は、リーシュカの祖母と共にバチェスクに売られた奴隷だ。

祖母は、故郷では夫婦で医者をやっていたらしい。

よちよち歩きの父を抱いて海辺を散歩していたところを、奴隷商人に攫《さら》われ、この国にたたき売られたのだそうだ。

祖母を買ったバチェスクの富豪は『珍しい容姿の奴隷が欲しかった』と喜んだそうだ。だが彼はすぐに死に、富豪の妻は『汚い』と祖母を叩き出したという。

叩き出された後、祖母は教会に駆け込み、たどたどしい大陸共通語で『医療がわかる』と訴えた。

バチェスク聖王国の『教会』は、大陸全土で信仰されている一神教の一宗派だ。

他の国々と同じ神を信仰するとともに『バチェスク人は、唯一、神に選ばれた民族だ』という『異端』の教義を頑《かたく》なに信じている。

とはいえ、異端のバチェスク派教会も、一神教の基本方針を捨ててはいない。

『いかなる命にも手を差し伸べる』という建前のもと、祖母と父はかろうじて、命だけは救われた。

祖母は教会付属の施療院の奴隷として、なんとか息子と二人で暮らしていくすべを見つけ、己の知識を生かして働き始めた。

だがバチェスクでは、祖母が母国で行っていた治療の、十分の一もできなかった。

ここには道具も薬も何もない。助かる者も助けられない。だから医師としての心を押し殺して、できることだけやっていく……祖母はそう語っていたそうだ。

父が十五の頃、苦労を重ねた祖母は、若くして花が枯れるように亡くなった。

形見は、祖母が書きためた医療技術に関する書き付けと、お守りにしていた金の紐だけだった。

――あの金の紐は、物盗りが安値で売って良いようなものじゃない。お祖母様とお父様を繋ぐ大事なものだったのに。お墓に入れてあげたかった……！

リーシュカは、最後にもう一度、きっちりと巻かれた布の上から父の顔に触れた。

――お父様の匂いが全然しない。防腐処理の薬の匂いしかしないわ。私、とっても大好きだったのに……お父様の優しい匂い。お父様……。

悲しみに耐えられなくなったリーシュカは、顔を覆ってしゃくり上げた。葬儀に来てくれた村の有志や、港町の薬屋、昔の患者たちも、無言で涙を流している。

「大丈夫です、姫様、ばあやがずっと姫様の側におりますからね」

ばあやの凜《りん》とした声も、悲しみに震えている。優しく抱きしめられ、リーシュカは泣きながら頷いた。

「ありがとう……ばあや……」

父の最期の言葉が蘇《よみがえ》る。

ごめんね、と。

きっとリーシュカが泣いていたから、ああやって優しい言葉を掛けてくれたのだ。

昔、貧民窟で迷子になったリーシュカを真っ青になって捜しに来たときも、あんなふうに泣きそうな顔で『ごめんね、迷子にさせてごめん』と言っていた。

父は最後まで苦痛を口にせず、リーシュカを想う言葉しか遺さなかった。その事実がますますリーシュカの胸を締め付ける。

「さあ……姫様……最後のお別れを……」

ばあやの言葉に促され、リーシュカは自分の手で父の棺の蓋《ふた》を閉ざした。父の死を未だに実感できない。夢の中にいるようだ。

まだ三十六歳。あまりも儚《はかな》すぎる、理不尽な最期だった。

棺に次々に土が被せられ、とうとう見えなくなる。

涙を拭う気力もないまま、リーシュカはゆっくり、我が家の方角を振り返った。

高台にある墓地からは、寂れた山村が一望できた。

我が家の庭と薬草園もよく見える。住み始めた当初、家の庭は荒れ果てていた。

父と二人で毎日草を抜き、土を耕し、肥料を撒いて、少しずつ植物を育てられる場所を広げていったのだ。そして今では、たくさんの薬草を育てられるようになった。

——お祖母様は、治療に必要な薬も道具も手に入らず、たくさんの人を見送らねばならなかったと聞いたわ。お父様は多分、お祖母様の無念を晴らそうと……。

あの薬草園のお陰で、どれだけの人が助かったことだろう。

——ねえ、お父様、もっと薬草を増やすんでしょう？　春が来たら、私と一緒に、山に珍しい薬草を探しに行くんでしょう？　どうして……居なくなっちゃうの……？

盛り上がった墓土の前に膝を突き、震え泣くリーシュカの背後で、人々がさっと左右にわかれる気配がした。足音が聞こえ、すぐ側で低い男の声が響く。

「間に合わなかったか」

振り返ると、髪の長い、背の高い男が立っていた。

「港に着いて、馴染《なじ》みの食堂に行ったら、ギリアンが亡くなったと女将《おかみ》に聞いて……花だけ買って走ってきた。こんな普段着で本当に申し訳ない」

一瞬、誰なのかわからなかった。逆光に目をすがめたとき、ふいに父の声が蘇る。

『ああ、よく来てくれたね、ルドヴィーク』

リーシュカの最後の記憶にある痩身の若者と、目の前の逞《たくま》しい長髪の青年の姿が、ゆっくりと重なった。

——嘘……ルドヴィークさん……？

絶望で真っ黒に塗りつぶされていた心に、わずかな光明《こうみょう》が差した。

あんなに会いたくて、せめて手紙だけでもくれればと願っていた相手が、まさかこんな、人生最悪の日に訪ねてくれるなんて……。

『リーシュカ、俺だよ。覚えてる？』

声が大人のものに変わる頃、彼は自分を『俺』と称するようになった。

会うたびに美しい男性に変わっていくルドヴィークに、ときめいたことを思い出す。

——良かった、生きて……いた……。

安堵すると同時に、驚いた。どちらかといえば細身で繊細な印象の強かったルドヴィークが、こんなにも精悍《せいかん》な大人の男性に変わってしまうなんて。

——五年ぶり……そう、五年も経つと、こんなに……違うのね……。

信じられない思いで、リーシュカはルドヴィークを見上げた。

「リーシュカ、大丈夫か」

案じるような声音に、リーシュカの胸に安堵と懐かしさが蘇る。声だけは、最後に会った二十歳のルドヴィークと全く同じだったから。

優しい口調に、昔の彼と同じ気配を感じた。この人はリーシュカに色々な異国の話を聞かせてくれた、大好きなルドヴィークだ。

リーシュカは、驚くほど救われた気持ちになり、震える声で彼の名を呼んだ。

「お久しぶりです……ルドヴィーク……さん……」

ルドヴィークはやるせなそうに、かすかに微笑んだ。

「ああ、久しぶり、リーシュカ。長いこと会いに来なくてすまなかった……。俺にもお別れの挨拶《あいさつ》をさせてくれ」

「あ……ありがとう……ございます」

リーシュカは立ち上がって花束を受け取り、墓前をルドヴィークに譲る。

ルドヴィークは膝を折り、父の墓標に深く頭《こうべ》を垂《た》れた。微動だにしない広い背中を、リーシュカは無言で見守った。

流れる真っ直ぐな灰色の髪は、光を受けると鉄の色にも嵐の日の雲の色にも見える。

――お父様の葬儀の日に、偶然いらっしゃるなんて……嬉しい。ねえ、お父様も、ルドヴィークさんが来てくれて嬉しいわよね？

リーシュカは手巾を顔に押し当てて、嗚咽《おえつ》を押し殺した。

どのくらい時間が経っただろうか。

顔を上げたルドヴィークが、ゆっくりとリーシュカを振り返った。

引き締まった精悍な輪郭の中、灰藍《はいあい》色の瞳が強い光を湛えている。

ルドヴィークは立ち上がり、ひたとリーシュカを見据えて言った。

「俺は、ギリアンを殺した奴を絶対に許せない。俺にとっては大切な友だった。ギリアンの尊い命を奪った人間を野放しにしてたまるか」

思ってもみない言葉だった。

リーシュカは、呆けたようにルドヴィークの瞳を見つめ返す。

「こんな理不尽を一方的に受けてたまるか。復讐しよう、俺が手を貸してやる」

「復……讐……？」

戸惑いつつ、リーシュカは首を横に振る。

「いいえ、私は、犯人がちゃんと捕まって……裁きを受けてくれれば……それで」

言いながらも、再び涙が溢れた。

父を殺した人間が見つかったら、正しく法で裁いて厳罰を与えてほしいけれど……この国の裁判官は、異国人殺しを正当に裁いてくれるだろうか。

「……他人の裁きなんて待つな」

大きな手がリーシュカの痩せた肩を摑んだ。

「ギリアンの敵討《かたきう》ちをこの国の司法に任せる気なのか。お前が望むような結果は得られない。金も人も俺が出す。ギリアンを殺した犯人を捜して、始末しよう」

復讐を口にしたルドヴィークの声は、凍《い》てつく吹雪のようだった。

初めて会った小さな頃、手を繋いでくれたときの『ルディ』の笑顔が蘇る。

優しいけれど、どこか危うかったルディ。

大人になった彼は、あの危うさをも己の力に変えた、力強く恐ろしい獣《けもの》の雄のようだ。

鍛《きた》え上げられた全身からは、リーシュカの肌まで震わせる、激しい怒りが伝わってきた。

「俺の話、ちゃんと聞いているのか？」

冷たい声でルドヴィークが問うてくる。身体を凍てつかせるような声だ。ルドヴィークは、いつからこんな声を出すようになったのだろう。

怯《おび》えつつ、リーシュカはぎくしゃくと頷いた。

——貴方の言うとおりよ。異国人が殺された事件なんて、無視されるに決まっている。

父は無残に殺されたまま、真実は何も判明しない。

最愛の父を奪った犯人は、これからものうのうと生きていくのだ。

目の前が、怒りで赤く染まった。

——犯人なんて、まともに捜してもらえるはずがない。そんなのわかってる。でも、私のたった一人のお父様なのよ、誰も裁かないなら、私が仇を……！

迸《ほとばし》りそうになった叫びを、リーシュカはぎりぎりのところで呑み込んだ。

同時にひどい目眩を感じ、花束を抱いたまま地面に尻餅《しりもち》をつく。

ばあやが慌てたようにリーシュカを支え、ルドヴィークを睨《にら》み付けた。

「お父様を亡くされたばかりの姫様に、なんて恐ろしい言葉を聞かせるのですか！」

——復讐……したいに決まってる……私たちからお父様を奪った奴に……！

リーシュカの目からぼろぼろと涙が溢れた。

「俺が手を貸す。ギリアンの敵討ちをしよう。絶対にこのままで済ませはしない」

ひどく心揺さぶられる言葉だった。あふれ出す涙にリーシュカは顔を覆う。

視界を塞《ふさ》いでも、ルドヴィークの視線を感じた。泣きじゃくりながら、リーシュカは父の最後の言葉を思い浮かべた。

『憎しみと怒りで君の尊い人生を浪費してはいけない』

動揺していたリーシュカは、ようやく大切なことを思い出す。

父がリーシュカの幸せだけを考えてくれたこと。一人娘が心安らかに生きていくことを望んでくれたこと……。

命尽きようとしていた父が、力を振り絞《しぼ》って遺した願いを踏みにじってはいけない。

「私は……復讐を望みません……」

かすれた声でリーシュカは答えた。

「ギリアンが、こんな目に遭わされたのにか?」

ルドヴィークの凍てついた声が、リーシュカの身体を竦ませる。だが、リーシュカは勇気を振り絞って頷いた。

「……わかった、今日のところは」

そう言ってルドヴィークは手を伸ばし、尻餅をついたリーシュカの身体をそっと抱き起こしてくれた。

「ごめん、リーシュカ。俺も動揺して言いすぎた。今日言うべき言葉じゃなかった」

ルドヴィークの声は、リーシュカの知っている、穏やかで知的なものに戻っていた。

あまりの安堵に、身体の力が抜ける。

「ありがとう、ルドヴィークさん。お父様のこと、そんなにも想ってくださって」

お礼を言って、彼に縋って立ち上がりかけたとき、すぐ側に感じたルドヴィークの匂いにふと動きが止まった。

服に染みこんだ石鹸《せっけん》の残り香と混ざった身体の匂いに、軽く目眩を覚えたからだ。

とても懐かしい、ずっと包み込まれていたくなる匂いだ。

この匂いを感じるだけで、心の奥底が優しく溶かされていくように思える。

「リーシュカ、もう帰って休め。俺が送っていく」

ルドヴィークの言葉に、ばあやが慌てたように頷いた。

「さようでございますね。また明日、ギリアンさんにご挨拶に参りましょう。さ、姫様、今日はもうお休みになってくださいませ。一睡もしておられないのですから」

ばあやに促され、リーシュカはルドヴィークの腕に縋って立ち上がり、もらった花束を父の墓前に添えようとした。

そのとき、花束に紙片が刺さっていることに気付く。紙片には、ところどころ滲んだ美しい字でこう書かれていた。

『ギリアン、悲しすぎて何も考えられない。書いても書いても弔《とむら》いの言葉なんて出てこない。誰か嘘だと言ってほしい。　貴方の友　ルドヴィーク・バーデン』

心を刻み込んだような文章に、リーシュカの目から、涙がとめどなく溢れる。

肩を支えてくれるルドヴィークの横顔を、リーシュカはもう一度そっと見上げた。

悲しみに麻痺した頭の中に、少年の頃のルドヴィークの姿が、一つずつゆっくりと浮かび上がってくる。

会うたびに背が高くなっていく、綺麗な少年の優しい笑顔。

『リーシュカ、久しぶりだね。俺のことを覚えてる？』

当たり前だ。五歳の頃から一度も忘れたことはない。会えないときは会える日をずっと待っていて、会えたときは、帰らないでほしかった。

別れのたびに、お願い、私の見ていないところで消えないでと思いながら、彼の船を見送り続けた。父の手が離せず、港まで行けないときは、家の前で、彼の乗る馬車が見えなくなるまでずっと見送っていた……。

『へえ……髪が伸びたな。今いくつだ？　十歳か……美人になった』

切れ長の灰藍色の目で微笑みかけられるたび、大人になっていく七つ年上の彼にどきどきしたことも思い出した。

花咲くようにどんどん記憶があふれ出してくる。ルドヴィークの言葉も表情も全部、内気なリーシュカが大事に大事に心の奥に収めていたものばかりだ。

――私、今、安心してる。ルドヴィークさんが来てくれて、安心しているわ。

氷のように冷え切った身体に、ほのかに体温が戻ってくる。

「大丈夫か、足元をしっかり見ろ」

肩を抱き寄せられた瞬間、再びルドヴィークの匂いがリーシュカの身体を包んだ。

――ああ、本当にいい匂い……私の大好きな匂い。

こんなに悲しいときだけれど、ルドヴィークにまた会えたのだ。

そう思った瞬間、全身を切り刻まれるような喪失感が、ほんの少しだけ和らいだ。

第二章　異国の男

十八年ほど前、バチェスク聖王国に激震が走った。

女王ジェニカが、数日がかりの難産の末、黒い髪に褐色の肌、金色の目の第二王女を産んだからだ。

脚の間で産声を上げた、黒髪に褐色の肌の赤子の無事を確かめ、『ああ、良かった、私の赤ちゃん……』と呟いた直後、疲労困憊《ひろうこんぱい》した女王は意識を失った。

結婚三年目の王配は、女王の裏切りに激怒した。

王配は公爵家の次男で、美貌《びぼう》で名高く、非の打ち所のない貴公子だった。二人の間には既に、二歳のマリーシカ姫がいる。

王配は、腹の子も自分の子だと思っていた、なぜそんな汚い子供を産んだのかと怒り狂ったという。

——お母様はどうして私を産もうと思ったの……？

バチェスク王家は、徹底した母系主義を貫き通している。

聖王家の血を必ず次代に伝えねばならないと堅く定めており、女王から生まれた『娘』

に王位を継がせてきたのだ。

古《いにしえ》の時代、バチェスクの女王は神託によって伴侶《はんりょ》を選んでいた。

『夫選びの儀』を通じて、自分の伴侶にふさわしい男を捜していたと伝えられているのだ。

女王は自由に城を、街を歩き、神託で己の伴侶を見つけ出したそうだ。

選ばれる男の身分は問われなかった。貴族の場合もあれば平民の場合もある。

中でも有名なのは、『銛《もり》で鯨《くじら》を捕る』と一人で手こぎ船で飛び出した『漁師の馬鹿息子』を選んだ女王の話だ。

選ばれた後、彼は、みるみるうちに強烈な冒険心と克己心《こっきしん》を政《まつりごと》の方向に進化させ、歴代の王配の中でも突出した名宰相になったそうだ。女王は時々、愛する夫を『原初の力の花』というあだ名で呼んだ、と言われている。

女王の選んだ男は、必ず『次代の女王となる姫君』を女王に授け、己自身も新たな才能を開花させて、国を富ませた。

だが時は流れ、古の女王が授かった『神託』は人々の思惑にねじ曲げられていった。

『女王はどんな男を選んでも良い、誰を抱いても良い』と。

貴族たちは、己に都合のいい『男』を次々に女王に押し付けるようになった。

逆に、女王自身が、気に入った男を閨《ねや》に引きずり込むこともあった。たとえその男が妻帯者や、異性を断った聖職者であっても……。

だが、女王の閨周辺がここまで乱れていても、異国人が女王の側に上がった前例だけはなかったのだ。

『神に選ばれしバチェスクの民』の頂点たる女王が、穢れた異国の人間を側に置くなど、あってはならないことだからだ。

貴族議院が『穢れた王女』を連れ去った後、昏睡《こんすい》から目を覚ました女王は、『あの子を返して』と訴え続けた。

女王は冷淡な性格で、正式な夫との間に産んだ王女には見向きもしなかったのにだ。

第一王女に対しては腕に抱こうという素振りも見せず、乳母に任せたまま声を掛けさえしなかったという。

なのに、なぜか、生まれてはならないはずの『穢れた王女』にだけは、異様なほどの母性と執着を見せたのだ。

危険な容態なのに、医師や侍女の目を盗んで寝台を這い出し『あの子はどこ、私が産んだ姫を返して』と泣きながら捜し回ろうとするほどに……。

出産で力を使い果たし、息も絶え絶えの女王を、王族や貴族議会は激しく責め立てた。

なぜ、異国人の男など抱いたのか、と。

けれど、女王は、奴隷の子を身ごもったいきさつを、決して口にしなかった。

どこで忍び会い、身体を許したのか、頑《がん》として話さなかったそうだ。

十八年前は、今よりももっと異国人は忌み嫌われていた。

その異国人の子を女王が産むなんて、当時としては退位を迫られても仕方がないほどの醜聞だったのだ。

だが、女王には姉妹が居ない。

リーシュカが生まれた当時、女王の長女マリーシカはまだ二つだった。

どれほど女王を責め立てたところで、王位を継げる者は居なかったのだ。

『赤ちゃんを返して、あれは私の娘なの』と狂ったように叫び続ける女王は軟禁され、生まれたばかりの『汚い外見』の赤子の処分が検討され始めた。

——私があのとき殺されていたら、お父様の運命も変わっていたかしら……。

名も無き赤子の運命を変えたのは、女王の寵愛を受けた男ギリアンだった。

教会の下働きをしていた貧しい奴隷は、王宮に乗り込んできて『僕が陛下を汚しました』と叫んだのだ。

短い黒髪に褐色の肌、金色の目の若者だった。

人々は褐色の肌の若者を見て『あんなに汚い男が陛下の玉体《ぎょくたい》を犯すなんて』と囁く一方、一部には、口を開けてその姿に見とれた者もいたという。

若者はバチェスク聖王国においては明らかに異形だった。

同時に、魂を奪われるほどの美貌の持ち主だったのだ。

『侵入者です、第二王女の父と名乗っております』

衛兵に引きずられてきた父は『赤子を殺さないでください』と頭を下げた。

父は、己に生き写しの黒髪金目の新生児を前に必死で懇願したらしい。

『僕がその子を育てます。女王陛下の血を引いていることも一生話しません。ですから命だけは助けてください』

狂乱状態だった女王は『ギリアンという若者が玉体を汚した罪を自白しに来た』と報告され、顔を覆ってむせび泣いたという。

それきり女王は、ほとんど笑いも泣きもしなくなってしまった。

第二王女の処遇に困った貴族議院は、ギリアンと名乗る奴隷に王女を押し付けることに決めた。赤子殺しは後ろめたい。自分たちが手を汚すより、勝手に死ぬほうがいいと。

『あんな若い男、子育てより女遊びのほうが楽しいに決まっている。新生児の面倒など見られずに、すぐに死なせてしまうだろう』

こうして、十九になったばかりの父は、『リーシュカ』と名付けた嬰児《えいじ》を抱えて、かつて下働きをしていた教会に戻った。

父は、祖母の死後も、教会の施療院で下働きを続けていた。

『母親の仕事を見ていただろう。あれを引き継げ。教会の医療事業の下働きくらいはできるはずだ』と命じられ、ほぼ無償でこき使われていたらしい。

バチェスク聖王国は王政だが、一番権力を持っているのは、貴族議院だ。議院は、全ての貴族たちの中から持ち回り制で選出される。

バチェスク聖王国を治めるのは、今や王家ではなく、王家を出て臣下に下った先代女王の息子たちや、貴族なのだ。

欲のない母は、『女王陛下へ』と献上された宝石や美術品を、全て王室の名義にしていた。いざというときすぐに民のために処分してほしいと、預けてしまっていたのだ。

そのせいで、母は私財をほとんど持っていなかった。貴族議院の猛反対にあい、愛人とその娘に渡す金すら調えられなかったのだ。

最終的に母には『次に同じ過ちを犯したら廃位し生涯幽閉する』、そして父には『女王と忍び会っていることが発覚したら即座に処刑する』という処分が言い渡された。

リーシュカが長年掛けてばあやから少しずつ聞き出した、母が自分を産んだときの話は、とても悲しいものだった。

——お母様……私と会うときは泣いてばかりだったもの……私がいくつになっても……。

初めて母に面会を許されたときのことを思い出す。

『リーシュカは王族と認められたはず。それでも会わせてもらえないのなら』と、母が手首を切ろうとした直後のことだったそうだ。

王配殿下は猛反対したらしいが、女王の精神状態を案じた貴族議院の一部の計らいで、リーシュカは母との面会を許された。

父は生涯、母に会うことを禁じられていたから、リーシュカ一人が知らない男たちに囲まれて、馬車で王宮に連れて行かれた。

今でも、リーシュカを案じるあまり蒼白になっていた父の顔が忘れられない。

ばあやに付き添われて、行きの馬車の中では怖くてずっと泣いていた自分のことも。着ていた服は、ばあやが作ってくれた精一杯の可愛い服だったことも、全部はっきり覚えている。

一人で王宮の広い綺麗な部屋に通されると、見知らぬ女性が転がるような勢いで駆け寄ってきて、泣きじゃくりながらリーシュカを抱きしめた。

リーシュカは、怯えて身体を固くした。

その頃のリーシュカは、高貴な人々は『意地悪をしてくる人』だと思っていた。王冠を被り、白い毛皮の衣装を身につけた『女王』は、とても偉い人に見えた。だから、叩かれたり、突き飛ばされたりするのかと思ったのだ。

『ああ、リーシュカ……！』

力いっぱい『女王』に抱きしめられて、リーシュカは戸惑った。

リーシュカと対極的な容姿をした、雪の精のような美しい女性が自分の母親だなんて、本当に思わなかったからだ。

『会いたかった……会いたかったわ、リーシュカ。私の愛しい娘』

泣きじゃくる女王を不思議に思いながらも、リーシュカは細い腕に身を委ねた。

女王はバチェスク人の中でもとりわけ色が白く、髪の色も目の色も淡い。こんなに真っ白で華奢《きゃしゃ》で儚い人が自分を産んだなんて信じられなかった。

しばらく抱かれていたら、ふと、ある匂いに気付いた。

この人からは、自分とよく似た匂いがする。

そう思ったときにやっと腑《ふ》に落ちた。雪の女王のように真っ白なこの美しい人は、本当に自分を産んでくれた女性なのだ……と。

『私は七年、片時も貴女を忘れたことはありませんでした』

母はリーシュカを固く抱いたまま、泣き止むことなく何度も額や頬に口づけの雨を降らせてきた。

涙に濡れた頬で頬ずりし、何度もリーシュカの髪や首筋の匂いを嗅いで『会いたかった。なんて可愛いの、リーシュカ……私の大事な娘』と繰り返していた。

母の深い愛情が、仕草の一つ一つから伝わってきた。

偉そうな男が入ってきて『もう時間だ』と退出を命じられたとき、母はその男に引きずられながら『待って、もう少しだけ、リーシュカ……』と、必死に手を差し伸べてきた。

あのときどれほど母が可哀相で、いたたまれない気持ちになったことか。

後にその偉そうな男が、女王陛下の正式な夫である『王配殿下』だと知った。

彼はリーシュカが十歳くらいの頃に事故で亡くなってしまったけれど、母との面会には必ず立ち会い、嫌な顔でリーシュカを睨んでいた。

何度思い出しても、母の気持ちを思うたびに胸が締め付けられる。

――お父様のことだって、本当に心配していらっしゃったでしょうね。王配殿下が亡くなられたあとは、会うたびに『ギリアンはどうしているの』と尋ねてこられたもの。

父は、泥水を啜《すす》るような暮らしの中でリーシュカを育ててくれた。

王宮からリーシュカを引き取った父は、施療院での下働きの仕事に戻った。

薬作りも患者の治療の腕も良かった父は、教会の『闇医者』として働き続けねばならなかったからだ。

赤子の世話と薬作り、患者の治療に忙しく、当時の記憶は無いという。

『唯一良かったのは、君が女王様の血を引いていたこと。教会の人は皆、聖なる王家の女王陛下に忠誠を誓っている。女王陛下が産んだ姫様を見殺しにはできないと、君にお乳を分けてもらえるようはからってくれ、赤ちゃん用の最低限の品物も与えてくれたんだ。あれがなかったら、僕たちはどうなっていただろう。僕は君を抱いて海に飛び込んでいたかもしれない』

父は一度だけ、遠い目をしてリーシュカにそう語った。

『赤ちゃんの頃は、教会の信者の奥さんたちにもらい乳をして育った』というのは、そういう意味だったのかと、リーシュカは大きくなってから理解した。

二人で住んでいた家は、教会の古く不潔な『寮』だった。

リーシュカがネズミに囓《かじ》られないよう、父は寝台に手作りの幕を張り、しっかりと抱っこして寝かしつけてくれた。夜中に『怪我人が』と呼ばれれば、ぐっすり眠っているリーシュカをおんぶして手当てに駆けつけていたという。

父は本当に何も持っていなかったけれど、全てを与えてくれた。命がけでリーシュカを育ててくれたのだ。

リーシュカは当時のことを少し覚えている。

余り布を接《つ》ぎ合わせた、寝台の幕が大好きだった。

毎朝一つ一つの端切《はぎ》れを指さして『とり』『はな』『ねこ』『ふね』と、描かれたものの名前を口にして、父に『お利口さん』と褒められて、とても嬉しかった。

優しい父からはいつもいい匂いがした。これが私を愛してくれる、守ってくれる匂いだと思いながら、リーシュカはいつも父にくっついていた。

『大陸共通語を読むのは難しい。父様にも、いつか読み書きを勉強する機会があるかな』

切なげな言葉が思い出される。

教会は優秀な父を逃がさず奴隷にしておくために、あえて一部の教育を取り上げていた。大陸共通語の読み書きを徹底して禁じていたのだ。何かを教えるときは、口頭でのみだった。それでも父の頭には完璧に入っていたけれど。

だから父は、知り得た情報を全て、祖母から習った異国の言葉で書き記していた。父の管理下にある薬品や治療記録は、大陸共通語からはかけ離れた、記号のような文字で記録されていた。

『ダイジョブ！　ことば……リーチュカが、おちえて……あげるヨ……』

『頼りにしてるよ、リーシュカ』

父の頭の中では、常に祖母の国の言葉が流れているという。頭の中の異国語をこの国の言葉に直すのは、子供の頃は大変だったと聞いた。

——大丈夫よ、お父様、お父様のことはずっと私が助ける。絶対に私が守るから。

すぐ側に居るはずの父に抱きつこうとして、両腕が宙を掻《か》いた。

——お父様？

どうやって避けたのかと、リーシュカは笑いながら振り返った。

目の前にあったのは、枯れ草に埋もれた墓地だった。並んでいる墓の中に、一つだけ土を掘ったばかりの真新しい墓があった。

『ギリアン　ここに眠る』

父には、姓がなかった。奴隷だからだ。『冷たい部屋』で処置を受けられ、皆と同じ墓地に葬られただけでも幸運だったと、村長は慰めてくれた。

祖母は亡くなった後に海に捨てられたという。異国人の肉体がバチェスクの大地を穢すことがないように、という理由だった。

村長の言うことは理解できる。理解できるけれど……。

——ああ……。

言葉にならないうめき声がリーシュカから漏れる。

この世界にとって、父はちっぽけな名も無き奴隷だったかもしれない。けれどリーシュカにとっては、命がけで愛し、守ってくれた、世界で一番大事な父だった。

どれほどの人が父に救われ、断ち切られるはずの命を繋いでもらったのだろう。その父に対する報いが、姓すら刻まれない墓に葬られることだなんて。

——悔しい。私のお父様は名も無き人間なんかじゃないのに。私の、お父様は……。

涙が噴き出したとき、身体が揺すられた。

目の前がふいに明るくなる。墓地の光景は遠ざかり、歪んだ天井板が目に入った。

——私の……家……？

涙でぐしゃぐしゃになった視界に、ばあやの顔が飛び込んできた。少し疲れた顔はしていたものの、相変わらず凛とした佇《たたず》まいだ。

「大丈夫ですか」

ばあやが心配そうな顔で言って、柔らかな布で顔を拭ってくれた。

大丈夫よ、と答えようとして、リーシュカは顔を覆った。

全く大丈夫ではない。悲しすぎて声も出ない。今日からは父がいない朝なのだ。すすり泣くリーシュカの傍らで、ばあやがじっと様子を窺っているのがわかった。

——だめ、泣いていちゃ……起きなくては……。

リーシュカは無理やり起き上がり、激しく咳《せ》き込んだ。

昨日から水すら飲んでいなかったのだ。

「大丈夫か」

ふいに、低い男の声がして、リーシュカはぎょっとなって入り口のほうを振り返る。そこに立っていたのは、ルドヴィークだった。家に帰るなり、力尽きて気を失って……そのあとのことを何も覚えていない。

自分が寝間着姿であることに気付いて、慌てて毛布を胸まで引き上げた。

「ルドヴィークさん、こちらは姫様のご寝所ですよ！」

「……悪い」

ばあやの叱責に、ルドヴィークは背を向けた。だが、立ち去ろうとはせずに、淡々とした口調で言った。

「だが俺を泊めて良かっただろう？　男主人を亡くして女二人になった家なんて危険極まりないんだ。俺が言うとおり、リーシュカ狙いの男どもが押し入って来たじゃないか。ま、ばあやさんは俺のほうこそ、リーシュカ狙いの下心満々の男と思っていたようだが」

ルドヴィークの言葉に、リーシュカは身を固くした。

――わ、私狙い……それに、ルドヴィークさんを泊めて、って……？

蒼白になったリーシュカを庇うように抱き、ばあやが厳しい声で言う。

「申し訳ありません、確かに貴方の仰るとおり、昨夜は危険な状態でした。貴方がいらっしゃらなければ、どうなっていたか。ですがこのお話を姫様の前でするのは……」

どうやら、リーシュカには心配を掛けたくなくて、庇ってくれているようだ。

だがこれから先も、ばあやに庇われ続けて生きる訳にはいかない。

「ばあや、話を聞かせて」

リーシュカはばあやの腕をそっと押しのけ、ルドヴィークの顔を見上げた。

「何があったのですか」

ルドヴィークがおや、というように片方の眉を上げた。今日の彼は長い髪を一つに結んでいる。昨日とまた違った印象だった。

「昨日の真夜中、この家に無断で入ってきた男が二人いたんだよ。夜這いってわかるか。お前を犯しに来た。ばあやさんを縛り付けてお前の部屋に入ろうとしたから、ぶちのめして、下半身丸出しにして村の中央広場に縛って置いて来た」

——か……下半身丸出し……？

絶句したリーシュカを、ルドヴィークが鼻で笑う。

「俺は性犯罪者がこの世で一番嫌いだから、きっちり仕置きしておいた」

冷たい声に、リーシュカはビクッと身体を竦めた。

「さっき見たら、村の奴らは遠巻きにしているだけで、誰一人助けようとしていなかったな。まあ、気持ち悪いよな、顔に『強姦魔です』と書かれた下半身裸の男どもなんて。いい年して、二人ともめそめそ泣きやがって……腹立ってきた、やっぱり殺しておくか」

身を翻《ひるがえ》そうとするルドヴィークを、リーシュカは慌てて呼び止めた。

「ま、待って、ルドヴィークさん、駄目」

リーシュカの声に、ルドヴィークが氷のような目で振り返った。

「何言ってるんだ？　お前はそいつらに犯されるところだったんだぞ。あいつらは俺がこの家に泊まっていると知らずに忍んできて、ばあやさんを縛った。そしてお前の部屋に向かったんだ。二人で交替で犯そうって笑いながらな」

「でも、殺すなんて……忍んできたというのも、何かの間違いじゃ……」

身を震わせるリーシュカの前で、ルドヴィークがばあやの痩せた腕を取って、ぐいと袖をまくり上げた。

「何をなさるんですか！」

「ほら、縛られた痕がある。これが証拠だ。葬儀のときもそうだが、お前には男に狙われている自覚が全くないみたいだな。しっかりしろよ」

はっきり残る縄目《なわめ》の傷に、リーシュカは蒼白になった。

「そ……葬儀のときに、不審な男性なんて……いなかっ……」

「いた。俺がお前を支えて『家まで送る』って言わなかったら、そのまま俺の代わりに親切面してお前を抱きかかえて、胸も尻も触りまくっただろう男が何人も！　リーシュカ、その幸せな脳みそは今すぐ捨てろ」

冷徹な口調は、昔の優しいルドヴィークのものとまるで違う。大人になったのだから、昔と違って当然なのだけれど……あまりの口調の厳しさ、冷たさに、涙が滲む。

「わ、私……異国人の血を引いているから、こんな髪と肌だから、だ、だれも……そんな、私を女性として見てなんかいないです……」

あまりのことに頭が真っ白になる。

「甘い。そう思っているのはお前だけだ」

「ルドヴィークさん！」

ばあやが抗議の声を上げた。

「本当のことだろう？　これからもリーシュカと貴女はこんなところに住むのか？」

ルドヴィークの鋭い問いに、ばあやは俯いた。

答えられないのは、リーシュカに行き場などないからだ。

王家の恥である汚い姿を晒すな、この目立たない山の上の村に隠れ住め。

それが貴族議院の命令なのだ。

「ばあやさんの自宅に連れ帰るのは無理だな。貴女のご主人は、貴族議院の副議長と聞いた。『穢れた王女』を生かすことに反対していた人物だ。この姫は王家の恥、処分しろと最後まで言い続けていたそうだな」

訳知り顔のルドヴィークの言葉に、ばあやが眉間に皺《しわ》を寄せ、吐き捨てるように言った。

「ええ、本当に不心得な男ですよ！　あんな男は、私の夫ではありません！」

ばあやの声音には、強い怒りが滲んでいた。

「貴族議院にいるのは愚か者ばかりです。バチェスクの女王が代々授かってきた偉大な力も知らず、『女王』に侍る資格の無い男を押し付けて。ジェニカ様がどれほどの苦痛を味わい続けたかわかってもいない……」

ばあやが声を震わせ、涙を指先で拭った。

——何を言っているの、ばあや……？

リーシュカは、激しい怒りに肩を震わせるばあやの姿に困惑を覚える。

ばあやの夫が、貴族議院の副議長とは知らなかった。

そんな立派な夫がいながら、なぜリーシュカの乳母になど立候補したのだろう。ばあやは、昔から女王に仕えている一族の出身なのだ、とは聞いたことがあるけれど。

「で、リーシュカはこのままここに住まわせるのか？」

「お待ちを。今、対策を考えております」

ばあやが冷たい声で答えた。

重い沈黙がよぎる。リーシュカは毛布で身体を隠したまま、小さな声で言った。

「いいです。私、何されても我慢します」

リーシュカの言葉に、ルドヴィークとばあやがぎょっとしたように振り返った。

――だってこれ以上ばあやの負担になりたくない。それに……ルドヴィークさんが言うように、私は……甘い……。

リーシュカは唇を噛んだ。『奴隷』として生きている異国人の女は、身体を売っているものが大半だ。貧民窟で『白くない』娼婦が路上で男と交わる姿を何度も見た。

今までは、父が必死に守ってくれたから大丈夫だっただけ。

村人も、近隣でただ一人、貧乏人でも診てくれる『闇医者』に逆らえなかっただけだ。いざというときに診療を拒否されてはたまらないから。

「性病とか、妊娠とか……防ぐ薬はちゃんとあるし、重要な薬だから私も作れます。村の人や貧民窟の人たちにお父様が配っていたから予備もまだ……」

そのときふいに頭がぼうっとしてきた。リーシュカは無意識に手を額に当てる。

――わたしのおとこを……はやく……めざめさせなければ……。

焦りに似た感情が湧き上がったとき、突然頭のてっぺんをゴツンと叩かれた。

突然の予想外の衝撃に、リーシュカの目が点になる。

もやもやと感じていた正体不明の焦りもどこかへ飛んで行ってしまった。

「……二度とそんな馬鹿なことを言うなよ」

頭に軽く拳をくれたのは、ルドヴィークだった。

灰藍色の目は、吹雪の日の空のような、不気味な暗さに染まっている。ルドヴィークの激しい怒りが伝わってきて、リーシュカは思わず毛布を抱く腕に力を込めた。

「お前の身体は、ギリアンが文字通り全身全霊、命がけで守り育てたものだ。お前だけのものじゃないんだよ。クソ野郎どもに指一本触れさせるな、馬鹿野郎」

「な、なんでさっきから、私をお前って呼ぶんですか！　それに馬鹿野郎だなんて！　ルドヴィークさんは、そんなきつい話し方、これまで一度もしなかったのに……っ！」

リーシュカは震え声で反論した。

これまで会いに来たときは、『リーシュカ』『君』と、優しく声を掛けてくれたのに、いつからこんなに荒々しい性格になってしまったのだろう。信じられない。

「残念ながら、俺はもう、昔のようなお坊ちゃまじゃないんだ、優しさなんか期待するな、頭ん中お花畑か、馬鹿」

絶句したリーシュカに背を向け、ルドヴィークは言った。

「起きられたら、着替えて居間に来い」

言い置いて、ルドヴィークは寝室から出て行った。

ルドヴィークの荒々しさに困惑しつつ、リーシュカは傍らのばあやを見上げた。

「ばあや、腕の怪我は大丈夫？」

「え、ええ。大丈夫でございます……申し訳ございません、昨夜は油断いたしまして」

「寝る前は、鍵をしっかり確認してから休むようにするから、私も気をつけるわ。昨日は確かに油断していたかも……」

そう口にして、きっと気を付けていても無駄なのだろうなと思う。危険なのは夜だけではない。一日中だ。保護者を失った十八歳の奴隷の娘に、安全などあろうはずがない。

昼間に買い物に出たって、誰かに草むらにでも引きずり込まれたら、もう……。

――家のどこを塞げば男は入ってこない？　どうすれば隙を作らずに済む？

リーシュカは唇を噛んだ。どう考えても、自分の身は安全ではない。この村は人が少なく、管理しきれていない雑木がそこかしこに生えている。『誰も見ていない』場所などいくらでもあって、卑劣《ひれつ》な人間にとっては、願ってもない場所なのだ。

いつでも、誰にでも、リーシュカを襲う機会はある。これからは、薬草園の手入れをする時間すらも危険に晒されるのだとわかった。

「ばあや、ごめんなさい、危険な目に遭わせてしまって……これからはばあやに泊まり込んでもらわなくても大丈夫なように考えないと」

そう言って、リーシュカは父の部屋の寝台で、ばあやを少し休ませた。

ばあやだって、気が張り詰めて眠っていないはずだ。

――私がしっかりしなくては……。

リーシュカはルドヴィークに言われたとおり、普段着に着替えて居間に向かった。

普段着は父のお下がりだ。顎先まで埋もれるほど大きな毛糸の上着は、とても暖かい。

その下には、父が若い頃に着ていたシャツとズボンを着た。

父は、食事をまともに摂れるようになった結果、栄養状態が良くなり、さらに、薬草園作りのために畑仕事をするようになって、めきめき体格が良くなった。

そのため、ここに越してきた頃の服がほとんど入らなくなってしまったのだ。

捨てるのは勿体なくて、ここ二年ほどは、父のお下がりをリーシュカが着ていた。

ズボンは長くて大きいので、裾を縫い縮め、足首のあたりまでたくし上げている。

足元から風や虫が入ってこなくていい。ついでにブカブカのシャツを腰回りにたくし込めば、緩いけれどずり落ちない。

リーシュカは涙を拭って、くみ置きの水をひしゃくに取り、外の水場で顔を洗った。これで朝の身支度は完了だ。そう思いながら、リーシュカは居間を覗いて声を掛けた。

「ルドヴィークさん、朝食の前に薬草園の手入れをさせてください」

「手伝おうか？」

「いえ、毒草や踏まれると駄目な草があるので、私と父以外は立ち入れないんです」

「わかった。何かあったら呼べよ」

リーシュカは外に出て、薬草園の様子を確かめる。ここ数日記憶がほとんどなかったが、毎日水やりが必要な草があるのだった。

慌てて柄付きの桶《おけ》に瓶の水を移し、その草のところへ走る。草はまだ無事だった。

——良かった、ごめんね、お水だよ……。

リーシュカは二時間ほど掛けて、薬草園の様子を見て回った。

弱い株の周りに生えた雑草を抜き、水やりを終えて、リーシュカは家に戻った。

「お待たせしました」

食堂の椅子に座って脚を組み、仕事の書類らしきものを書いていたルドヴィークが、低い声で言った。

「にしても、ひどい格好だな……」

どうして、そんなに意地悪なことを言うのだろう。

「……何か食べるものを、作りますね」

ルドヴィークの態度が意地悪すぎて、どう対応していいのかわからない。

「リーシュカ、女性物の服は持ってないのか？」

「外出用に一枚だけ作りました。父が昔着ていた服がたくさんあるから、勿体なくて」

「なるほど、下衆どもは昨日の喪服姿に発情したのか」

ルドヴィークがよくわからない独り言を言い、立ち上がった。

「疲れてるんだろう。作らなくていい。ばあやさんを起こして飯屋に行こう」

「この村には……そんなの、ないです……」

困惑しつつ答えると、ルドヴィークが大きなため息をつく。

「じゃあお前、食事はどうしているんだ」

「今から作ります」

リーシュカは薪を入れた籠から、細くてすぐ燃え尽きるものを捜し、燐寸《マッチ》で火をつけた。それを釜《かま》の中の炭に差し込み、火がつくのをじっと待つ。

――薄焼きパンだけで足りるかな……。

リーシュカはちらりと食卓を振り返った。

父の席が空いていて……いつものように出掛けているだけに思える。

でも、これからもずっと、あの席は空っぽなのだ。

信じられない。信じたくない。夕方には帰ってきて、あの席に座っているはずなのに。

リーシュカの脳裏に、真っ赤な血に濡れた大きな手が浮かんだ。

――お父様……。

炭火が燃え始めるのを見守りながら、リーシュカは無言で涙を堪えた。意地悪ばかり言うルドヴィークになんて、泣いているところを見られたくない。

頬を伝う涙を拭わず、リーシュカは無言で瓶から水を汲み、棚にしっかりしまい込んだ残り少ない穀物の粉を取り出した。

器に移した粉に汲み置きの水を入れ、無言でかき回す。

もう父の分は要らない……そう思うだけで泣けて仕方がない。嗚咽《おえつ》を堪えているので、上手く器を支えられなかった。器が傾き、大きな音を立てる。

「どうした」

声を殺して涙を流していたリーシュカは、ルドヴィークに肩を摑まれて、強引に振り向かされた。

「何を泣いてる」

「……あの……あ……お父様の分、もう要らない……って……思って……」

そこまで言った瞬間、どっと涙が溢れた。

慌てて顔を覆おうとする前に、リーシュカの身体がぐいと抱き寄せられる。驚く間もなく、リーシュカの頭はルドヴィークの胸に抱きしめられていた。細身の父とはまるで違う力強い腕と逞しい身体。息もできないほどの抱擁に、息が止まりそうになる。

「あ……あの……あ……」

「ごめん、お前に飯なんて作らせてる場合じゃなかった」

ルドヴィークの声は、優しかった。

優しくなったり怖くなったり、訳がわからない男だ。

そう思いつつも、抱き寄せられて感じるのは、ただ『ルドヴィークがここにいてくれて良かった』という安堵ばかりだ。

なぜ彼が側にいると、こんなにも安心するのだろう。

「ごめんな……」

──『ルディ』……。

リーシュカは彼の上着にしがみつき、声を上げて泣いた。

──本当は何もかもが怖くてたまらないの。私はこれからどうすればいい？

ばあやにも言えない言葉が溢れそうになって、リーシュカは歯を食いしばった。

「なんだこれ、こうか……こう……なるほど……」

泣きじゃくるリーシュカの頭を抱いたまま、ルドヴィークがゴソゴソと動いている。

彼が身動きするたびに、優しい匂いがリーシュカを包んだ。しゃくり上げながら、リーシュカは柔らかな温もりに身を委ねる。

──いい匂い……お父様みたい。ううん、もっといい匂い、これが私の好きな匂い。

「おい、パン、俺が焼いたら失敗したかもしれん、悪い……」

リーシュカの頭を抱えたままルドヴィークがぼそりと言う。そして、頭をもう一度しっかりと抱き直した。

「なんでお前に作らせようとしたんだろう、本当にごめん。泣き止んだら休め。ちなみにパンは穴がボコボコに空いてるんだが、俺は何をしくじったんだ？」

ルドヴィークの胸も、耳に届く声も、何もかもが温かくて気持ちがいい。この腕の中で身体中溶けて、ルドヴィークの一部になってしまいそうだ。

――やっぱりお父様とは違う匂いだわ……。この匂いが一番、私には……。

陶然《とうぜん》となるリーシュカに、ルドヴィークが言った。

「生焼けからいきなり焦げた、最悪だ」

ルドヴィークが無念そうに呟く。彼の胸にしがみついたまま、リーシュカは言った。

「いつも上手く焼けるとは、限らないの、火が、安定しなくて……」

途切れ途切れに答えると、ルドヴィークが笑ったのがわかった。

「ばあやさんが睨んでるから、そろそろ放すぞ」

はっと我に返ったリーシュカは、涙を拭って身体を引いた。

一つの塊だったはずの自分たちが、無理やり二つに裂かれたような感覚を覚える。ルドヴィークと触れあい、融合していた部分が全部、断面になってしまったかのようだ。

初めて感じた異様な感覚に、思わず片腕で身体を抱きしめる。

「ばあやさん、そんな顔するなよ。リーシュカが泣いてるから宥《なだ》めてただけだ」

「……わかっております」

起きだしてきたばあやの低い声に、呆然としていたリーシュカは我に返った。

――そうだ、薄焼きパン……。

リーシュカは振り返って、慌ててかまどを覗き込む。多少生地にムラがあるものの、それなりに膨《ふく》らんで形になっている。

「ちょうど、娘が分けてくれた乳脂《にゅうし》がありますのよ、パンに塗っていただきましょう」

ばあやがそう言って、棚から薄紙に包まれた乳脂を取り出した。

滅多に口にできないご馳走《ちそう》だ。

「よかった、お客様がいる日に乳脂をお出しできて」

リーシュカの言葉に、ルドヴィークがなんとも言えない顔になる。

「単刀直入に聞くが……お前、今後飯を食っていける程度の収入はあるのか」

「え、私は……あの……父の貯金が少しあるので、港町で仕事を探そうと……ここから、歩いて一時間くらいですから……」

嬉しい気持ちも吹っ飛んで、リーシュカはしおしおと俯いた。

父は、ずば抜けた薬学の知識を持っていたから、人々からお金をもらうことができた。

だが、父の手伝いしかしたことのないリーシュカが『闇医者』もしくは『薬師』として瀕死の人を助けられるかと言われたら無理だ。

奴隷の娘、名ばかりの王女であるリーシュカにできる仕事は……。

──娼婦かな……。嫌だ……男の人に触られるの……でも……我慢しなきゃ……。

目に熱い涙が溜まる。

「私が王宮に掛けあい、姫様の生活費の増額を要求いたします。この方はジェニカ様の血を引く姫君なのですから」

「そのジェニカ様とやらだが、何ヶ月か前に、突然謁見《えっけん》中に気分が悪いと言って玉座から去って、以降しばらく姿を見せなかったらしいな。今は腹が膨らんでるように見えるってもっぱらの噂だ。正式な発表はないから、実際のところはわからないらしいが」

ばあやがルドヴィークの言葉に、難しい顔になる。

「ルドヴィークさん、それ、本当ですか」

「ああ、港町では噂になってた。陛下はご懐妊なさったんじゃないかって。赤ん坊ができたのは十二年ぶりとか言っていたかな？　虚弱《きょじゃく》な上に産婦としては高齢だ。出産で死んだら、『あの王太子』が女王になるのかって皆不安そうに噂している」

リーシュカは驚いてばあやの顔を見上げた。

母はまだ三十七になったばかりだ。

赤子を授かっても不思議ではないが、ルドヴィークの言うとおり負担は大きいだろう。最後に子供を産んだのは十五年前、妹のキィラを生んだときだからだ。

「ジェニカ様が体調を崩されるたびに、そのような噂が流れるのです。元からあまりお丈夫ではないので、そのときもお風邪をこじらせたのでしょう」

きっぱりとルドヴィークの言葉を否定し、ばあやが釜の中からパンを取り出した。

「まあまあ、上手に焼けておりますわね」

だがルドヴィークは、話題を逸らそうとしたばあやには乗らなかった。

「俺の話はまだ終わってない。俺が心配しているのは、女王がもし身罷《みまか》ったら、リーシュカの後見をしてくれる人間は誰一人いなくなるという点なんだが。リーシュカは王室からも叩き出されて、この家すら失うんじゃないのか。王太子……マリーシカ王女だったか？　彼女は、まともにリーシュカを庇ってくれるような女なのか？」

「それは……」

ばあやが言いよどむ。

姉のマリーシカも妹のキィラも、リーシュカを姉妹とは思っていない。

女王に何かあっても、手を差し伸べてくれはしないだろう。

「王女たちに関しては、イストニアに居てもロクな噂を聞かない。特に姉のほう。ここ数年、公式の場にも姿を現さず、後ろ暗い噂が絶えないらしいな。妹はいつも居眠りばかりとか」

ルドヴィークの言葉に、リーシュカは唇を噛む。

マリーシカが開いているという、貴族の子息や令嬢を集めての『宴《うたげ》』のことに違いない。

――あの噂は嘘じゃないみたいだし。

港町の産院に、避妊薬や産婦に飲ませる滋養薬を届けに行ったとき、産婆が苦虫を噛みつぶしたような顔で教えてくれたのだ。

最近、マリーシカの『宴』に参加した嫁入り前の令嬢たちがよく駆け込んでくると。

『間違えて孕《はら》んでしまった。堕ろしたい』と、彼女たちは訴えるらしい。

『誰に股開いたのか、どの男に孕まされたのかもわからないって言うんだよ。次からは避妊薬を飲むから売ってちょうだいだってさ。腹の赤ん坊始末して、王太子様の〝宴〟とやらにまた行く気満々のお嬢様ばっかりさ。いいとこのお嬢様が乱交なんて、最低だね』

寂れた山村と、猥雑《わいざつ》な港町しか行き来しないリーシュカの耳にすら、次から次に姉の『淫らな噂』が入ってくるほどだ。

実際王宮では、かなりの問題になっているはず。それでも手のつけようがないのだ。

そんな『王太子』が、リーシュカを助けてくれるわけがない。

リーシュカの脳裏に、マリーシカの姿が浮かんだ。

均整が取れすぎているせいで、中性的に見える美貌。

少年のように細く、凹凸《おうとつ》の少ない身体。そして、その容姿によく似合う短い髪。

何より印象的なのが、頑なに纏うことをやめない男の子のような服装だ。

マリーシカの容姿はとても妖艶で倒錯《とうさく》的で、独特の強烈な魅力がある。リーシュカもそれは、認めざるを得ない。ゆえに、一部の人間は、マリーシカの秘める底知れない沼にからめとられて、おかしくなっていくのだろう。

マリーシカには近づきたくないと心の底から思う。あちらも、リーシュカのことなど気にも留めていないだろうけれど。

悟られないようため息をついたリーシュカは、続くルドヴィークの話に仰天した。

「ところではあやさん、あんたは、王宮から全く給金を受け取っていないそうだな。私財を切り崩してリーシュカの面倒を見てきた。そんな生活がいつまで続く？　そもそも、なぜそこまでして、女王が産んだ不義の子に肩入れししているんだ？」

——ば、ばあやが……王宮から給金を得ていない……？

リーシュカはあまりのことに固まった。そんな話は初耳だ。

「ルドヴィークさんは何をどこまでご存知なのかしら、私の懐《ふところ》の事情にまでお詳しいなんて驚きましたわ」

ばあやは顔色一つ変えず、ルドヴィークを睨み付ける。

「俺が誰なのか、貴女は知っているんだろう。うちの情報網を舐めるな」

薄笑いを浮かべて、ルドヴィークがばあやの手から薄焼きパンを取り上げ、机の上の籠にぽいと放り投げた。

「リーシュカは知らなかったのか？　ばあやさんはもう王宮の職員を退職している。たまに送られてくる金、それから食い物や布などの物資は、女王の侍女頭であるばあやさんの娘さんと、伯爵家に嫁いだばあやさんの姉君が、己の資産を処分して送ってくるものだ」

衝撃の事実にリーシュカは口元を覆った。

「ば、ばあや……本当なの、どうして……」

恐る恐る声を掛けると、ばあやが厳しい顔で答えた。

「ジェニカ様のお願いだからです。女王個体……いえ、リーシュカ様を、健やかにお育てするのが、私の、女王に仕える一族の、義務なのです」

——女王個体……？

聞き慣れない言葉に眉をひそめたとき、ルドヴィークが呆れ声で割り込んできた。

「小難しい話はいい。俺がここにいられるのはせいぜいあと三、四日。リーシュカの十八の誕生日に合わせて仕事の休みを取ったから、それ以上は無理だ。それまでにリーシュカの身の安全を確保しないと」

突然別離の日を告げられ、リーシュカの身体が強ばった。

ルドヴィークがまた居なくなってしまう。リーシュカの手の届く場所から……。

「姫様の件、姉や娘と相談してまいりますので、本日お時間を頂ければと……」

そこまで言い置いて、ばあやははっとした顔になる。

「私が留守の間、姫様におかしな真似をなさいませんように！」

釘を刺したばあやに、ルドヴィークが冷たく笑って答えた。

「女には不自由してないからご心配なく」

言い終えて、ルドヴィークが大きな薄焼きパンを三つに千切った。

「食べよう、二人とも真っ青だ。まずは何か腹に入れてくれ。人を見送るのはとても疲れる……愛する家族なら尚更だ。二人とも弱っているはずだから、無理をするな」

ルドヴィークの言葉は思いやりに溢れていた。けれどリーシュカの頭は、ルドヴィークが発した衝撃のひとこと以降、凍り付いたままだ。

——女に……不自由してない……。

どうしても呑み込めない言葉だった。他の女、自分以外の女がいる。頭では『当然だ』とわかるのに、身体がその言葉を受け付けない。

久々に乳脂を塗った薄焼きパンを食べるというのに、妙に喉につかえる気がする。

――当然よ、当然だわ、だってこんなに素敵なんだもの。

改めて、リーシュカはルドヴィークの横顔を窺う。

ルドヴィークの周りだけ、空気が光っているようだ。

最後に会ったのは五年前で、リーシュカはまだ子供だった。

ルドヴィークの記憶の中のリーシュカは、子供のままだったのだろう。

――だから、私のことなんて忘れて、いろんな女の人と……色々……。

その先は具体的に何も浮かばない。強烈な嫉妬心が込み上げてきて、胸が詰まる。

――私がルドヴィークさんと同い年なら良かったのに、それなら私だって……。

そこまで考え、自分の考えに嫌気がさした。父が亡くなったばかりの朝に、ルドヴィークの周りの女性たちに嫉妬するなんて。

――私……調子がおかしいのかしら……。ルドヴィークさんが、他の女の人と……。

その言葉を呑み込めなくて、吐き気すら覚える。

「姫様、さ、もっと召し上がってくださいませ」

ばあやの声に我に返って、リーシュカは頷いて手にしたパンを千切った。

必死に口にパンを押し込んでいたら、ルドヴィークが思い出したように口を開いた。

「それから、今後はもう、ここには来られないと思う」

衝撃的な言葉に、パンの端っこが指先からぽとんと落ちた。

ルドヴィークはリーシュカの様子に気付いたふうもなく、淡々と続ける。

「俺は、家を継ぐために従妹と結婚する。多分もう会えない。だから、お前が安心できる状態になってからバチェスクを発ちたい」

――結婚……家を継ぐ……ルドヴィークさんに、もう会えない……？

リーシュカの目に涙の膜《まく》が張った。

この優しい匂いの男を独占する女性は、リーシュカの知らないところでもう既に決まっていたのだ。もう駄目だ、もう、本当に駄目だ。

リーシュカの全身からがくんと力が抜けた。膝の上に手を置いて俯く。

どうして……という言葉が、繰り返し抉られて空洞になった心にこだました。

「とにかく、俺が帰るまでになんとかお前の進退を決めよう、いいな」

ルドヴィークの声が聞こえたが、頷くこともできなかった。

頭の中でぐるぐる言葉が回る。どうして価値を知らない人間があっさりと奪っていくのだろう。父のことも、ルドヴィークのことも。

「はい」

リーシュカは乾いた声で返事をした。

『ほかの、おんななんて、かんけいない』

耳元で、若い女が囁きかけてきた。

突然聞こえた声に不安を覚えて、リーシュカは思わず耳を塞ぐ。

『あのおとこを、はやくわたしのものにしましょう』

女の声は耳を塞いでも消えない。自分の声に似ているのが気味が悪い。

幻聴が聞こえるほどに、心身が追い詰められていることが怖かった。

——私、おかしい。きっと色々なことがありすぎて、少し気が昂《たかぶ》ってるんだ。今日は休もう、早く落ち着きを取り戻さなくては。

そう思いながらも、リーシュカの胸の奥には、得体の知れない屈辱感が燻《くすぶ》ったままだ。子供だから相手にされなかった。同い年なら良かったのに、と。

——大人だって思ってもらえたら、一度くらい、気の迷いで私のことを……。

ぐにゃぐにゃと部屋の光景が歪んでいく。

『そうよ、とかしてしまえばいいの。そうすれば、ルディはもう、はなれていかない』

——嫌……気持ち悪い……。

幻聴が怖くなり、リーシュカは歯を食いしばった。

「どうなさいました？」

穏やかなばあやの声に、リーシュカははっと我に返った。同時に目眩も治まる。

慌てて首を横に振ると、ばあやはひどく冷静な口調で尋ねてきた。

「ルドヴィークさんが帰ってしまわれるのは、お寂しゅうございますか？」

灰色の目が探るようにリーシュカを見据えている。この厳しく知的なまなざしの前で、嘘を吐ききれるだろうか。

「え……ええ、そうね……久しぶりに……会えたから……」

冷や汗が滲んだ。ばあやに嘘を吐くなんてやっぱりリーシュカには難しい。

「さようでございますか」

ばあやの口調が、優しいものに変わる。

誤魔化しきれただろうか、と様子を窺うと、ばあやはいつも通りの、落ち着いた表情を取り戻していた。リーシュカはほっと胸を撫で下ろし、小さな声で言った。

「私、部屋で少し休んでくるわ……」

このままではだめだ、おかしな欲求に抗えなくなる。そう思いながら、リーシュカは足早に自分の部屋に駆け込み、寝台に転がり込んで枕に顔を埋めた。

——私の馬鹿……でも、好きなの。お願い、離れていかないで……！

第三章　乙女の誘惑

朝食後、ばあやを送り出し、リーシュカが部屋に戻って休んだのを見計らって、ルドヴィークは懐から出した手紙を開いた。

リーシュカに習ったとおぼしき妙に可愛らしい字で『お招き』の言葉が綴《つづ》られている。半年前に受け取った手紙だった。

『リーシュカが成人します。誕生日にお祝いに来てあげてください。とても逢いたがっています。ルドヴィークが、僕たちに会いに来たくない気持ちもわかります。君は優しい子だから。でも、最後でもいいので、リーシュカにおめでとうを言って、喜ばせてあげてください。これは、あの子の父親としてのお願いです。　追伸　だいぶ、大陸共通語が上手に書けるようになった。リーシュカには負けているけどね。　ギリアンより』

知的なギリアンとは思えない可愛い字で書かれた手紙をたたみ直し、ルドヴィークは目尻に滲んだ涙を拭った。

――俺はあんたにも会いに来たんだよ。どこに出掛けてるんだ……まったく。

未だにギリアンが死んだ実感が湧かない。早く帰ってこい、リーシュカ一人に留守番させるな、とふとしたおりに思ってしまうほどだ。

けれど彼はもういないのだ。あの寂しい墓の下で一人眠っている。あんなに大切に可愛がっていた娘を残して、どれほど心残りだったことだろう。

——駄目だ、泣いているところなんて人に見せたくない。

ルドヴィークは居間の隅で涙を拭い、立ち上がる。

——買い出しに行こう。リーシュカに何か食べ物を買ってやらなきゃ。船に積んできた祝いの贈り物もついでに運んでこよう。

ルドヴィークは玄関の扉を開けた。

「おはようございます」

そこに立っていたのは、二人の男。ルドヴィークの護衛のロードンとカイルだった。

「おはよう、来てくれたのか、ありがとう」

声を掛けられ、ルドヴィークは笑顔で返事をする。

村の人間に駄賃を渡し『港の三号停泊地の〝バーデン四号〟という船を訪れ、ロードンとカイルという人間に伝言を』と頼み、この時間に来るよう指示をした。ちゃんと伝わっていたようだ。

ロードンは三十半ば、カイルはルドヴィークより若い、二十歳そこそこの若者だ。

二人とも、手に猟銃《りょうじゅう》を持っている。否……見る目があれば、それがただの猟銃ではなく、最新式の軍用銃だと気付いただろう。

ルドヴィークは、世界最大の貿易会社、『バーデン商会』を所有するバーデン家当主の甥である。商会で大きな売り上げを占める『武器商部門』の幹部だ。

より優れた武器の開発と、その量産、販売責任を課されている。

バーデン商会の各部門の幹部は、商品の仕入れも製造も全て自腹で賄《まかな》わねばならない。売り上げの三割をバーデン商会に納入する代わりに、看板を使って仕事ができる。

武器商部門は、会長からは『絶対に潰《つぶ》さない』と明言されている。ルドヴィークの代になり、破竹《はちく》の勢いで収益を上げているからだ。だが、武器の製造原価は高い。持ち出し分の高額さから、誰もができる仕事ではないのだ。

ゆえに、前会長の次男で、大富豪だったルドヴィークの亡き父が引き受けていた。

そしてもう一つ、この武器商部門の仕事を誰も引き受けたがらない理由がある。

武器商部門の幹部は、殺しの道具を求めている客に、直接武器を売りに行くのが仕事だ。身の安全は保障されない。

ルドヴィーク自身、『自分たちが武器を購入したことを知られては困る』という理由で、何度か口封じのために殺されかけた。

だが、事前にひたすら戦闘訓練を受けたのと、何より護衛たちが優秀なお陰で、ルドヴィークはまだ生きている。

両親殺しの黒幕である伯父を、地獄にたたき落とすまでは死ねない。

ルドヴィークは、指示を待って佇む二人を一瞥《いちべつ》する。この二人なら、空き巣狙いの男たちからリーシュカを守ってくれるだろう。

「ロードン、カイル、お前たちはここの警護に当たれ。俺は出掛けてくる」

「わかりました」

ロードンが頷く。彼は亡き父の護衛隊長だった。

どれだけ金を積んでも、気が向かなければ雇用されない『伝説の傭兵』だったロードンが、父のもとに居着いた理由は『色々な武器があるから』だったそうだ。狂っている。

ちなみに父が亡くなったあとは、跡を継いだルドヴィークの護衛隊長を務めてくれていた。理由はやはり『新しい武器がたくさんあるから』だ。

ルドヴィークに銃技、および戦闘術全般を叩き込んだのはロードンだ。

亡き父が『ロードンならルディを強い男にしてくれる』と言って、ルドヴィークの武術指導官として指名した。

ルドヴィークは、ロードンに鍛え上げられた。泣いても吐いても気絶しても銃技と武術を叩き込まれた。

『総括』と称する謎の特訓では、火起こしの道具と器と短剣だけを持たされ、七日間山の中を這い回ってロードンの本気の射撃から逃げ続ける……という地獄の訓練を受けさせられた。お陰で何でも食べられるようになったし、自分に向けられた殺意や、銃の照準の気配に異様に鋭く気付けるようになった。

――父さんも、そこまで育ててくれとは望んでなかっただろうな。

ため息をついたとき、カイルがキラキラした目で尋ねてきた。

「ルドヴィーク様、ここに敵がいるんですか？　どの組織の私兵ですか？　こんなド田舎にも敵が追っかけてきたんですか？」

彼は、ロードンが勧誘してきた若者だ。

『山奥の羊飼いの息子に、狼殺しと呼ばれる猟銃の使い手がいる』という噂を聞いたロードンは、ルドヴィークの許可も取らずにド田舎に視察に行った。いつものことだ。

そこで、高性能の軍用銃を構え、群れをなす狼たちを一発も外すことなく射殺してゆくカイルを見かけて、声を掛けたらしい。

『ねえ君、俺たちと一緒に銃撃たない？』と。

『普通の人間は、群れで襲って来る狼たちにビビって狙いを外すんですけどね、カイルは全然動じてなくって〝頭に弾当てれば死ぬから外さなきゃいいッス！〟って言うんですよ。俺は好きです、こういう命の張り方ができる馬鹿。なので雇用しました』

――そうか、カイルはギリアンのこともリーシュカのことも知らないんだった。

ルドヴィークは気付いて、説明を付け加えた。

「今、この家には女の子が一人だけなんだ。彼女の面倒を見ている怖いおばさんは王宮に出掛けた。その女の子を隙を見て犯そうとする村の男が大勢いて、一人にしたくないんだが、俺は買い物に出掛ける。変な奴が来ないように見張って、よからぬ犯行に及びそうな場合は、下半身を剝《む》いて縛って、辻の広場に転がしておいてくれ」

ルドヴィークの簡単な説明に、二人の男は顔を見合わせた。

「ご命令通り、性犯罪者は発見次第、射殺します。いいね、カイル」

「わかりました、ロードンさん！」

ルドヴィークは深呼吸して、もう一度命令を繰り返す。

「違う、殺さなくていいんだ。下半身を剝いて縛って、顔に『強姦魔です』って書いて、人通りの多い辻の広場に転がすくらいでいい」

ルドヴィークの言葉に、ロードンが遠い目になった。

「あー……リーシュカちゃん……覚えています。ギリアンさんによく似た、可愛くて賢い女の子でした。今、十四歳くらいでしたっけ？」

ロードンは、武器の型番と自分が殺した人間の数以外、まともに覚えていない。ルドヴィークは心を無にして、何回も教えたことを再度口にする。

「リーシュカの十八歳の誕生日祝いに来たんだ。この国では成人を迎えるそうだから、贈り物だけではなく、最後に……直接顔を見て祝おうと思ってな」

ルドヴィークの説明に、ロードンが遠い目で言った。

「もうお会いにならないんですね」

「ああ」

「……あんなに若《わか》に懐いていたのに、可哀相に」

ロードンは何か言いたげに口をつぐんだのち、別の話題を口にした。

「そういえば見ました。三十路《みそじ》の女性が、号泣しながら下半身裸の男の片方をぶん殴ってましたよ。あの二人ご夫婦なんですかね。もう一人は俯いたまま顔も上げませんでした。後々まで人間関係にしこりを残す外道の処置。若は嫌がらせの天才ですね」

鬼に外道と呼ばれたくない。だがルドヴィークは心を無にしたまま告げた。

「とにかくリーシュカを守ってくれ、頼むぞ。だがいきなり銃を見せて怖い目に遭わせたりするな。お前らと違ってリーシュカは繊細なんだからな、わかったか」

かすかな頭痛を覚えつつ命じると、銃に頬ずりしていたカイルが微笑んだ。

「女の子を守りたいなんて……それって恋ですね」

童貞が見る夢の大きさに頭痛がする。

こめかみを押さえながら、ルドヴィークはもう一度繰り返した。

「なんでもいいから、指示通り留守を守ってくれ」

そのとき、ロードンが銃を担いだままギリアンの家を見上げた。

「しかしあのギリアンさんが物盗りに殺されたんですか……」

いつも飄々としている顔には、悲しげな表情が浮かんでいる。

「犯人は、リーシュカちゃんの前でなぶり殺しにしてやりたいですね」

ロードンの茶色い目には、寂しげな光が浮かんでいた。

ルドヴィークは頷き、小さな声で答える。

「俺もそう思った。犯人に復讐を、絶対に苛烈な制裁を加えてやろうって。……だけど、リーシュカの心は、そんなことじゃ救われない気がする。今回は、犯人を捜す時間を、彼女の今後の生活をどう立て直すか考える時間に充《あ》てたい。もう、あまり時間がないし」

「若は本当に、もう子猫ちゃんに会いに来てあげないんですか？」

ロードンが念を押すように尋ねる。

ルドヴィークは一瞬言葉に詰まり、きっぱりと頷いた。

「リーシュカには平和に生きてほしいんだ。俺の世界に巻き込みたくない。ギリアンもきっとそう望んでいると思う」

ルドヴィークの言葉に、ロードンもカイルも何も答えなかった。

周りの『普通の人』たちに迷惑を掛けたくない。友人を危険な目に遭わせるのも嫌だ。

この仕事を始めて、古い友人たちと顔を合わせることはほとんどなくなった。

王侯貴族との交友に、華やかな夜の遊興……派手な噂を振りまき『死の商人』という不名誉なあだ名を付けられたルドヴィークから、心の通った友人たちは静かに離れていった。

でもそれでいい。覚悟の上だ。

父も同じだった。兄から押し付けられた『武器商人』の職を受け入れ、私情を交えず淡々と仕事をこなしていた。収益の上前をはねるだけの『会長』職に就いた兄に、『仕事を辞めたら妻子を殺す』と脅されていたからだ。

だがルドヴィークには守りたいものなどない。あったとしても、あえて遠ざけた。

嫌いなものは全部殺す。殺すからには殺される覚悟もある。

部下を巻き込むつもりはないから、狙われるのは自分だけでいい。

結婚相手も、殺されようがどうでもいい、愛の欠片も感じない女に決めた。

目立つ色の髪を伸ばした理由は、自分を標的にするためだ。好んで身につけている派手な衣装も同じく『俺を的《まと》にしろ』と思って選んだ。

ルドヴィークの派手で洒脱《しゃだつ》な装いは、敵に『あいつは道化だ』と侮らせ、返り討ちにするのにうってつけだった。それに、真っ先に自分を狙ってくれれば話は早い。最悪の場合も周囲を巻き込まずに済む……。

こんな危険な男の側に、リーシュカを近づけたいわけがない。

──あいつのこれからのこと、どうしてやればいい？

かまどの前で声も出さずに涙を流していた、リーシュカの儚げな姿を思い出す。

ルドヴィークには、あの涙は止められないのだ。

あまりに哀れで、髪をかきむしりたい気持ちになる。

復讐は、リーシュカの心を癒《い》やす助けにはならない。ただ彼女の溜飲《りゅういん》が下がるだけ。心を苛む刃の一つが消えるだけに過ぎない。

──俺が誰よりもよく知っているのに……何をしたってこの喪失が埋まらないことを。

ルドヴィークの心は、凄惨な復讐を遂げても大きく穿《うが》たれたままだ。

何をしても父と母は永遠に戻らなかった。『ルディ』と呼んで抱きしめてくれる腕は、この世のどこにもない。

両親を死に追いやった相手を滅多刺しにしても、悲しみも悔しさも消えなかった。『卑劣な人間にこの手で報復した』という事実を杖代わりにして、なんとか立ち上がれただけだ。リーシュカにしてやれそうなことが少なすぎて、焦りばかりが募る。

「じゃ、頼んだ」

「あ、そうだ若、最近、バチェスクの聖王宮にイストニアの密使が出入りしている話を聞いたんですけど。女性物の手土産を持っているとの話もありました。マリーシカ王女か、キィラ王女に接触しているんでしょうか……。引きこもりの女王陛下が密使にお会いになるはずもないし……」

ロードンがそう言って、指で輪を作ってみせる。情報は精査済み、という意味だ。

「密使が誰かわかるか？」

「恐らく、イストニア王室の関係者でしょうね。バチェスクの聖王宮に出入りできるくらいですから。髪が黒くて、色黒な女の子を捜してるみたいですよ。そんな子たくさんいましたけどね、港町をぐるっと見て回れば……」

ロードンの報告に、ルドヴィークは眉根を寄せた。

——まさか、リーシュカのことか？　いや、考えすぎかな……？　イストニアが彼女を捜す必要なんてないしな。

ギリアンはかつて『この村に第二王女がいることは王家の機密なんだ。知っているのは陛下とその側近、バチェスク派教会の上層部と、貴族議院の一部と……あとは村長さんだけ。村の人たちにもリーシュカの出自は伏せている。マルヒナさんには、リーシュカの亡くなった母親の親戚という名目で通ってもらっているんだ』と言っていた。

――王家にうち捨てられた穢れた王女の割には、異様なほど堅固に隠されていたよな。ともあれ、情報統制が敷かれていたのは間違いないだろう。リーシュカを『第二王女殿下』と知ってなお、夜這いに来る馬鹿はいないだろうし。

そう思いつつ、ルドヴィークは頷いた。

「俺が帰ってきたらもうちょっとその件を追跡してくれ」

「了解です」

ロードンの答えに頷いて、ルドヴィークは歩きだした。

惨めな『強姦魔』がさらし者にされている広場を足早に横切る。

誰も、ひいひい泣いている男たちに手を差し伸べようとはしていない。

ルドヴィークの唇に酷薄な笑みが浮かんだ。


数時間後、自分の船に祝いの品を取りに戻り、バチェスクの港町で買い物を終えたルドヴィークは、大荷物を引きずり、貸し馬車の待合に並んだ。しばらく待てば、空きの馬車が来るだろう。

美味い食べ物があれば、綺麗な服や飾りがあれば、リーシュカをあの悲しみから少しでも立ち直らせられるだろうか。それとも、お金があれば少しは安心できるのか……。

どれだけ考えても、彼女を笑顔にできるという確信が持てない。

リーシュカが幸せだった頃の思い出が繰り返し浮かぶ。五歳の頃、怪我をしたルドヴィークの膝に乗って、にこにこしていた顔。

『ずっとにゅういんしよう、いっしょにいよう』と無邪気に言われて嬉しかったこと。

傷ついた心身が、可愛いリーシュカにどれほど癒やされたことか……。

窓の外の光景を眺めていると、リーシュカの愛らしい姿が浮かんでは消えていく。

山村に引っ越した七歳の頃、背が伸びたルドヴィークに驚いて、ギリアンの後ろに隠れてなかなか顔を見せてくれなかったこと。

翌年、長く伸びた美しい髪を翻し、玄関から飛び出してルドヴィークを出迎えてくれた子鹿のような姿。

最後に会った十三歳の頃には、リーシュカはルドヴィークが知るどんな少女よりも美しくなっていた。

『ルドヴィークさん、次に来たときは、私とお父様を船に乗せてね』

不思議な甘い香りを漂わせ、愛らしい頬を染めて目を輝かせるさまは、ルドヴィークの思い上がりでなければ、恋する少女そのもので……。

――だけどあの頃、俺はもう『死の商人』への道を突き進み始めていたんだ……。

胸を抉られるような気持ちで、可愛い笑顔に頷いたことを思い出した。

リーシュカが大事にしている約束を永遠に守れないことが辛くて、次第に手紙も書けなくなった。ギリアンからの手紙がなければ、リーシュカのことは一生心の奥底に押し込めておくつもりだった。

どんどん美しくなって、ルドヴィークを驚かせたこと。背後でずっと娘を見守っていたギリアンの優しい表情。

一度は封じ込めたはずのあらゆる懐かしい光景が次から次に思い出されて、胸が痛い。なんとか彼女の傷を軽くしてやらなければ。けれど時間がない。

——今なら、リーシュカを受け入れてくれる人は増えたんじゃないか？

この国は、特権意識に凝り固まり、昔ながらの排他的な暮らしを捨てられない貴族社会を置き去りにして、再び百年前の豊かさを取り戻し始めている。

バチェスク聖王国はここ十年ほど、女王ジェニカの意向で交易を再開するようになった。

王配が死んで、少しだけ自分の意見を言うようになったとの噂だった。密偵の報告によると、女王は、『異国人の赤子を産んだ罰だ』と、王配に暴力を振るわれていたらしい。彼が亡くなるまでは、人前で口を利くことも稀だったと聞いた。

女王の『他国との国交、交易再開』の意向に、貴族議院の一部は強く不快感を示していると聞く。

だが、商人や庶民は『神に選ばれた聖なる民』や『異国人と交わらない清き民』の肩書きよりも、金と豊かな暮らしを欲している。

お上《かみ》に睨まれても異国人と商売をして、小銭を貯め込もうとする者たちが増えたのだ。港の貸し停泊所の主も、異国からの船が多くを占める港を見回し、こう言っていた。

『女王様が、異国人と接しても汚れやしないって身をもって示してくれたじゃないか。あの方は全身真っ黒なお姫様を産んでも、真っ白でお綺麗なままだ』

実際、バチェスクの港町は、これまで訪れたどんなときよりもずっと活気づいていた。

庶民は異国の人間にも慣れ始めている。

リーシュカにも、なんとか自活できる道はあるはずだ。

だが、安全に暮らすには、リーシュカは美しすぎる。バチェスクの人々から見ても、年頃になった彼女の姿は魅力的すぎるだろう……。

——まだ時間はある……ぎりぎりまで、あいつをなんとかする方法を考えよう。

ルドヴィークは自分に言い聞かせ、やってきた空きの貸し馬車に手を上げた。


貸し馬車のおやじに『山村へ』と告げ、ルドヴィークは大量の荷物と共に後部座席で脚を組み、ため息をついた。

「山村に行商に行くのかい？　あそこ、高い品物なんて売れないよ」

貸し馬車のおやじに聞かれ、ルドヴィークは低い声で言った。

「商売をしくじった親戚が住んでるんだ、金がなさそうだから支援物資を持って行く」

息をするように、本当っぽく聞こえる嘘が口から出てきた。昔はこんな人間ではなかったのだが、何度も死にかけるうちに、脅しと言い逃れの技術が飛躍的に向上したのだ。

「へぇ、そりゃ気の毒に……あんな場所不便だもんなぁ」

——このおやじも俺がバチェスク人じゃないのに、特に嫌な顔はしないな。

ルドヴィークは何気なく尋ねた。

「最近は、俺みたいな異国人もよく乗せるのか」

「今の女王様は、異国人と愛し合ってお姫様まで産んだんだよ。貴族議院は異国との交流に未だに乗り気じゃないけど、俺ら庶民からすれば、女王様が受け入れているなら、別に俺らも異国人と付き合ってもいいんだな、って思うよね。だって、聖王家の女王と言えば、うちの国の守り神みたいなものだから」

百年ほど前まで、聖王家はこの国を豊かに保っていたと歴史の教師に聞いた。

しかし今のバチェスクは、あらゆる文化水準が他国に比べて数十年単位で遅れている。

王都から遠い地方都市には、まともな病院さえないらしい。イストニアの人々の間では『大陸で一番遅れた国』と言えば、バチェスクの名前が真っ先に挙がるほどだ。

バチェスク聖王国の凋落《ちょうらく》はいつ始まったのだろう。

「昔は、女王も政治に関わっていたのか？」

尋ねると、親父は明るい声で笑った。

「そう。昔の女王様は代々、神様のお告げで、『偉大な器の男』を見つけてさ、自分の夫に据えて、夫の力を借りて見事に国を治めていたんだ」

「優秀な男が、女王の配偶者に選ばれてきたというわけだな」

納得したルドヴィークの言葉を、おやじは驚いたように否定してみせた。

「そんなわけないだろ！　女王様が、選んだ男を優秀な支配者に変えるんだよ。神様から授かった力で『開花』させるの、『開花』」

『開花』とは何だろう。突然インチキ臭い話に思えてきた。宗教みたいなものだろうか、と思ったルドヴィークの耳に、意外な言葉が飛び込んでくる。

「大分前に、女王様の夫選びの儀が廃止されて、この国はおかしくなったんだよな」

「夫選びの儀……？」

「そう。あれがなくなってから、斜陽《しゃよう》の王国だよ」

今の会話が通じて当然、といわんばかりの態度だ。

「俺は、夫選びの儀という言葉を初めて聞いた。そんな行事があるのか？」

ルドヴィークの問いに、おやじは明るい声で笑い、教えてくれた。

「そっか、悪い。兄さんは知らなかったか。昔この国には、女王様が婿を指名する儀式があったんだよ。男は身分も容姿も問われないんだ。でも女王様に選ばれ『開花』させられた男は、皆王配として、女王様と共にこの国をよく治めたんだよ」

――さっきから妙な話がぽんぽん出てくるな。バチェスクの常識みたいだが。

訝しむルドヴィークの表情には気付かない様子で、おやじは声を潜めて言った。

「やっぱりあの儀式は復活させたほうがいいんじゃないかな。俺の周りの奴も皆言ってる。貴族議院が選んだ王配を陛下に押し付けても、全然『開花』しないじゃないかって。女王様は、男なら誰でも『開花』させられるわけじゃないんだぞ、ってさ」

不満を漏らすおやじの言葉に、ルドヴィークは聞き入った。

「夫選びの儀が絶えてから、まともに『開花』した王配殿下はいないんだよ。今の女王様の王配殿下なんて、顔と身分以外、いいところなんてなかったな。大分前に事故で亡くなったお方だし、悪く言いたかないけどね。それに第一王女のマリーシカ殿下も、男なのか女なのかもわからないような……」

おやじの話は異国人相手のインチキ話なのか、それともこの国では常識なのかと判断しかねていたルドヴィークは、さらに出てきた匂わせ話に思わず食いついてしまった。

「男か女かわからない？　どうしてそんな評判なんだ？」

「ご両親に似て美しいお姫様なんだが、どんな場所でも男装してたんだよ。言葉遣いも乱暴でさ。しかも最近は公務にも顔を出さない。不思議な王太子様だろう？」

「へぇ……知らなかった。男装ね……」

服装の話題ついでか、おやじが思い出したように尋ねてきた。

「そういや、兄さんは何の仕事してるの？　かっこいい服着てるな、指輪とかつけて」

「イストニアって知ってるか、あそこに本社がある商会で働いているんだ」

「でっかい国だもん、もちろん知ってるよ。商会かあ。海洋貿易ってヤツだろ？　儲かりそうでいいな」

――十三年前のバチェスク人は異国の話題すら嫌っていた。たいした進歩だ。

ここ十年、バチェスクを訪れる異国人の数は増えている。

商売人なら誰でも思う。人が住む場所には、何かしら商売の種が見つかるはずだと。その潮流《ちょうりゅう》は大きな波となり、バチェスク聖王国の庶民階層を呑み込もうとしてるのだ。

十三年前は『異国人の血で穢れる』と、大怪我の治療さえ断られたが、今では金さえ積めばどこの病院でも手当てしてくれるのではないかと思える。

与太話《よたばなし》をしているうちに、貸し馬車は山村にたどり着いた。ルドヴィークはリーシュカの家の前で馬車を降り、あたりの様子を窺った。

「おい」

低い声で呼ぶと、家の裏から人影が現れた。ロードンとカイルだ。

「ありがとう、変なことはなかったか？」

ルドヴィークの問いに、カイルが親指と人差し指で輪を作り、明るく答える。

「ありましたけど大丈夫でした」

カイルは銃を撃つ以外は何もできない。だが、社員教育もルドヴィークの仕事だ。

「それで終わらせるな。ちゃんと全部報告しろ」

「あ……えと……この村をうろうろしてる異国人たちが居たんです。村のお姉さんも『一度も見かけたことのない人たちだ』って怖がってて。だから俺まで怖くなっちゃって」

この報告は最終的にどこへ行きつくのか。そう思いながらルドヴィークはひたすら耐えた。ロードンが黙っているのも、きっとカイルに報告の練習をさせようと……。

「あ……ネコちゃんだ……フフ……」

ロードンは座り込んで地面で身をくねらす猫を撫でていた。

ルドヴィークが部下に求めるのは秀でた戦闘力、そして死なないことだ。

この二人はそれを満たしている。正しくはそれ以外何も満たしていない。だが得がたい人材なのだ。自分にそう言い聞かせながら、ルドヴィークは続きを待った。

「ひと気のないところに向かったので、こっそり後を追いました。その人たち、『リーシュカ王女というのはあの畑のある家の娘だろう』とか言い出したんで、『待ってください、誘拐は駄目ですよ』って声を掛けたんです。そしたら急に銃を向けられたので」

眉根を寄せたままのルドヴィークに、カイルが普段よりやや低い声で言った。

「一人対多数だし、先制しないと面倒なことになるなって思って」

——おい……待て……何をした、もうその辺に死体が転がっているのか……。

「全員の脚もしくは腕、潰しときました。人間の群れ、狼と違って立ってるだけなんで、貫通弾使えばまとめて片付きますね！　報告は以上です」

かろうじて合格だ。殺したら、相手の正体もわからないまま敵に回すことになる。

「……そいつらの訛りは？」

「え、あ、えっと……俺と同じだったんで、イストニア……かな？」

ルドヴィークは眉間に皺を寄せ、カイルの報告を反芻《はんすう》した。ロードンも少し前に似たようなことを言っていたのが気になる。

なぜイストニアがリーシュカを捜しているのだろう。

――誰に報告すればいい？　まずばあやさんだよな。間違いなくリーシュカのために動いてくれるはずだ。

そう思いながら、ルドヴィークは二人に告げた。

「お疲れさま。今日はありがとう」

ルドヴィークの言葉に、猫に逃げられたロードンが立ち上がって答えた。

「では『船』に戻ります、また明日、同じくらいの時間に来ましょうか？」

「明日はリーシュカが朝から王宮に出掛けるそうだ。だから明日は来なくていい」

「そうですか。カイルが銃ぶっ放しちゃった密偵さんたち、リーシュカちゃんを攫う気満々みたいなので、ちゃんと守ってあげてくださいね」

「ああ、ちゃんと守る」

ルドヴィークの答えに、ロードンがにやりと笑って歩きだす。カイルが『お疲れさまです！』と叫んで、ロードンの後を追っていった。

ルドヴィークは二人を見送って、家の戸を開ける。

――ばあやさんは……？

どうやらまだ帰っていないようだ。ルドヴィークは荷物を居間の隅に積み上げ、リーシュカの部屋に向かった。

「おい、大丈夫か」

扉を叩くが返事がない。そっと扉を開けてみると、中は真っ暗だった。

居ない。ロードンたちが見張っていたので、家からは出ていないはずだ。どこに行ったのかとルドヴィークは家の奥へと踏み込んだ。

――あいつ、どこ行った？　こっちは何があるんだ？

ルドヴィークは、廊下の奥の引き戸に目をやった。あの扉の先は、位置的に小屋の外の気がする。増設した物置か何かだろうか。

すると、木の引き戸一枚隔てて、かすかにリーシュカの泣き声が聞こえてきた。

――泣いてる……？　どうした？

ルドヴィークは慌てて、その薄い引き戸を勢いよく開けた。

「どうした！」

その部屋は、どうやら小屋に増設した土間のようだ。

中は、一本のろうそくでぼんやりと照らされている。

リーシュカは、少量のお湯を大きなたらいに張り、その中に一糸纏わぬ姿でぺたんと座っていた。

「え、あ……お前、何して……」

数秒見つめた末に、状況を理解した。沐浴中《もくよくちゅう》だ。

袋に入れた何かで裸身を擦っている最中に、ルドヴィークが扉を開けてしまったのだ。

蝋燭の茜《あかね》色の光が、ぞっとするほど妖艶な身体を照らし出した。

滑らかな背中、くびれた細い腰、形の良い豊かな尻。両腕で覆っている乳房が潰れ、脇からぷくりとはみ出している。

儚い光に照らされた身体は、気が遠くなるほどの美しさだった。

――なぜだ……？　この前まで、五歳だっただろ……自分のこと『リーチュカ』って言ってただろ……！

理不尽な怒りが湧いてくる。

あの可愛い子猫が、誰の許可を得てこんなに色気のある女になってしまったのだろう。ギリアンは何を考えてこんな色気垂れ流し放題の娘に育てたのか。

これでは悪い虫が付いても無理はないではないか。

――いや、そうじゃない、ギリアンが女性だったらこんな感じの美女になっていただろうし、リーシュカが異様に美しくなったのは、誰のせいでもなく遺伝だ……！

何も間違っていない。リーシュカは父親そっくりの美女に育っただけ。

間違っているのは全裸のリーシュカを凝視している自分だ。成熟したてのみずみずしい身体からどうしても目が離せない。

「扉閉めて！」

悲鳴のような声で叫ばれ、ルドヴィークは我に返って反射的に扉を閉めようとした。だ

がぴくりとも動かない。

開けるときは簡単だったのに、閉めるときに異様に立て付けが悪いのはなぜなのか。

「い……いや……早く閉めて……！」

怯えさせていることが痛いほど伝わってきて、ルドヴィークは焦って目を閉じた。

「悪い、扉が閉まらないんだ。目を閉じた。絶対見ないから安心しろ」

必死に扉をがたがた言わせていると、すっとリーシュカが立ち上がる気配がした。

柔らかな匂いとほのかな湿気が近づいてくる。リーシュカが全裸のまま立ち上がり、扉を閉めに来たのだ。

――お、俺が、目を閉じていると言ったから、信用しているんだな……。

自分が劣情を催《もよお》していることをいやが上にも認めざるを得なかった。全身全霊で力を込めていなければ目を閉じていられない。あの美しい身体が見たい。

渾身の力で目を閉じて待つ。リーシュカは動かない。なぜ動かないのだろう。見ていいということなのだろうか。阿呆《あほう》な迷いが、ルドヴィークの目を開けさせようとする。

――見るな、リーシュカの信頼を裏切るな。

しばらくぎゅっと目を閉じ続けていると、かすかなため息が聞こえた。

失望のため息のように聞こえた。だが目を開けられないので、表情を確認できない。

ルドヴィークが手を掛けている扉がカタンと音を立てて、するすると閉まる。

身体中の力がどっと抜け、滝のような汗が噴き出した。

心臓がどくどくと音を立てている。吸い付くように艶やかな褐色の肌が、まぶたの裏に焼き付いたままだ。ルドヴィークはごくりと音を立ててつばを飲み込んだ。

——落ち着け、あれはリーシュカだぞ。

なぜ、今更こんな初《うぶ》な少年のような反応をしてしまったのか。

大きく息を吸って目を開け、ルドヴィークは足早に居間に戻った。

——なんだ……あの……身体は……！

つい最近まで無邪気にくっついてくる子供だったのに。

頭を振っても、リーシュカの濡れた美しい身体が目に焼き付いて消えない。

——だめだ……先に荷物を片付けよう。

ルドヴィークは無言で居間に戻り、祝いの品と食料や雑貨の整理を始めた。

食料、リーシュカの服、リーシュカの装身具、布、扉や窓に付ける錠前、かんぬき。

頭が働かなくて、何も片付かなかった。

——やっぱり現金を置いていくのが一番いいかな。食べ物だけ外に出しておくか。

そう思ってごそごそと荷を探る。焼きたてだというパンが出てきた。それから惣菜《そうざい》も。

リーシュカは小さい頃肉が好きだったので今も好きに違いない……と思って香草焼きの紙包みを卓上に置いた。

そのとき、居間の扉が開いて、足音もなくリーシュカが入ってきた。濡れた髪を乾かすためか、片方にまとめて布で絞っている。

先ほどの美しい身体はギリアンのお下がりの服で隠されていて、ほっとした。

「さっきは悪かった。物置で泣いてるのかと思って……あそこ、風呂だったんだな」

気まずさを押し殺して言うと、髪を絞っていたリーシュカが顔を上げ微笑んだ。

「いつもあの土間で身を清めているんです。水がこぼれても地面に吸い込まれるから、始末が楽で」

柔らかな声音だった。怒っていないようだ。安堵すると同時に、まともな風呂場はないのかと不思議に思う。

「浴槽はどこだ？」

思わず尋ねると、リーシュカは不思議そうに首をかしげた。

「村長さんの家にあるの。お風呂が無い家の人たちは、交替で借りに行っていて、私の家も月に二度くらいは浴槽を使わせてもらえるんです」

——な……ではリーシュカはあの沐浴をほぼ毎日……！　クソっ、ここに住みたい！

リーシュカは凍り付くルドヴィークの脇を通り過ぎ、山積みの荷物の前で立ち止まった。

「あの……この荷物はなんですか？」

「ああ、これか。ちょっと待ってろ」

ルドヴィークはリーシュカを椅子に座らせ、荷ほどきを始めた。成人祝いに準備したゆったりしたドレスと、銀の刺繍がされた黒の帯を手渡す。

「せっかく美人なんだから家の中でくらいは綺麗にしとけ」

そう言うと、リーシュカがぽっと頬を染めた。

再会して初めて見せた明るい顔に、ルドヴィークは自分でも驚くほどの安堵を覚える。

「ありがとう」

小さな声で答えて、リーシュカは服を抱えて部屋を出て行った。だがしばらく後、困った顔で、ドレスだけを着て戻ってきてしまった。

「この布はどうやって使うの？」

「飾り帯だけど……結んだことがないのか？」

「こういう服、見たことがなくて」

確かにバチェスク人の衣装は、ひと時代昔の、典雅《てんが》な装いが標準だ。

それなりに金のある庶民は、海の向こうから来た目新しい流行を取り入れ始めているようだが、大半のバチェスク人は大昔で時が止まっている。

「ちょっと腕を上げてろ」

濡れた髪のリーシュカは素直に両腕を持ち上げた。

「こうやって腰に飾り帯を二重に巻いて、胸のあたりは苦しくないようにちょっとゆとりを持たせるんだ。人にやってもらうときは腕を上げていると勝手にそうなる」

「どうして着せ方に詳しいの？」

喜ぶかと思いきや、リーシュカの声は冷たかった。

この不機嫌は風呂を覗いたせいだろうか。だとしたら悲しい。本当に風呂だとは思わなかったし、覗くなら全身全霊で気配を殺すのに。

「何怒ってるんだよ……嫌なのか、この服」

リーシュカは何も答えない。ルドヴィークは豊かな胸に触らないよう細心の注意を払いながら、リーシュカの細腰に飾り帯を結んだ。

「ほら、綺麗な服だろう、肩にこの布を羽織っとけ、これも贈り物だ。……それとこれ、首飾り。女ならいい品物を身に着けろ。綺麗に装っていれば、ますます綺麗になるんだよ」

ルドヴィークは、金細工の首飾りをリーシュカにつけた。

細やかな文様を象った部品を何十と連ねた、手作りの首飾りだ。

職人が、気が遠くなるような時間と技術を、小さな文様部品一つ一つに注ぎ込んでいる。

「似合うな、お前みたいな綺麗な女には、本物の金細工師の仕事が映える」

ルドヴィークはしみじみと言った。

リーシュカの無垢な佇まいと生来の美貌に、王侯貴族のために鑿《のみ》を振るって作られた、煌びやかな金の首飾りは素晴らしく似合っていた。

——これほどの細工に負けない女は、お前が初めてだ。

最高峰の金細工の輝きさえ従える美貌の持ち主は、恐らくリーシュカ以外にいない。

うっとりしながら、ルドヴィークは首飾りの位置を少し直した。

「ねえ、どうして、そんなに女性の服に詳しいの？」

リーシュカは首飾りなどどうでも良いらしく、鋭い声で尋ねてくる。

——答えづらい質問をするようになったな。本当に、大人になった……。

詳しいのは、お金が掛かる玄人《くろうと》美女たちに、衣装や宝石を山のように貢いできたからだ。

だが、リーシュカの清らかな耳に爛《ただ》れた話を聞かせたくない。

『女に不自由してないって言っただろ？』

『お前が思ってるよりモテるんだよ』

そう答えればいいのに、なぜか喉につかえて出てこなかった。

「母さんが生きてた頃に……よく着替えを手伝ったから……」

子供でも信じないような嘘が口から出てきた。

「本当にお母様のお手伝いで覚えたの？」

「なんだよ。妬《や》くなって」

反射的に答えてしまい、内心大慌てでした。

なぜリーシュカに、色恋ごっこめいた台詞を吐いてしまったのだろう。

もちろん普段の生活態度が悪いからだ。言葉遊びに慣れた玄人美女なら適当に受け流してくれただろうが、純情なリーシュカは困るに違いない。

——今のは聞き流してくれ……。

ルドヴィークは念じながら帯を結び終えて顔を上げ、はっとなった。

リーシュカが目に涙を溜めて、唇をぎゅっと引き結んでいたからだ。

「……どうした？」

恐る恐る尋ねると、リーシュカは顔を覆ってすすり泣き始めた。

——そういえば、風呂でも泣いてたな、いや、泣いて当たり前か。悲しいもんな。

ルドヴィークは困惑したまま、まだ湿った頭をそっと抱き寄せる。

「だって、ルドヴィークさんが、女の人に……不自由してないなんて言う……から」

すすり泣きながらリーシュカが言った。

ルドヴィークの胸に、得体の知れない感情が湧き上がる。

——えっ？　本当に俺の女関係に妬いているのか？　な……何をお前は……可愛い……ことを……！

泣かせているほうのくせに顔が緩みそうになる。

馬鹿、落ち着けと、心の中で百回己の横面を叩いた。

「ルドヴィークさん、もう来ないって……結婚するから来ないって……どうして？　どうしてお父様もルドヴィークさんも居なくなるの……嫌だ……」

消え入りそうな声で言われ、ルドヴィークは思わず腕に力を込めた。

バーデン商会は今、会長である伯父の天下だ。

伯父は、弟だったルドヴィークの父が『信じられないような悲しい巡り合わせ』で死んでからますます増長し、今では一国の王のように振る舞い始めている。

その娘、ルドヴィークの『婚約者』であるフィオリーネ・バーデンもそうだ。

彼女は、商会の他の幹部ですら眉をひそめるほど金遣いが荒い。

ルドヴィークたちが命がけで稼いできた血と汗にまみれた上納金は、伯父のさじ加減一つで、何一つ仕事をしていない『名誉役員』の従妹の特別報酬となる。

――あの女、新婚旅行で俺狙いの流れ弾に当たってお星様になってくれないかな。

苛立ち紛れに心の中で呟いたとき、リーシュカの震える声が耳に届いた。

「帰らないでほしい……私、本当は、怖いから……」

――リーシュカ……。

ぎりぎりと胸が痛んだ。血まみれの世界から引き返せなくなった馬鹿な自分の代わりに、誰かが彼女を守ってくれればいいのに。

己の全てを擲《なげう》ってリーシュカを教育したマルヒナも、もう六十すぎだ。

誰かがリーシュカを妻に迎え、落ち着いた家庭で守ってくれれば……。

だが、そこまで考えたら胸が焦げるような気持ちになった。

ルドヴィークの本音の部分は『リーシュカが結婚して幸せになった』なんて報告を聞きたくないのだ。なんと自分勝手な男だろう。

自分の都合で置いて行くくせに、誰のものにもならないでほしいなんて……。

痛み続ける胸を無視して、ルドヴィークは淡々と告げた。

「お前のことを放りだして帰ったりしないよ。お前がある程度まともに生活できるように目処《めど》を付けていく。面倒を見てくれる人だってばあやさんと一緒に探して……」

言葉が上滑りしたのがわかった。

リーシュカの望みは『一人にしないで』なのに、ルドヴィークは『お前を誰かに任せて国に帰る、もう会わない』としか答えられないのだ。

そんな答えをリーシュカは望んでいないのに。

『ねんねのした、かくれる、ダイジョブ』

五歳のとき、どうしてもここに残ってくれとせがんだリーシュカの言葉を思い出した。

「お前、昔から変わってないな」

言葉にした瞬間、愛おしさが込み上げてくる。

ルドヴィークが居なくなるのは嫌だと、子供じみたことを言うリーシュカが理屈抜きで可愛くて仕方ない。昔も可愛かったが、今はもっとだ。

本来なら明日のリーシュカの『成人』を祝ったら、すぐにイストニアにとって返し、仕事に戻らねばならない。出席すると約束した宴や会食の予定が詰まっているのだ。

新しく開発された迫撃砲の性能検査にも立ち会わねばならない。

リーシュカの『ルディ』は、死の商人と呼ばれる『ルドヴィーク・バーデン』に戻らねばならない。

それなのに、身体はリーシュカを置いて帰りたくないと言っている。

「じゃあお前の寝床の下に隠れて、迎えに来た部下をやりすごそうか」

冗談めかして答えると、リーシュカはこくりと頷いた。

細い腕がルドヴィークの腰に回る。力は弱いが、間違いなくリーシュカのほうから抱きついてきたのだ。

まさか、引っ込み思案のリーシュカがこんな大胆な振る舞いに及ぶとは思わず、ルドヴィークは動けなくなった。

「うん、隠れる場所、あるよ……私の部屋に……」

押し付けられた身体は柔らかく、厚手の衣装越しにも弾むような感触がわかった。リーシュカの身体から、たとえようのない不思議な匂いが漂ってくる。

果物でも花でもない、もちろん香水でもないのに、甘く感じる不思議な香りだ。

どくん、と心臓が音を立てた。

――リーシュカのこと……抱いていいんじゃないか……？

身体が熱くなり、ろくでもない考えが浮かんだ。こんなに可愛くて手放せないなら、自分のものにしてしまえばいい。と。

いい香りに包まれて、頭がくらくらしてくる。

優先するのはリーシュカだけでいい。

今すぐ仕事を捨ててリーシュカを選べばいいのだ。後のことなど、どうでもいい。

きっと彼女が、どこか正しい場所に自分を導いてくれる……。

――馬鹿……なにを考えてるんだ、俺は……。

自分の想像の恐ろしさに動悸がしてきた。この脳が芯から溶けるような香りのせいだ。

リーシュカのことしか考えられなくなっていく……。

「だから一緒に居て、『ルディ』『ルディ』」

リーシュカに『ルディ』と呼ばれ、心の奥が甘く疼いた。

昔と同じ。リーシュカは自分を信じ切り、甘えきっている。こんなに可愛い女の誘いに応じないなんて……。

——馬鹿、誘われてないぞ、何を考えている、落ち着け……。

甘い匂いを必死に振り払ったとき、玄関の扉が開く音が聞こえた。

「ただいま戻りました」

すっと、まとわりつくいい匂いが消えた。

ルドヴィークは我に返り、慌ててリーシュカの身体を押しのける。

マルヒナはリーシュカとの距離が異様に近いことなど気にも留めない様子で、部屋に入ってきた。そのことにかすかな違和感を覚える。

「遅かったな、何があったんだ？」

「姉や娘と会ってまいりましたの。明日は姫様の成人の日ですし、女王陛下への謁見が予定通り行われるのか、色々と確認が……」

マルヒナは言葉を濁《にご》しながらショールを外し、リーシュカに歩み寄って目を細めた。

「まあ、素敵なお召し物ですこと。ルドヴィークさんがくださったのですか？」

リーシュカが無言で頷く。ほんのり頬を染めている。

「お綺麗になさっていたほうがようございますね、お家の中くらいは」

マルヒナは笑顔のまま、リーシュカの胸元を飾る豪華な金の首飾りを直した。抱き合ったせいで位置がずれたことには気付いていないようだ。

「金色、姫様にはよくお似合いになりますわ」

美しく装ったリーシュカを見つめるマルヒナの目には、紛れもない強い愛情が溢れていた。十年、己の利益などまるで顧みずにギリアンとリーシュカに寄り添い続けた忠誠心は、果たしてどこから来るのだろう。

そう思ったとき、マルヒナがリーシュカの小さな手を取り、優しい声で言った。

「姫様、前々から姉と娘に探してもらっていたのですけれども……」

何を切り出すのかと不思議に思ったとき、マルヒナは嬉しそうな口調で続けた。

「姫様を妻にお迎えくださるという殿方が見つかりましたの。姉の友人の息子で、かなり若い時分に奥様を亡くされた、四十前の方なのです」

マルヒナの言葉にルドヴィークは凍り付いた。

「貴族議院でも発言力のある伯爵様ですのよ。ギリアンさんの一件を聞いて、それならば姫様をお迎えする許可をすぐに申請すると言ってくださって。是非姫様を正式な後添えにお迎えしたいと。ギリアンさんより年上の男で良ければ是非と……」

リーシュカは大きな目をますます大きく見開いて立ち尽くしている。

「申し訳ありません、ギリアンさんは『娘の結婚話なんて聞きたくない』と反対していらっしゃったので、なかなか姫様にはお話しする機会がなくて」

　リーシュカが焦ったように首を横に振る。

「私……この村を出られないのよ……汚い姿を晒すなって……貴族議院に……」

　言いよどむリーシュカに、マルヒナが励ますように言った。

「伯爵様が『異国の血を引く王女殿下を妻に迎えたい』と申し出られたのであれば、貴族議院も、姫様への嫌がらせは続けられません」

　そう言って、マルヒナはルドヴィークを振り返った。

「ルドヴィークさんは、明後日の朝まで居てくださるのですよね。姫様のお誕生日の翌日にバチェスクを発たれると伺っておりますから」

「あ、ああ……」

　ルドヴィークは、理不尽な苛立ちがふつふつと湧き上がるのを自覚しながら頷いた。

　——俺に……腹立てる権利なんてないだろうが……。

　むしろ、良かった、これで安心できると、祝いを述べねばならない立場なのに。

「では、明日の夜にでも、伯爵様にお迎えをお願いすればよろしゅうございますね」

　マルヒナの嬉しそうな笑顔に、ルドヴィークは何も言えなかった。傍らを見ると、リーシュカは呆然と虚空に視線を彷徨《さまよ》わせていた。

「……良かったな、結婚相手が見つかって」

　なんとか言葉を絞り出すと、リーシュカがキッとルドヴィークを見上げた。

「どうして？」

みるみるうちにリーシュカの顔が歪む。待て、と声を掛ける間もなく、リーシュカはルドヴィークの傍らをすり抜けて、自分の部屋に駆け込んでしまった。

ただ一人冷静な顔をしていたマルヒナが、静かな声で呟く。

「やはり姫様は、ジェニカ様の血を引く『最初の姫様』ですね」

よくわかった、納得した、と言わんばかりの声音だった。

――どういう意味だ？　最初の姫様……？　マリーシカ王女がいるだろう？

確信に満ちたマルヒナの横顔をルドヴィークは凝視する。マルヒナは振り返って、ルドヴィークに向かって言った。

「姫様の夫選びは、姫様にお任せくださいませ」

マルヒナは、大切に育てた王女の結婚が決まったとは思えない、冷め切った表情だ。

「任せるって……リーシュカは嫌がっていたけど……それでいいのか？」

「ええ、姫様にお任せするのが一番なのです。ルドヴィークさん、『女王』の夫選びがどのようなものなのか、ご覧になってから帰られてはいかが？」

「……何の話だ？」

ルドヴィークの問いに答えず、マルヒナは一礼する。

「連日居間でお休みいただいて申し訳ございませんでした。今夜はギリアンさんのお部屋を、ルドヴィークさんがお使いくださいませ」

「いや、女性の貴女が寝台でゆっくり休んでくれ」

ルドヴィークの言葉にマルヒナは首を振り、明るい声で言った。

「村長さんが、私にお部屋を貸してくださることになりましたの。ルドヴィークさん、申し訳ありませんけれど、明日まで見張りをよろしくお願いいたしますわ」

「は……？　待てよ、俺とあんな若い子を二人にするな」

慌てたルドヴィークの態度に、マルヒナは笑った。

「ご自分で女に不自由していないと仰ったんじゃありませんの。私はルドヴィークさんを信用しておりますわ」

そう言って、マルヒナは家を出て行った。

——急に態度を変えた。おかしいな……。

首をかしげつつ、ルドヴィークはひとまずギリアンの部屋に入った。

ちょっと覗いたリーシュカの部屋と大差ない広さだが、隙間なく置かれた棚には、山のように本が……いや、手帳が詰まれている。

ギリアンは大陸共通語の読み書きが苦手なままだった。だから医療知識は全て母国語で書き控えていると聞いた。

棚には薬瓶も並んでいる。この家には薬置き場もあると何かの折りに聞いた。ギリアンの部屋にあるのは、特別な薬品なのだろう。鍵の掛かった棚もあった。

これだけ物が置かれていると、あとは寝る場所と扉までの通路しかない。

——ギリアンの部屋らしいな……。

壁に無理やり吊り下げられた着古した上着を引っ張り、懐かしさに目を細める。ギリアン愛用の黒い上着だ。『汚れが目立たないし、肌に合うから』と、彼の私服は黒ばかりだった。見れば腰のあたりに、妙に赤黒い汚れが浮き上がっている。

多量の血痕を見て悟る。これはギリアンが亡くなったときに着ていた服なのだ。そう思った刹那、急に胸に迫るものがあった。

帰らないでと泣く五歳のリーシュカを宥めていた、若く優しい父親の顔がはっきりと思い出される。

『大きくなったら、ルドヴィークの船に乗せてもらいなさい。父様が見張っていなくても大丈夫なくらい、大人になったらね』

目の前の光景が歪んだ。

——俺は貴方もリーシュカも……どっちも船に乗せて……それで皆で……。

どうしてあの夢は永遠に叶わなくなったのだろう。ギリアンはこの世を去ってしまった。ルドヴィークの手はあの頃よりももっと汚れた。無邪気な笑顔のリーシュカを、色々なところに連れて行ってやることはできない。

もう二度と三人の世界は重ならない。今更ながらに、喪失の重みがのし掛かってきた。

上着に触れたルドヴィークは、ふと、裏地に絡まった、白く輝く長い髪に気付く。

——なんだ、これは？

ルドヴィークがつまんだ髪は、リーシュカと同じくらいか、それよりも長い。この白さはバチェスク人の髪だ。小柄な女性なら腰を越えるほどの長さに思える。

——誰の髪だ……？　マルヒナさんは肩より少し長いくらいだし……。

こんなに長い髪を手入れして保っていられるのは、相当裕福で、侍女に身なりを任せられる立場の女性だけだろう。ギリアンの患者の髪だろうか。しかし彼はこの村の人間か、訳ありの者、異国人しか診ない『闇医者』だったはず。

首をかしげつつ不審な髪を床に捨てたとき、ふいに部屋の扉が開き、リーシュカが顔を出した。

「ルディ」

さっきはひたすら可愛いと思ったが、今はかすかに違和感を覚える。なぜリーシュカは、幼い頃のように『ルディ』と呼びかけてくるのだろう。

二度目に会ったとき以降、リーシュカはマルヒナの躾《しつけ》で『ルドヴィークさん』と礼儀正しく呼びかけてきたのに……。

戸口に立っているリーシュカは、とろんとした目をしていた。

その目つきが妙に艶めかしくて、ルドヴィークは息を呑んだ。

「リーシュカ、どうした……？」

問いに答えず、リーシュカがゆっくりと近づいてくる。

ずいぶん冷えるのに、服は先ほど着せたドレス一枚だ。羽織り用の厚手の布は置いて来たのか、纏っていない。

ギリアンの上着から手を放し、ルドヴィークは歩み寄ってくるリーシュカから、ゆっくりと身を引き、後ずさった。

なぜ避けようとしてしまったのかわからない。後ずさり続けるうちに、背中が本棚に当たる。ばさっと音を立てて、何冊かの手帳が床に落ちた。

リーシュカは何も言わずに、そっとルドヴィークに身を寄せてきた。

押し付けられたリーシュカの華奢な身体は、しなやかで柔らかくて温かかった。

先ほどのいい匂いがじわじわとルドヴィークの全身をからめとっていく。

「お前、香水つけてるのか？」

己の声がわずかにうわずったのがわかった。

リーシュカはその問いに答えず、ルドヴィークの胸に小さな頭を埋めたまま、くん、と小さく鼻を鳴らした。

——え……？

幼いリーシュカが、まとわりついてきては、無邪気にルドヴィークの匂いを嗅いでいたことを思い出す。

「い、いや、止めろ、何してるんだ……」

当惑しつつルドヴィークはリーシュカの華奢な肩を摑み、身体を引き離した。リーシュカは半歩ほど下がり、ルドヴィークを見上げた。

リーシュカはそのまま背伸びをして、ようやく届いたルドヴィークの肩の上あたりに顔を押し付ける。再び匂いを嗅がれ、当惑よりも、羞恥心が増してきた。

「何してるんだ、さっきから」

「この匂い……ずっとずっと大好きだった……貴方の匂いが一番好き。村の人の誰より好き。お父様より、お母様より、ばあやより好きよ……大好き……」

リーシュカの細い腕がルドヴィークの背中に回る。柔らかな身体を受け止めたが最後、もう振り払えなくなった。

「どうして、私が沐浴場の扉を閉めるときに、目を瞑っていたの？」

「そ、そんなの……当たり前……だろうが……俺はガキの裸なんか……」

じっとりと汗を滲ませながら、ルドヴィークは答えた。

「『ガキ』じゃなくなったから、見てほしかったの」

形容しがたい『いい匂い』をますます強く感じた。

リーシュカが一層身体を押し付けてきた。柔らかな重みを感じ、ルドヴィークは思わず片方の腕を細腰に回す。

操られるかのように、抱き寄せてしまった。妙に息が乱れる。主導するのは女でなく常に自分のほうだったはずなのに、調子が狂うどころの話ではない。

「どうしてばあやは、あんな意地悪を言うのかしら」

ルドヴィークにぴったりと寄り添ったまま、リーシュカが拗《す》ねたように言う。

このまま抱き合っていてはまずいと、心のどこかで警告が聞こえる。

「私の伴侶を勝手に決めるなんて。私は自分で探せるのに。自分で探した相手以外は、全部嫌なのに……」

「何を言ってる、さっきから。変だぞ、お前……」

細腰を抱く片腕を放せないまま、ルドヴィークはリーシュカに言った。

「変じゃない……昔からずっと、色々な人の匂いを確かめていたの。ばあやには『人前では駄目』って言われたから、すれ違ったときとかに、こっそり……」

リーシュカが何を言っているのか理解できなかった。

触れあった部分が全部、リーシュカの身体と癒着《ゆちゃく》して溶け合っていくようだ。たとえようもなく気持ちがいい。

このままでは、彼女に身体も心も呑み込まれる……。

女と抱き合って、そんなふうに思ったのは、初めてだった。

「でもルディが一番いい匂い。今よりもっと鼻が利いた子供の頃に見つけたんだもの、間違いなかった。どうしてまだ私を選んでくれないの？」

リーシュカが涙声になった。訳もわからないまま、ルドヴィークは反射的に口を開く。

「ごめん」

「私は嫌なの、私が見つけた貴方を知らない女の人に奪われるのも、自分で選んだ訳でもない男の人に身体を汚されるのも、どっちもすごく嫌……！」

ルドヴィークは何も言えず、宙に浮かせていたもう一方の腕を、リーシュカの頭にそっと添えた。

温かくて柔らかい。きっと、自分の全部を呑み込んでくれる優しい身体に違いない。リーシュカなら、犯した罪も汚れた過去も全部呑み込んで、空っぽのルドヴィークにしてくれる。そう思う一方で、絶対に呑み込まれまいとする自分がいるのがわかった。

「お前、本当、なんでこんなにいい匂いがするんだろうな……」

ルドヴィークは、引きずり込まれそうな感覚に逆らいながら尋ねた。その言葉に、リーシュカがかすかに笑ったのがわかった。

「ねえ、私のことを抱いて」

何を言われているのかわからなかった。

抱くなんて有り得ない。ギリアンが大事に育てた綺麗な身体のまま、一番大事にしてくれる男のところに送り届けなければ。

マルヒナが見つけてきたという、この国の理解ある貴族のもとに……。

そこまで考えたとき、取り繕い続けていた建前を怒りが凌駕《りょうが》した。

なぜ、そんな綺麗事を無理やり並べ立てて、リーシュカを他の男に譲らねばならないのか、納得がいかないからだ。

「他の人に汚される前に、ルディが抱いて……私、嫌だ……他の人なんか嫌……」

リーシュカの声は震えていた。はっとなって、ルドヴィークは腕の中のリーシュカの顔を覗き込む。

大きな金色の目から、頬を伝って涙が滑り落ちた。

「だって私のことは、もう船に乗せてくれないんでしょう？　大人になったから、あの約束は変わってしまったんでしょう？　私、ずっと待っていたのに……！」

何も言えなかった。そのとおりだからだ。

ルドヴィークは、本気でリーシュカから離れるつもりだった。手を血で汚し、人殺しの道具を売りさばく男になった『ルディ』には、リーシュカとギリアンを楽しい旅に連れて行く資格などない。大事な二人を危険に晒せないと思ったから……。

けれど今は、リーシュカの涙を止めたいと思ってしまう。泣かせたくない。本当はひとりぼっちになどしたくない。知らない男にリーシュカを譲りたくないのだ。

「お願い、口を……開けて……」

震える細い指が口の端に掛かる。

――お前を他の男に奪われるなんて嫌に決まってる……。その前に……俺が……。

ルドヴィークは言われるがままに薄く唇を開いた。

リーシュカがゆっくりと背伸びして、ルドヴィークの顔を覗き込む。

身を屈めると、小さな顔がゆっくりと近づき、唇が不器用に押し付けられた。

――リーシュカ……。

突き放せなかった。

珊瑚《さんご》色の唇は柔らかくて甘い。たまらない味がする。だが、こんな正面から無理やり唇を押し付け合うような、妙な角度では接吻《せっぷん》とは言えない。

ああ、なんて可愛いのだろう。口づけの仕方すら知らないのに、男を誘うなんて。

——接吻は、こうするんだ。

ルドヴィークは彼女の細い頤《おとがい》をつまみ、顔を傾かせて唇を塞いだ。

小さな口腔に舌を差し入れると、華奢な身体がびくんと揺れた。

薄い舌先が戸惑うようにルドヴィークの舌に触れる。

小さな手が肩に掛かり、リーシュカの小さな顔が離れた。リーシュカが、濡れた口元を拭う。滑らかな頬が、満たされたようにふわりと赤く染まった。

「これ……美味しいね……」

「な……おま……」

生々しい言葉に、いつの間にか硬く反り返ったものが痛いくらいに充血する。己がごくりとつばを呑み込んだ音が、耳に異様に大きく響いた。

「ルディ、そこに座って」

柔らかな声で命じられ、ルドヴィークは力が抜けた人形のように、寝台に腰を下ろす。

ここはギリアンの部屋だ。そう思った刹那、強烈な罪悪感が胸を満たした。だがその罪悪感は、膝に乗ってきたリーシュカの甘い匂いに簡単にかき消された。ルドヴィークは消えゆく罪悪感に必死で爪を立て、歯を食いしばる。

――この匂いはおかしい。身を任せては駄目だ。

ルドヴィークは、向かい合った状態で膝の上に座ったリーシュカと見つめ合う。

半開きの濡れた唇に吸い寄せられるように、今度は自ら唇を重ねた。

――しっかりしろ、ここはギリアンの部屋だ……やめろ、リーシュカ。

リーシュカがルドヴィークの脚を跨《また》いだまま寝台に膝立ちになった。

少し高い位置から見下ろされると同時に、細い腕がルドヴィークの手首を摑み、先ほど着せたドレスの裾へと導いた。

リーシュカは強引にルドヴィークの手首を引き、腰のくびれに触れさせた。絹のような手触りの肌だ。甘い匂いと温もりに気が遠くなっていく。

「私の身体、全部触って、残さず全部。お願い……嫌なの、貴方以外の男に触られるの、本当に嫌なの」

言い終えたリーシュカが、震える手でルドヴィークの手を上のほうへと導く。

ルドヴィークの指先は、リーシュカの身体の線を辿《たど》っていった。

腰のくびれ、肉の薄い脇腹。リーシュカの手は、豊かに盛り上がった乳房の下で焦らすように止まる。

なぜここで手を止めねばならないのか。華奢な指を振りほどき、たわわな膨らみをわしづかみにしたいと思ったとき、リーシュカがか細い声で言った。

「こ、こういうところも……全部ルディが触るなら平気」

無表情だったリーシュカの顔が、かすかに歪んだ。

心臓の音が、頭蓋に響き渡るほどに大きくなった。

甘い香りがますます脳髄《のうずい》に絡みついてくる。この匂いは駄目だ、劣情を無理やり掻き立てられて、身体の暴走が止められない。

――まずい……。

屹立した自身がびくびくと脈打つのがわかり、全身に汗が噴き出した。

『やめろ』と言うべきなのに、言えない。

このまま、ギリアンの部屋でリーシュカを抱いてしまいたい。

耐えがたい欲望を抑えられなくなってくる。

リーシュカは、ぎゅっと唇を噛みしめたあと、意を決したように言った。

「へ、部屋で、脱いで来ちゃった……近所の奥さんたちが、襲うなら下着脱いでから行くって話してたから……参考にした……」

何を言っているのか全然わからない。頭が煮えたぎってどうにかなりそうだ。

リーシュカが、乳房の下にあったルドヴィークの指先を強引に己の脚の間に移す。

妨《さまた》げる布はなく、柔らかな毛が指先に触れた。『脱いで来ちゃった』だのとごにょごにょ言っていたのは、下着のことなのだとようやく合点がいった。

――おい、大胆すぎるぞ、どうした……。

リーシュカは思い切るように、目を瞑り、震え声で告げた。

「こ、ここも、触って……いい……から……」

柔らかな茂みは濡れそぼっている。ルドヴィークの手をそこに導いたあと、リーシュカの指が離れた。だが、ルドヴィークは我慢できず、柔肉のさらに奥をまさぐった。

潤《うる》んだ裂け目が、指先が触れると同時にひくひくと震える。

「ん……っ……ん……！」

リーシュカがか細い声を漏らし、ルドヴィークの両肩に摑まった。

ルドヴィークが指を動かすたびに甘い声を漏らし、逃れようとするかのように腰を引く。

まるで男を知らない身体だとすぐにわかった。

――人差し指だけですらきつい。

指先で暴こうとしている小さな蜜孔から、ぬるい雫がとめどなく滴ってゆく。

――まずい……。

胸に、喉に、幾筋もの汗が伝うのがわかった。

ここに入りたい。この身体を押し倒して貪《むさぼ》り尽くしたい。

そう思ったとき、心の中を見抜いたように、リーシュカが言った。

「お願い……私を抱いて」

どくん、と全身が脈打った。

「他の人は嫌。ルディに……されたい……自分で選んだ人にされたい」

リーシュカは、淫らな場所にルドヴィークの指を受け入れたまま、恐る恐る唇を押し付けてきた。

先ほどよりは、上手だ。ルドヴィークは抗わずに不慣れな口づけを受け止め、片手をリーシュカの身体から放して、シャツのボタンに指を掛けた。

——……俺は、何をして……。

リーシュカは、微笑んでいるのに、泣いていた。

「あれ……名前が、わからない……。ルディ、どうして『開花』してくれないの……？」

大きな目から涙がとめどなく流れ続けている。

その顔を見た瞬間、ほんのわずかに残っていた理性の欠片が叫んだ。

——流されるな！　この訳のわからない匂いに酔ってこいつを抱いても、後悔するだけだ。

どくん、と心臓が異様な音を立てた。

このままリーシュカの身体に溺《おぼ》れたい。なぜやめなければならない、望んでいるのは彼女なのに。

だが、引きずり出された欲望をねじ伏せ、ルドヴィークはかすれた声で言った。

「馬鹿、嫁に行く前に、変な真似をするな！」

自分でも思ってもみなかったほど、大きな声が出た。

突然怒鳴りつけられたリーシュカが、怯えたように身を竦ませたのがわかった。

「な……なんで……だめなの……」

子供のような口調で言い、リーシュカがひく、と喉を鳴らした。

「なんで……どうし……」

しゃくり上げ始めたリーシュカに、ルドヴィークは心を鬼にして首を横に振る。

「俺が間違ってた、ごめん。お前は旦那にだけ抱いてもらえ」

「嫌だ！」

悲鳴のような声で叫ばれ、ルドヴィークは心を引き裂かれるような思いで言い返した。

「嫌でもそうしろ！」

ルドヴィークの拒絶に、リーシュカが小さな手で顔を覆い、声を押し殺して泣きだした。

膝の上に乗ったままの軽い身体を押しのけ、ルドヴィークは立ち上がる。

「もう二度とするなよ」

ルドヴィークは、ギリアンの寝台で泣いているリーシュカに背を向ける。

きらめく潤んだ大きな目で見られたら、儚げな細い手で縋《すが》られたら、なけなしの理性などまた吹き飛んでしまうに決まっているからだ。

「嫌だ……どうして駄目なの……？」

嗚咽混じりに問われ、心がひどく揺れた。だが、ルドヴィークは感情を押し殺して、冷たい声で答えた。できるだけひどい言葉を、拒絶する単語を選んで。

「俺は、処女と遊ぶ気はない」

再びリーシュカの泣き声が大きくなる。胸を抉られるような泣き声に、ルドヴィークはかなりの時間、じっと耐えた。

「わかり……ました……ごめんなさい……」

ようやくルドヴィークの言葉に答えたリーシュカの声は震えていた。

頭を撫で、俺も言いすぎたと額に口づけすればいい、そうすれば……。

そこまで考え、全身にぞくりと甘い戦慄《せんりつ》が走る。

また、リーシュカの匂いにからめとられそうになったことに気付いたからだ。

次にあの身体に触れてしまったら、今度こそやめられない。

背後からのすすり泣きにいたたまれなくなりつつ、ルドヴィークは強い口調で言った。

「明日、王宮に行って成人の挨拶してくるんだろう？」

自分の言葉が空回りしていることがよくわかる。だが、黙ったらまた、リーシュカに手を伸ばしてしまう。情けないけれど、自分のことだからよくわかる。

「一晩、このギリアンの部屋で反省してろ。ギリアンだって、せっかく嫁入りが決まったお前が妙な真似をしたら、絶対に悲しむんだからな」

リーシュカは顔を覆って泣きじゃくったまま、何も答えなかった。

——四十前の伯爵様か……まだまだ男盛りじゃねえか。

リーシュカを抱くその貴族を殺してやりたいと思った。リーシュカの未来を壊す権利はないのに、殺してやりたい。身体の内側を焼くこの熱が、性欲なのか怒りなのか、もうわからない。

「俺は居間で寝る、じゃあな、お休み」

ルドヴィークはそう言って、執着を振り切るように急ぎ足でギリアンの部屋を出た。

まだ抱きたい。今戻れば抱ける。

絡みつく未練がルドヴィークの足を止めようとする。

握りしめた掌に爪が刺さり、薄く血が滲む。その痛みで、ほんの少しだけ頭がはっきりしてきた。身体の奥には、異様な欲情の欠片が突き刺さったままだ。

獣のようにリーシュカを求め続ける自分を持て余し、ルドヴィークは家の外に出て、薬草の水やり用に汲んであった大樽《おおだる》の水を、ひしゃくで頭にぶっかけた。

大きく息を吸い、バチェスクの初冬の寒風に煮え立った頭を晒して小一時間。

ようやく、身体を支配する異常な熱が冷めてくる。ルドヴィークは、はあ、と大きく息を吐き、髪をかきむしった。

――寝る前に、次の仕事の申請書を作っておかないとな。

そろそろイストニアの工房で三回目の追撃砲の試作品が上がってくる頃だ。明後日あたりに船を出してイストニアに戻り、厳戒態勢の中でお披露目式を行う予定である。

だが、式の申請書をまだ作成し終えていない。イストニアは大国である分、武器の製造に対する監視が厳しい。何をするにもお役所を通さねばならない。

ルドヴィークに言わせれば、簡単に人を殺せる道具なんて大嫌いだ。

指先一つ動かすだけで、人一人の人生を終わりにできる。

自分が奪った『命』が何なのかも、他の誰かにとってはとても重いものだとも考えず、殺して終わりの人間が、武器の数だけ増えていくのだ。

そう思うと反吐《へど》が出そうになる。

でも、それを売るのがルドヴィークの仕事だ。

売って売って売りまくって、莫大な金を稼ぎ、その武器で無差別に殺しまくる愚かな人間の存在を意識的に無視して生きていく……それが、本当に嫌なのだ。

――いつか潰してやる、こんな仕事も伯父上も会社も全部。お前はこんな男に抱かれるな。今回だって……本当は来ないはずだったんだ。

ギリアンからの『リーシュカの成人を祝ってあげてほしい』という手紙に応じた理由は、二人に会いたいという気持ちに、五年間のやせ我慢が負けたからだ。

――お前が可愛いから、俺の世界には連れて行けない。わかってくれ。会いに来た俺が馬鹿だった。

そう思い、ルドヴィークは唇を噛みしめた。

◆

――ルディ、開花しなかった。どうして私の愛を受け入れてくれないの……。

泣きながら眠っていたリーシュカは、不思議な夢を見た。

滅多に見ることのない母の夢だ。若く美しい母が、三歳くらいのリーシュカに寄り添って、幸せそうな顔で眠っている。

リーシュカはその姿を俯瞰《ふかん》して眺めていた。

母は目を開けて微笑み、寝ぼけてジタバタしているリーシュカの頭を撫で、毛布を掛け直した。小さなリーシュカを抱き寄せると、優しい手つきで背中を撫でる。

いつ面会を許されても、母は泣いてばかりいた。こんな幸せそうな顔をした母を見たことはない。

——わたしたちは、おとこも、こどもも、とりあげられたら……いきていけない……。

幻の母の満ち足りた表情が、ひどく胸に迫る。

もしも普通の親子として一緒に過ごせたら、あんなふうにずっと側にいて愛情を注いでくれたのだろうと思えた。

——だって、わたしたちにとっては、じぶんでえらんだおとこも、こどもも、どっちも、たからもの……だから……。

リーシュカの目から涙がつうっと流れ落ちた。

母が、とても可哀相だ。父と引き離され、リーシュカも産んですぐに取り上げられて、どんなに辛く悲しかっただろう。今でもずっと悲しいまま、全身を針で刺されたような気持ちで過ごしているに違いない。

『成熟』しようとしている今ならわかる。優れた男を見いだし、彼を『開花』させて、村、領地、国……人々の集合体の発展に寄与するのが『私たち』の存在意義なのだと。

——私たちって、誰のことなのかしら。でも間違いなく『私たち』は『私たち』だわ。

リーシュカはもう一度眠る母と自分を振り返った。

母の華奢な腕は、しっかりと幼いリーシュカを抱き寄せていた。

よく見れば、母の衣装はひどく質素で、室内もあばら屋のような小屋だった。壁には、父が昔から着ている上着が掛けてある。

これは、母が心から望んで、得られなかった光景なのだ。

母にとっては、父こそが人生をかけてでも守り、支えたい男だったのだろう。

幸福そうな夢の中の母に背を向けると同時に、目の前が明るくなる。

もう明け方だ。鎧戸《よろいど》の隙間からわずかに光が差してくる。

リーシュカは目を擦った。やはりどこからか、母の匂いがする。

匂いのもとを探そうと身体を起こすと、首回りでじゃらりと鎖の音がした。見事な金細工の輝きが目を射る。

——こんなに綺麗な服のまま寝てしまうなんて。

リーシュカは寝台から立ち上がり、部屋の中を見回した。父の上着が目に入る。

父が亡くなったときに着ていた上着が、教会から返却されたのだ。

手を伸ばそうとして、リーシュカは動けなくなる。

父の最後の姿を思い出すのが苦しい。

昨夜ルドヴィークに抱かれたくて押しかけたときは、この上着が返却されたことにすら気付かなかったのだ。自分の余裕のなさに、嘲笑《ちょうしょう》が漏れた。同時にあることに気付く。

——この服から、お母様の匂いが……？

リーシュカは震える手を伸ばし、父の残り香でいっぱいの服に鼻を近づける。

気のせいではない。間違いなく母の匂いが感じ取れた。気のせいではない。

——どうして……？

リーシュカは父の上着から離れて、後ずさる。

なぜ父が殺されたときに着ていた服から、母の匂いがするのだろう。

訳がわからないまま、リーシュカはよろよろと居間に向かう。

たとえ二人が罰を受けるのを承知で忍び逢っていたのだとしても、今更それを母に確かめる意味はない。父はもういない。母はもう父に会えないのだ……。

——あとで、考えよう。ばあやに相談してもいいし。

居間を覗き込むと、ルドヴィークは父の椅子に座り、上着を上半身に掛け、机に突っ伏して眠っていた。

リーシュカは慌てて彼に駆け寄り、広い肩を揺さぶった。

「ルドヴィークさん、そんな格好で寝ていて身体は痛くない？」

「なんだよ」

機嫌が悪い。リーシュカが部屋に押しかけてきて、破廉恥《はれんち》な真似をしたからだろう。

でも、まだ諦めない。そう思い、リーシュカは明るい声で告げた。

「この首飾り、どうもありがとう。でも返すわ」

リーシュカは首から、長い金の鎖を外した。

「お前にやったんだ。普段からつけててくれ」

ルドヴィークの目の前に金の鎖を置いて、優しく言った。

「また『夜』に貸して。王宮から帰ってきたとき」

目をじっと見つめて答えを待つと、ルドヴィークは気圧されたように頷いた。

「あ、ああ……」

リーシュカは、ルドヴィークの答えにもう一度微笑んだ。

煮え切らない返事と曖昧な態度を見て、まだ機会はあると信じられた。ルドヴィークの心がぐらぐら揺れているのが伝わってきたからだ。

今夜こそルドヴィークの心を溶かして、一度だけでいいから抱いてもらわなければ。

そう思いながらリーシュカは言った。

「じゃあ、私、王宮に行く支度をしてくるわ」

ルドヴィークが気まずげにリーシュカから目を逸らす。

——なかなか越えられないな、ルドヴィークさんの壁……。

沐浴を覗かれたとき、勇気を出して裸で立ち上がったのに、彼は絶対に目を開けなかった。リーシュカの裸身を見ようとしなかった。

昨日だって、下着を脱いで抱かれに行ったのに、ルドヴィークは駄目だと拒んだ。

どうすればルドヴィークは自分を愛してくれるのだろう。

――時間がない。会えなくなるまで、もうちょっとしかないのに。

その後に待つ時間は、父も彼もいない空疎な未来だ。リーシュカは目に滲んだ涙を拭い、唇を噛みしめた。

――最後まで諦めない。わがままだってわかっているけど、貴方に最初に……。

身支度を整え、髪をとかし、身の回りの荷物を手作りの鞄《かばん》に入れて、家を施錠して回る。

それだけでもう、迎えの馬車の時間が来てしまった。

ルドヴィークは、居間でぼんやりしたままだ。リーシュカの気配に振り返った彼は、疲れた口調で言った。

「よく眠れなかったから、あとでちょっとギリアンの部屋で休ませてもらおうかな」

「椅子が硬かったのね」

リーシュカの言葉に、ルドヴィークが真顔になる。

「そんな理由なわけないだろうが。……いや、いい」

何かを言いかけて、ルドヴィークは話を変えた。

「ちょっと休んだら、馬車を借りるなり何なりして、お前を王宮の正門に迎えに行く。そのまま港に降りて飯を食おう。ばあやさんもいるなら三人で」

ルドヴィークの言葉にリーシュカは頷いた。

疲れた顔のルドヴィークに見送られ、リーシュカは、いつもの場所で王宮からの迎えの馬車に乗り込んだ。

——あれ、ばあやが来てない……まだ村長さんの家にいるのかな。

周囲を見回すリーシュカに、御者が言った。

「マルヒナさんは、女王陛下のお呼びで、先に別の馬車で向かわれましたよ」

急いでいたのかな、と不思議に思うリーシュカを乗せ、馬車が走りだす。王宮に続く道はずっと山に沿った上り坂だ。

海を見下ろす小高い山道からは、父と暮らした港町も、少し離れた場所にある低山帯にあるリーシュカの村のあたりもうっすらと見える。

もう、王宮の門はすぐそこだ。

——お母様に、お父様のことをなんと言えばいいの。

考えるだけで胸が塞ぐ。あれほどまでに『ギリアンを愛している』と言い続けていた母は、父の死に憔悴《しょうすい》していないだろうか。

懐妊しているという噂もあるのに、身体は大丈夫なのか心配になってくる。

リーシュカはため息をついた。

とにかく、母を気落ちさせないようにと思ったとき、馬車が王宮の正門を通り過ぎた。

不審に思うリーシュカには何の説明もなく、馬車は王宮の長い長い塀の横をひたすら走り続ける。

――私、王宮のこんな裏手に来たことないわ。

不審に思うリーシュカを乗せ、馬車が裏手の森へ入った。女王宮が遠くなっていく。このあたりにどんな建物があるか、リーシュカにはわからない。

「あの、私、今日はどこへ……」

声を震わせて尋ねると、御者が穏やかな声で答えた。

「マリーシカ様からご説明がございますので」

何かがおかしい。リーシュカの胸の谷間に、寒くないのに汗が滲んだ。

しばらく走った馬車は、王宮の裏手で止まる。

そこで待っていた兵士たちは、誰一人見たことがない顔だった。

「リーシュカ王女、マリーシカ様が宴の準備をしてお待ちです」

御者を振り返ると、彼は妙に気まずそうな顔でそっぽを向いた。兵士の一人が、彼に『褒美』らしきお金を渡しているのが見える。

――何か変……。

立ちすくむリーシュカの腕を兵士が引いた。

「マリーシカ様がお待ちですので、こちらへどうぞ」

王宮の炊事場の裏口……だろうか。リーシュカにはこの辺りの王宮内の構造がわからない。だがこんな端っこの施設で『王女の成人』を祝うはずがないというのはわかる。

――マリーシカお姉様？　どうして急に私を呼び出す気になったの？

嫌な予感がますます強まる。

引きずられるようにして連れて行かれたのは、汚れた扉の前だった。開いた扉の奥は真っ暗で、扉の周辺を守る人たちからは、人目を警戒している様子が伝わってくる。

――ここはなに？

風に乗って、女の喘ぎ声が聞こえた気がした。真っ暗闇の中から、むっとむせかえるような匂いが吹き付けてくる。耳を澄ますと、間違いなく、女の声が複数響いてくる。

『だめ、ゆるして……私、婚約者がいるのぉ……っ、ああっ……あっ、ああ』

貧民窟に住んでいた頃よく聞こえてきた、性交している女の声にそっくりだった。

立ちすくむリーシュカの背を押し、兵士が冷たい声で告げた。

「マリーシカ様をお待たせするわけにはいきませんから、さあ」

◆

――俺は本当にあいつを置いて帰れるのかな……。

ルドヴィークは固まって疲れ切った身体を、ギリアンの寝台に横たえた。リーシュカの匂いが残っている。ぐったりした本体とは裏腹に、下腹部のそれが服の下で硬くなる。あの柔らかでしなやかな身体、触れるだけで魂ごと吸い取られそうな肌、理性を溶かす美しい金の双眸《そうぼう》。

思い出すだけで息が熱くなる。

──寝っ転がってたら駄目だな……。

ルドヴィークは寝台から身を起こした。そのとき、床に落ちた手帳が目に入る。昨夜背中をぶつけて、棚から落としてしまったのだろう。

──それにしても、すごい量の手帳だな……棚がたわんでる。詰め込みすぎだ。

ルドヴィークが手に取ったのは、小さな手帳だった。手紙で見たギリアンの字で『伝言用』と書かれている。傍らにはもう一冊、見知らぬ文字で書かれた手帳があった。同じ大きさで、同じ装丁だ。文字だけが違う。ルドヴィークには読めない言語だった。

ルドヴィークは何気なく、大陸共通語で書かれているほうの手帳を開いた。

そこには、ギリアンの妙に可愛らしい字でこう書かれていた。文章は拙《つたな》い部分があるがちゃんと読める。

『百年前、バチェスクの女王が攫われた。

イストニアが、女王の秘密を知ったからだ。

バチェスク聖王国の女王には、代々、優れた男を捜し出し、その男を劇的に進化させる力がある。それは〝開花〟と呼ばれていた。

傍目には愚かに見える男も、女王に選ばれると〝開花〟し、賢人になるらしい。

女王はその男との間に、必ず一人以上の王女を産む。

一番初めに生まれた王女が、母の力を継ぐ。

もしその王女が死ねば、他の王女が。いなければ血の繋がった娘の誰かが、女王の力を継ぐそうだ。

バチェスク聖王家は、女王が〝開花〟させた優秀な王配により、発展した。

だが貴族議院は、王家が強すぎて、目障りになった。だから、王家の秘密を、大国イストニアに売ったのだ。

優れた王を欲していたイストニアは、貴族議院の手引きで、女王を攫ってしまった』

読みにくい文章だったが、ルドヴィークはその書き付けから目を離せなかった。

『イストニアに攫われた女王は、王太子の愛人とされた。

王太子をさらに〝開花〟させてほしいと、皆が期待したそうだ。

だが女王は〝私は彼を選んでいない〟と言い、王太子の子を宿してすぐに身を投げ、天に召されてしまった。

イストニアの目的は、女王の血を取り込んで、王家を強くすることだ。

王配殿下は生前、イストニア王家に、ジェニカが産んだ奴隷の子を連れて行けと教えた。

その娘こそが、イストニアが求める女王の力を継いでいると。王配は、女王が僕を『開花』させたことに気付いたのだ。憎くてたまらない僕から、次代の個体である娘を奪ってやろうと考えたのだろう。

イストニア王家に、娘のことが知られてしまった。

娘をイストニアに渡したくない。母が僕を愛してくれたように、僕は娘を愛している。

辛い思いばかりさせたけれど、幸せになってほしい、だから』

話は頁《ページ》の途中で途切れた。

次の頁には薄い小さな字で、何かが記されていた。こちらは殴り書きで、途中で文章が終わっている。

『ジェニカは、抜きん出た才気を持つ人間には、必ず大きな欠点があると言った。欠点は消せないが、弱めることはできると。そして僕に、〝あまねく慈愛の花〟という名をくれた』

次のページをめくったルドヴィークは、はっと息を呑んだ。

『あまねく慈愛の花が枯れていく。ジェニカと引き離されて、水をもらえず枯れていく。枯れたあとには僕の影しか残らない、欠落だけの僕になっていく』

そのページの文字だけは、異様に乱れ、間違えた文字がぐしゃぐしゃと乱暴に塗りつぶされている。伝わってくる得体の知れない狂気に、ルドヴィークの二の腕に鳥肌が立った。

――これは……だめだ。リーシュカに見せてはいけない。知られてはいけない。

理由は分からないが、反射的にそう思った。ルドヴィークは躊躇なくそのページだけを引き裂き、畳んで懐に隠した。

短い書き付けは、そこで終わっていた。

この冊子の内容は、ギリアンの落書きではないと直感する。

しばし躊躇《ためら》った後、ルドヴィークは二冊の冊子を懐に入れる。

冊子自体は薄いので、ほとんどかさばらなかった。

――ギリアンは何かまずいことを書き残そうとしていたんだ。

寝ている気分ではなくなった。

リーシュカと合流でき次第、異国語で書かれたほうを読んでもらおう。

ルドヴィークは己の上着をめくり、所持している金と武器を確かめる。この二つがあれば大抵のことはなんとかする自信がある。

派手な銃だ。ルドヴィーク自身は武器に飾りなど要らないと思っているが、金持ちはこういう細工を喜ぶので『営業用』も兼ねて持ち歩いている品だ。

性能には『実戦用』として現在詰め込めるだけのものを詰め込んでいる。

――何もない、とは思うけどな……。

だが、ルドヴィークの嫌な予感はよく当たる。

とにかく死線をくぐり抜ければ抜けるほど、嫌な予感に対する勘は冴え渡るのだ。

勘は『早くリーシュカを迎えに行け』と命じていた。

――……あれ、仕込んでおくか。

ルドヴィークは長い髪を器用にくるりとひとまとめにし、荷物から取り出したかんざしを挿した。

赤い飾り玉を、かなり長めの木串に刺した変わったかんざしだ。

この飾り玉は、ルドヴィークが趣味で開発を依頼した新型の爆弾だ。木串の先端を折り、飾り玉を引き抜くと数秒後に爆発する。威力は弱めだが、射程距離内にある人体程度であれば苦もなく破壊できる。

――室内戦になったら出番があるかもしれない。よし。行こう。

とりわけ派手な上着を羽織り、複数の指輪を嵌める。純度の高い金にギラギラの高価な貴石をあしらった品だ。

上着の隠しの中に『いつもの仕事道具』が揃っていることを確認し、ルドヴィークはイストニア金貨の入った袋を手にした。

鏡に映るルドヴィークの姿は、堅気の男ではない。だがこのくらい常識的な服装から傾いていれば、人は逆に『敵襲』とは思わないものだ。

――様子を見に行って、何もなければそれでいいんだ。

己にそう言い聞かせ、ルドヴィークは、ギリアンの家を飛び出した。

いつだったか、ギリアンかリーシュカのどちらかに『村長の家に数頭の乗用馬がいて、お金を払えば貸してもらえる』と聞いた。

――先約があったら、金で解決しよう。

第四章　狂乱の宴

――い、嫌……何ここ……嫌……っ……！

震えるリーシュカが引きずってこられたのは、異様な臭いの漂う広い地下室だった。

入り口で佇んだリーシュカは、部屋の中を見回す。

円形の部屋は、屋根も床も石造りだ。

周囲は、檻で仕切られた牢で囲まれている。

部屋をぐるりと取り囲む牢はいずれも檻の扉が開いていて、その中では、複数の裸の男女が絡み合っていた。

部屋の中ではさまざまな嬌声がこだましている。酷い喘ぎ声を上げている男もいる。意味をなさない蕩けた声を上げ続ける女もいた。

「あああっ、やだ、やだぁ……っ、早く挿れて、はやく、はやくぅ……ッ」

卑猥な言葉に眉をひそめて視線を向けると、牢の中で一人の美しい女に複数の男が群がり、一人が後ろから華奢な身体を貫いていた。

喘ぎ狂う女を交替で犯しているのだ。先ほどから感じ続けている耐えがたい匂いは、性交している男女の体臭なのだろうか。それにしては粘膜に突き刺さるように感じる。

——気分が悪くなる。何なの、薬か何か？　この臭い、本当に嫌い！

手で鼻と口を覆ったリーシュカの背中がドンと押される。

よろけて部屋の中央に押し出されたリーシュカは、そこに後ろ向きの、背もたれの高い椅子が置かれていることに気付いた。

「こっちに来い」

低い女性の声で命じられ、リーシュカは嫌々ながらも椅子の正面に回る。

そして、はっと息を呑んだ。

そこに居たのは、背もたれの高い椅子に腰掛けた男装のマリーシカと、手首を後ろ手に縛られ、床に座り込んだばあやだった。

「ばあや！」

「俺への挨拶が先だろうが」

顎より少し上あたりで短く切った髪をさらりと揺らし、マリーシカが小首をかしげた。

男装を続けていたのは知っているが、言葉遣いまでこんなに荒々しかっただろうか。

リーシュカの前で、マリーシカが冷たく命じた。

「頭を下げさせろ」

マリーシカの言葉に、男の一人ががしっとリーシュカの肩を摑んだ。捕まったのだと直感したとき、マリーシカが再び薄い唇を開いた。

「母上の腹のガキはギリアンの子だな？」

内容が理解できず、リーシュカは目を丸くした。

マリーシカが椅子に座って脚を組んだまま、灰色の目でじっと睨んできた。

同時に、強い拒否感が生まれた。先ほどから感じている『嫌な臭い』は、マリーシカの臭いだと気付いたからだ。

悪臭ではない。無臭に近いけれど、とにかく嗅ぐことが苦痛だ。

嗅いだ瞬間、口の中にガラス片を入れられ、ひたすら咀嚼《そしゃく》させられて、破片が全身に回るような苦痛を覚える。むせてしまいそうな不快な臭いだ。

鼻と口を押さえたままのリーシュカに、ばあやが必死の口調で訴えた。

「マリーシカ様は、陛下のお腹のお子様の父親が、ギリアンさんなのではないかと疑っておられるのです。陛下とは二度と会わないと貴族議院に誓っておりましたのに」

ばあやの震え声に、リーシュカの身体が竦んだ。

――え……う、嘘……。

父の上着に染みついていた母の匂いのことが思い出されたからだ。

リーシュカの脳裏に、父に縋り付く母の姿が浮かぶ。敷かれた父の上着に横たわる、真っ白な裸体。あまりの生々しさに、リーシュカは慌ててその想像を振り払った。

「お母様は私を産んだとき厳しく罰せられたのよ、同じ過《あやま》ちを繰り返すはずがないわ」

「姫様の仰るとおりでございます……また異国人との間に赤子をお産みになられたら、今度こそどのような手ひどい制裁が陛下に下されるか」

ばあやの言葉を遮るように、低いマリーシカの声が聞こえた。

「同じ過ちを繰り返すなんて馬鹿げていると思うだろう。だが、一人の男に永遠に執着し続けるのは、バチェスク聖王家に生まれた『女王個体』の特徴だ」

リーシュカははっとして、マリーシカを見上げた。

「今、母上の腹にいるのはギリアンの子に間違いない。母上は俺やキィラを孕《はら》んだときは、腹の中に異物がいるとしか言わなかったそうだ。お前を身ごもったときだけ大喜びで、毎日撫で回しながら話しかけていたらしい。今の腹のガキにも同じことをしている」

——そんな……。

朝方に見た夢を思い出す。貧民の服を着た母が、山村のあばら屋でリーシュカに添い寝をしている夢だ。母の望みは地位でも贅沢でもなく、父の側でリーシュカを育てることだったのだと、胸をかきむしられる思いがした、不思議な夢だった。

——お母様は……お父様以外の人の子供なんて絶対に欲しがらない……かも……。

だから、父の子を身ごもっていると言われても、有り得ない話だと切り捨てられない。

リーシュカの身体に冷や汗が滲んだ。

「リーシュカ、お前は匂いで自分の『伴侶』とやらを嗅ぎ分けるんだろう？」

マリーシカがリーシュカを見て薄く笑う。

「母上も同じだ。俺の父の匂いを嗅ぐたびに咳き込んでえずいて、父は大変な屈辱を味わったらしい。まあ気持ちはわかる……顔は良かったからな。あらゆる女は、自分になびくだろうという自信があったのだろうよ」

そう言ってマリーシカが笑ったとき、不意に牢から出てきた体格のいい男が、全裸でマリーシカの足元に身を投げ出した。

――何……？

人目も気にせず裸で飛び出してくるなんて、恐ろしい。驚きのあまり、リーシュカは手首を縛られ不自由なばあやを支えて、裸の男から後ずさる。

「マリーシカ様、マリーシカ様、ああ！」

男はズボンに包まれたマリーシカの細い脚に抱きつき、狂ったように匂いを嗅ぎ始める。マリーシカは不快そうに顔をしかめながらも、されるがままになっていた。

「あれは、マリーシカ様の近衛隊長殿ですわね……」

ばあやが汚物を見たかのように目を背ける。リーシュカはぎょっとして彼の顔を見上げた。姉の脚の匂いを嗅いで恍惚の表情を浮かべているのは、確かに何度か目にした顔だ。あんな涎《よだれ》まみれで焦点の合わない目はしていなかったけれど。

「興奮しすぎだ、馬鹿」

脚の間の男性器を屹立させた近衛隊長を、マリーシカが力任せに足蹴にする。尻餅をついた男を一瞥し、マリーシカは背後の部下に声を掛けた。

「アザロ、こいつを牢に連れ戻して、種付け役を続けさせろ」

音もなく現れたのは、先ほどからひっそり立っていた、生真面目そうな青年だった。白い髪に灰色の目なのは普通のバチェスク人と同じだ。だが彼の近衛兵の制服らしき襟元から、マリーシカがつけているのと揃いの首飾りが見えた。

——この人は誰？

そう思った瞬間、背後に立っていた別の男が、アザロと近衛隊長を押しのけ、マリーシカの前にかがみ込んだ。

「俺だって、もう、ずっとマリーシカ様のお身体に触れていない！」

ちっと舌打ちしたマリーシカを強引に抱きしめて立ち上がらせ、その男は狂ったようにマリーシカの身体に下半身を擦りつけながら、マリーシカの頭の匂いを嗅いだ。

「天使だ、天使です、マリーシカ様は、ああ……」

「アザロ！」

不快げに叫んだマリーシカに名を呼ばれ、アザロが男を引き剝がした。彼の横顔を見たリーシュカははっとする。アザロが、声を出さずに、顔を歪めて泣いていたからだ。

「二人まとめて、あっちの牢に連れて行け。外から施錠していい」

アザロは涙を拭いもせず、二人の男を引きずり、少し遠い牢に無理やり押し込めた。

「お、お姉様……なぜ女性たちを、牢に囚えているのですか……」

「一部は、俺を侮辱した懲罰としてここにぶち込んだ。捜索願が出されているが、そこでご奉仕中の男と、その部下たちが全部握りつぶしてくれたよ」

牢の中で女の股に顔を埋める壮年の男を顎先で示され、リーシュカは言葉を失う。

「でもここに居る女の大半は、乱交に誘ったら自分から来た。要するに、性欲を持て余したお嬢様たちなんだ。出入りは自由だが、秘密を漏らしたら殺すと言ってある。でも誰も漏らさない。相手は誰でもいい。とにかく男とまぐわいたいらしい」

俄《にわ》かには受け入れられない話ばかりだ。酷い臭いと相まって吐き気がしてきた。

「しくじって孕んでも、皆、腹の赤ん坊を始末して戻ってくるぞ。ここは楽しいって。もっといっぱいやりたいって。皆、性交が大好きらしい。俺は大嫌いだけどな」

誰も、マリーシカを告発しに来ないのだろうか。リーシュカは、耐えがたい刺激臭に口元を覆ったまま、ばあやを支えてじりじりと後ずさる。

「そこらで腰振ってる男の中の何人かは、最初は『このような真似はおやめください、マリーシカ様』ってほざいてたんだぜ？」

「彼らに、麻薬か何かを、与えたのですか……」

「いいや、俺の匂いで勝手に狂いやがるんだ」

マリーシカが、小さな拳をぎゅっと握りしめる。色が変わるくらいの力で握られた拳は、ぶるぶると震えていた。

「……ここ数年、俺の匂いの力が強烈になっていく。身体を洗っても体臭を消す薬を飲んでも効果がない。お陰でまともに人前になんて出られやしない」

再び這い寄ってきた裸の男の頭を蹴りつけ、マリーシカが言った。

「俺は女じゃねえって言ってるだろう！」

執拗にしがみつこうとする男の頭を狂ったように蹴りながら、マリーシカが叫んだ。

「触るんじゃねえ！　お前が犯していいのは、俺じゃなくて牢の女どもだ！」

濡れた顔を隠しもせず、アザロがマリーシカから血だらけの裸の男を引き剝がした。

——やっぱりあの人、泣いている。どうして……？

違和感を覚えて、リーシュカは男を引きずって行くアザロの背中を見送る。マリーシカは彼の涙を気に留める様子もなく話を続けた。

「わかっただろ？　俺の匂いに発情する男がたくさんいるんだよ。ここで、俺の狂った命令を聞いている奴らは全員そう。俺を愛しているんだってさ。気持ち悪い……」

マリーシカの顔は先ほどよりも青い。怒りと嫌悪感が小さな顔に滲んでいる。

「『愛してる』とほざくだけならまだいい。だが完全に壊れて、性欲の化け物みたいになる奴もいる。さっきの奴みたいに、俺を犯したくて仕方がなくなるらしい」

はぁっ、と心底嫌そうなため息をついて、マリーシカが続けた。

「だから、俺の代理を他の女に任せた。性交が大好きな女と、俺の機嫌を損ねた女にな。前者は出入り自由、後者は俺の気が済むまで嬲《なぶ》る」

リーシュカの耳に、周囲の嬌声がますます大きく響いた。

喜び悶える声と、苦痛に泣き叫びながらも快楽に溶けていく声。姉はなんと恐ろしい場所を作り上げてしまったのだろう。

「俺の匂いが、いつ誰を発情させるかわからない。近衛兵にも、毎日興奮抑制剤を飲ませているが、それでも駄目な奴は駄目だ。とにかく俺の匂いを嗅がせながら別の女を犯させるしかない。そもそも俺は女じゃねえ……男に迫られても吐き気がするだけだ」

そう言ってマリーシカは、ゆっくり椅子から立ち上がった。

「胎児の頃に何を間違えたのか、俺の身体は母上の腹の中で性別をなくした。こんな余計な匂いをまき散らす不具合まで抱えて……因果な身体だ、まったく」

――匂い？　あ……っ。

リーシュカはようやく気付いた。あたりを漂う硝子の破片のような嫌な臭いは、マリーシカの『誘惑』の香りなのだ。

「今日お前を招いた理由は、男たちの嬲りものになった『女王個体』を、母上に見せてやりたいからだ。可愛い可愛い『最初の姫』が、輪姦されて踏みにじられた姿を見たら、母上はさぞ嘆くだろう」

――私が女王個体……私を……輪姦……？

残酷な言葉に、リーシュカは凍り付く。

不機嫌と無表情を繰り返していたマリーシカの顔が、不意にニッと歪んだ。今まで見た中で、一番不気味な笑顔だった。

「自分が味わった強姦地獄を思い出して、狂乱状態になるかもしれない。俺は、母上がもがき苦しむ姿を見るのが好きなんだ。母上が俺のせいで苦しめば苦しむほど嬉しい」

異様な笑みを浮かべたまま、マリーシカが顎をしゃくる。

「お、お姉様は何の話をなさっているの。女王個体って何……？」

震えるリーシュカに答えようともせず、マリーシカはばあやに尋ねた。

「お前は母上の腹のガキを、ギリアンの子だと思うか？」

「ありえないとは思いますが……あのようにお喜びのご様子を見るに……」

ばあやは悲痛な表情で頷いた。

「どんな手段でもいい、母上の腹の子は殺せ。こいつを目の前で殺せば衝撃で流れるかもしれないが、確実じゃないな。俺の母上が、汚いガキを二度も産むのはごめんだ」

冷酷すぎる命令に、ばあやは静かに頷いた。

「……ジェニカ様のお身体が耐えられるかわかりませんが、腕のいい産婆を呼んで赤子を堕ろさせ、秘密裏に始末させます」

――五ヶ月過ぎなら、もう赤ちゃんが大きいわ。下手したらお母様の命が……。

マリーシカが満足そうな笑みを浮かべ、ばあやに問う。

「確実にやってくれよ。お前なら母上に信頼されている。薬でも何でもいいから上手く使って始末しろ」

「かしこまりました」

「マルヒナ、ギリアンの葬儀だが、あれは本当にギリアンの死亡を確認したんだな」

意外な質問にリーシュカは目を瞠った。

「俺はギリアンが生きていると思っている」

灰色の大きな目に氷のような光を湛え、マリーシカが続けた。

「母上が静かすぎる。伴侶を失った女王個体が、あんなに大人しいのは妙だ」

「……私もそう思っておりました」

ばあやの台詞に、リーシュカは今度こそ心臓が止まりそうになった。なぜばあやは、姉に迎合するのだろうか。

リーシュカは、身体を強ばらせて二人のやり取りを見守った。

「ギリアンさんは、私が帰ったあとに、姫様を村長夫妻に預けて、こそこそと出掛けることが多かったと聞きました。もしかしたら、そのときから計画をしていたのかもしれません。『偽の葬式を出せ』と、教会の人間を脅しに行っていたのかもしれませんわ」

マリーシカが興味深げに片眉を上げる。

「ほう……？」

「闇医者の仕事を続けていたのですから、教会の後ろ暗い部分もたくさん知っていたことでしょう。教会に都合の悪い人間を、救命するふりをして葬り去っていたのかも。ギリアンさんならやりかねません。奴隷の分際で女王陛下を犯した男なのですから！」

リーシュカの身体から血の気が引いた。ばあやがこんなことを言うなんて、信じられない。父に対する手ひどい侮辱の言葉に、足が震えだした。

「違います、お姉様！　お父様はそんな人じゃない！」

リーシュカは声を張り上げ、ばあやの言葉を遮った。だがばあやは負けじとマリーシカを見上げ、強い口調で言い切った。

「いいえ、私は嘘など申しておりません！　マリーシカ様のお言葉で確信いたしました。ギリアンさんならやりかねませんわ、死んだふりをして何かを企んでいるのかも」

そんな、酷い、酷すぎる……お父様はそんな人じゃないのに……！

リーシュカは震えながら、鬼の形相のばあやを見守る。マリーシカは、納得した表情で頷くと、ばあやに命じた。

「ギリアンが母上の前に現れたら俺に報告しろ」

「もちろんでございます、かしこまりました」

深々と伏して約束した後、顔を上げたばあやが、じろりとリーシュカを睨んだ。強い圧力を秘めたばあやの視線に、リーシュカははっと我に返る。

『〝自分は嘘を言わない〟と言う人間にだけはお気を付け遊ばせ』

――ばあや……？　何を考えているの……？

「成人まで無事に育て上げた『次の女王個体』が、散々犯された挙げ句に目の前で殺される。母親の『女王個体』にとって、これ以上の衝撃はないだろう。女王個体は、母性の塊なんだよ、自分で選んだ男の種で孕んだ子供たちに対してだけは、な。……おい、リーシュカを連れていけ」

はっと身構えると同時に、リーシュカの身体が、近衛兵たちに捕えられた。ばあやを支えていた手が離れ、身体が牢獄へと引きずられていく。

「その女の身体中に、噛み傷を付けてやれ、何をされたかひと目でわかるだろう」

マリーシカの命令に、リーシュカは腰を抜かしそうになった。

——い……嫌……嫌……！

昨夜の記憶が脳裏をよぎった。『本気』で誘ったのに、ルドヴィークは抱いてくれなかった。リーシュカの誘惑では『開花』させられなかったのだ。それは、ルドヴィークがリーシュカの求愛を受け入れてくれなかったことに等しい。

あのまま別れて、大嫌いで吐きそうなくらい嫌な男たちに犯されるなんて。悲しみと悔しさと恐怖で溢れた涙が、リーシュカの視界を歪ませた。

——嫌……触らないで……私に……。

牢からよろよろと出てきた全裸の男たちが、リーシュカに手を伸ばす。近衛兵たちは、リーシュカの身体を、全裸の男たちのほうへと突き飛ばした。

マリーシカのほうへヨタヨタと駆け寄っていこうとした男は、泣き顔のアザロに押し返され、向き直って今度はリーシュカの乳房を思い切り摑んだ。

「いやぁぁぁぁっ！」

リーシュカは渾身の力で男たちの腕を振り払う。ばあやが鋭い声でマリーシカに訴えた。

「マリーシカ様、ギリアンさんは必ず探し出します、ですからどうか姫様は！」

「殺すに決まっているだろうが。イストニアの馬鹿どもが次の『女王個体』を捜し回ってる。奪われる前に母上の前で嬲り殺しにしてやるんだ、ギリアンも、こいつも！」

必死で振り払っていた両手が、誰かにぐいと摑まれた。

「放して！」

無防備になった服の襟に別の男の手が掛かる。胸のボタンを引きちぎられ、谷間が露わになるまでぶちぶちと開かれていった、そのときだった。

「なあ、ここか、貴族の女が抱ける王宮の売春宿って」

場違いにのんびりした、よく通る男の声が聞こえた。

リーシュカの服をむしり取ろうとしていた男たちも、無表情な近衛兵たちも、アザロも、ばあやも、マリーシカも、全員が一斉に入り口を見る。

そこに立っていたのは、異様に派手な出で立ちのルドヴィークだった。いつも派手だが目の前の彼は一層すごい。どこから何をしにきた人なのか全然わからない。

金の縫い取りがある黒の上着に、絹を透かし織りにした襟巻き。首にも手にもギラギラと輝く装飾品を身につけ、長い髪は先端に赤い硝子玉のついた長いかんざしでくるりと結い上げている。

——た……助けに……来てくれたの……？

呆気にとられる人々の視線など気にせず、ルドヴィークはずかずかと中に入ってくる。

「イストニアの売春宿より大規模だな」

「誰だ……お前は……」

マリーシカの問いに、ルドヴィークが頬のあたりを指で掻きながら答えた。

「俺か？　俺はお前らの客だ。王宮に高貴な令嬢と致せる場所があるって街の人間から聞いて、矢も盾もたまらず飛んできたんだが……本当にあるんだ、すごいな」

ルドヴィークは真顔だった。リーシュカですら、彼が本気でお客さんとして来たのかと信じそうになるほど、大真面目に見える。

「国によって、こんなにも性に対する倫理観が違うのか。王宮公認の売春宿とは感心した。是非俺にも経験させてくれ」

誰も何も言わない。全裸の男の中には、我に返ったのか股間を隠し始めた者もいる。

ルドヴィークのあまりの場違いさに呆気にとられて、興奮が冷めたのだろう。

「滅多にできない異文化体験だからな！　金ならたんまり払うぞ、ほら！」

ルドヴィークが懐から出した袋の中身を掴み、牢のほうをめがけて投げつける。

「正真正銘のイストニア金貨だぜ！」

イストニア金貨は、一枚でリーシュカ父子が一ヶ月間充分暮らしていけるだけの価値を持つ貨幣だ。きらめく金貨は驚くほど遠くまで飛び、硬質な音を立てて床に散った。

「さあ、お務め中のお嬢さんたち、客の相手なんかしてないで、今すぐに俺からの心付けを持って行け。あんたらのでかい尻が見たくて撒いたんだ、遠慮するなよ」

全裸の女たちの一部が、金貨目指して飛び出してくる。貴族の令嬢らしいが、なんという浅ましさだろう。それを裸の男たちが追ってきた。金貨を奪おう、あるいは性交を続けようと争いを始める全裸の男女たちで、牢の一部が騒然となった。

「ほらよ、追加だ。もっと持って行け。野郎どもにもくれてやる」

ルドヴィークは、袋から摑みだした金貨をものすごい力で投げつけ、更に遠くの人々も牢から誘い出す。大混乱が起きた。

その争いを止めるために、マリーシカの周囲を固めていた近衛兵たちが、金貨をかき集め、大騒動を起こしている人々を引き離しに駆けつける。

ルドヴィークは空になった袋を捨て、マリーシカと、側に残った近衛兵たちに向かって歩み寄りながら、リーシュカを指さした。

「俺はあの娘がいい。あの胸なら尻も期待できる。金払うから割り込みでやらせろ」

金貨の奪い合いに啞然としていたマリーシカが、我に返ったように声を張り上げた。

「ここは売春宿などではない、どうやって入ってきた、貴様！」

怒りを滲ませるマリーシカに、ルドヴィークが答える。

「金貨五枚で、その辺歩いてた奴が笑顔で案内してくれたぜ？　王太子様がここに籠もって怪しげな宴を開いていることは、王宮の人間なら皆知ってるってさ」

「門番は何をしている、おい、様子を見てこい」

マリーシカの命令で、無言で涙を流し続けていたアザロが足早に部屋を出て行く。ルドヴィークはその姿を見送り、マリーシカを振り返った。

「すぐヤってすぐ帰るから、早くその子の値段を教えろ」

「お前は誰だ、答えろ」

「ったく、無粋だな……売春宿で本名なんか名乗るか」

そう言って、ルドヴィークは自分の髪をまとめていたかんざしの飾り部分をパキッと折った。折れたかんざしは、串が穴の開いたガラス玉を貫通する造りになっている。赤い綺麗な硝子玉だ。この部屋の妙に薄暗い灯りでも、きらきらと輝いていた。

――血と……炎を混ぜたような硝子玉……。

そう思った刹那、再びリーシュカの身体が乱暴に引っ張られる。

「いやぁっ……！」

崩れ落ちたリーシュカの身体を引っ張り、男たちが荒い息づかいで牢屋の一つへ引っ張っていこうとする。

――臭い……どの男も臭い……嫌……絶対嫌！

はしたないと思う余裕もなく下腹部を蹴飛ばす。

――私、こんな奴らに触られるのは嫌だ！

「放して……っ！」

めちゃくちゃに噛みつき返し、まるで動じない男たちの裸体を蹴りながら、リーシュカの心は一つの名前を呼び続けていた。

――ルドヴィークさん……！

嫌だ、絶対に嫌だ。自分はルドヴィーク以外のどんな男も嫌だ。狂おしいほどの思いが胸に湧き上がる。

――ルドヴィークさん、危ないから、お姉様の匂いを吸わないで！

リーシュカは引きずられていきながらも、ルドヴィークを見つめて必死に念じる。

余計なことを喋ったら、ルドヴィークがリーシュカの知り合いだと姉に気付かれる。

しかし姉の匂いが効いているのかいないのか、ルドヴィークは堂々と佇んだままだ。

「なんだよ……シケた奴らだな。俺がもっと金を持ってる証拠がないと駄目か？」

ルドヴィークの精悍な顔に、挑発的な笑みが浮かんだ。

「じゃあ、勿体ないけどやるよ、これ。世界で一番強い硝子玉だ」

そう言ってルドヴィークは、鋭い視線をリーシュカとマリーシカの間に走らせる。まるで、距離を測っているかのような視線だ。そして一瞬、ためらうような表情を見せたあと、ふいに明るい声で続けた。

「ほら、受け取れ」

言うなりルドヴィークは折り取ったかんざしから硝子玉を引き抜き、マリーシカに向けてぽいっと投げた。

傍らの近衛兵が代わりにそれを受け止めたとき、凄まじい音とともに、突き飛ばされるような衝撃が走った。

マリーシカの目の前に居た近衛兵の腕が、爆発音とともに血煙を上げた。同時に、マリーシカと周囲にいた人間たちが地面に叩きつけられ、倒れた。リーシュカは慌てて視線を走らせる。ばあやは離れた場所にいた。尻餅をついているが、無事のようだ。

――い、今の……な……。

呆然と立ち尽くすリーシュカは、ルドヴィークの声で我に返った。

「しゃがめ！」

何も聞き返すことなく、緩んだ男たちの手を逃れてかがみ込む。同時に、二連続の破裂音が聞こえ、どさっ……と重たい音が背後で響いた。

――ああ、害獣の死骸を村の広場に投げ出したときの音と一緒だ。

「来い！」

何が起きたのかわからないまま、リーシュカはルドヴィークに腕を引かれ走り出した。

全裸の男たちにめちゃくちゃに引っ張られた服は、袖も胸元も破れている。

「悪い、俺の上着、銃とか弾丸とか毒薬とか隠してるから、危なくて貸してやれない」

「ううん、気にしないで、手で押さえていれば大丈夫だから」

リーシュカは首を横に振り、全力で走りながらルドヴィークを見上げる。彼は妙に思いつめた表情をしていた。

爆弾を投げる前の一瞬も、明らかにためらっていたことを思い出す。

――ルディは女性に……お姉様に爆弾を投げることを躊躇ったんだ、きっと……。

かなりの長さの廊下を走り、もうすぐ外だと思ったとき、出口の側からアザロが走ってきた。

顔は涙で濡れ、目は赤い。リーシュカの思い込みかもしれないが、整った顔には心痛が垣間見えた。

泣き続けながらもマリーシカの命令通りに動き続けている理由がわからない。リーシュカは改めてアザロの様子に違和感を抱く。

彼は本当にマリーシカの匂いにやられ、何も考えることなく、姉のために犯罪に手を貸しているのだろうか。

「侵入者、お前が、門番を殺したのか」

ルドヴィークは走る速度を緩めず、銃を構えてアザロに向けて引き金を引いた。

「ぐぁ……」

アザロは後ろにのけぞり、蹈鞴《たたら》を踏むようによろけて尻餅をつき、倒れ込んだ。リーシュカの心に、かすかな失望が込み上げた。

——ああ、話を聞いてみたかったなんて、私が甘いのね。ルドヴィークさんが正しい。私たちは逃亡者で、今は生きるか死ぬかだもの……。

そう思ったとき、アザロが苦しげにゆっくりと身体を起こした。

——え？　殺さ……なかった……？

肩を押さえている。指の間からは真っ赤な血がしたたり落ちていた。

「お前、何を泣いている」

リーシュカはほっとして、足を止めたルドヴィークを見上げた。彼も、リーシュカと同じことに違和感を覚えていたのだ。

「黙れ、お前のほうこそ答えろ。お前が門番を殺したのか」

「ああ、そうだ。俺が喉をかっ切った。じゃあな」

そう言ってルドヴィークが再びリーシュカの手を引き、座り込んで動けなくなったアザロの横を通り過ぎようとした。

「強いな、お前。ならば、俺とマリーシカ様を止めてくれ」

突然の言葉に、ルドヴィークは驚いたように足を止め、アザロを振り返る。

「逃げるなら、聖王宮の正門を目指せ。建物の裏手には、マリーシカ様の兵がいる」

リーシュカは目を瞠った。

——どうして……教えてくれるの……？

「リーシュカ王女、先刻、貴女の住む村に、マリーシカ様が私兵を送っていた。あいつらは、あの方の手足だ。何をするか、わからない。早く行け」

けしかけるようなアザロの声に、ルドヴィークは何も問い返すことなく走りだす。リーシュカは何度もアザロを振り返りながら、必死で足を動かした。

——村に……私兵を送った……？

嫌な予感がする。二の腕に鳥肌が立った。

「正門は……俺が来たほうだな」

ルドヴィークは、物置に見える建物を飛び出すなり、迷うことなく、右手の建物に沿って走る。アザロの言うとおり、リーシュカを出迎えた男たちは、庭の隅に折り重なるように倒れていた。

――ルドヴィークさんが何をしたのか、考えては駄目。今は走ろう。

それにしても、普段の王宮は、貴族や役人、用事で訪れた人々で賑わっているのに、このあたりだけ不自然なほど人の気配がない。

理由はなんとなく察しが付く。マリーシカがあの場所に籠もっていることは、ルドヴィークが言っていたとおり、王宮の者は皆知っているのだろう。

マリーシカに目を付けられたら、何をされるかわからない。そう思って、皆このあたりには足を運ばないのだ。だから先ほどの地下牢での爆発音にも、まだ誰も駆けつけてこないのに違いない。

必死で誰も居ない通路を駆け抜けると、建物が途切れ、広い庭が見えた。見覚えがある。ここは聖王宮の中央庭園だ。

「この庭を越えれば正門だったよな?」

「そ、そう……」

息を弾ませながらリーシュカは答えた。こんなにたくさん走るのはどれくらいぶりだろう、と思いながらも、必死にルドヴィークについていく。

庭を抜け、その先の正門へ続く壮麗な通路を抜け、居並ぶ優雅な人々の視線に晒されながら走る。

「おい、待て、お前らは何者だ」

衛兵に呼び止められるや否や、ルドヴィークは怒りを込めた鋭い声で叫び返した。

「嫁が躓《つまず》いて、服破っちまったんだ！　胸を晒させてたまるか、買いに行かせろ！」

理不尽な勢いに圧され、衛兵が「そ、そうか」と応じる。

とてつもなく派手な格好で、巻いた髪を折れたかんざしで留めている男前と、服が今にもはだけそうな娘。

両方異国人だ。関わらずにこのまま王宮の外に出してしまえと思ったに違いない。

リーシュカは、ルドヴィークに引きずられるようにして正門を出た。

ようやくひと息つき、二人は足を止め、手を放した。

目の前には素晴らしい光景が広がっている。港町へ続く長い長い坂道、はるか遠くには、青灰色にきらめく昼間の海が見える。

息を弾ませながら海に見入っていたリーシュカは、違和感を覚えて振り返った。人々が左手にある展望広場に集まり、何かを指さして騒いでいたからだ。

ルドヴィークは、真剣な顔で銃に何かを詰めている。先ほど使った分の銃弾を補充しているようだ。

――あの人だかり、何が起きているのかしら。

リーシュカが不審に思うと同時に、銃の準備を終えたルドヴィークが、人だかりに向かって歩きだす。リーシュカは破れた胸元を摑んだまま、慌てて後を追った。

背伸びをすると、小柄な女性の肩越しに、もくもくと変な色の煙の柱が立っているのが見えた。

――え……山火事……？

それにしては煙の量が異様に多いし、色も変だ。妙に青っぽい。そう思ったとき、リーシュカははっとなった。

――あそこ……うちの村じゃない……？

青ざめたリーシュカは思わず隣にいた男性に尋ねた。

「すみません、あそこ、港から一番近い山村……ですよね……」

「ああ、港町の登山道を上って、最初にある村だと思う」

煙に見入ったまま、男性が答えてくれた。やはり、間違いなく自分の住む村だ。

信じたくない気持ちで、リーシュカは凄まじい煙を見守る。煙は異様に濃くて、村の様子は一切見えない。火の手が全く見えないのもおかしい。

――アザロさんが、お姉様が既に私兵を送っているって言っていたのは、まさか……。

「煙の色がおかしいな」

ルドヴィークが煙をじっと見ながら低い声で言った。

誰かが「王宮に知らせなきゃ」と言って走っていく足音が聞こえる。

『あいつらは、あの方の手足だ。何をするか、わからない』

苦しげなアザロの声が思い出される。

　ルドヴィークはしばらくじっと煙を見ていたが、何かを納得したようにリーシュカの手を取り、展望広場で煙を眺め続ける人々から離れた。

「あの煙、お前にも紺色混じりに見えたよな？」

　リーシュカは無言で頷く。煙が形を変えるたび、異様な紺色の煙が混じって、青っぽく見えた。

「あの煙は、恐らく軍事用の窒息剤。大量殺戮兵器の一つだ」

　厳しい横顔を見上げ、リーシュカは言葉の意味を考える。

「あの煙吸った人……死んじゃう……んですか……」

「ああ」

　ルドヴィークは短く言い、リーシュカの手首を摑んだまま足早に歩きだす。リーシュカの足では走らずにはついていけない速度だ。

「もう少し先に、村長に借りた馬を預けている。それに乗って行こう」

　リーシュカははあはあ言いながら頷いた。一般人は馬で王宮に乗り付けることができない。ここから坂を下ったところに、馬の預かり場所があったはずだ。一般人用の下馬場はかなり遠い。まだまだ走らねばならないだろう。

「無理だな、背負っていこうか」

「だ、大丈夫……」

　リーシュカは汗を拭って首を横に振った。ルドヴィークは息一つ乱していない。頑張ってついていかなくては。

そう思ったとき、不意に背後から、平坦な少女の声が聞こえた。

「あれです。あの黒い髪の女が、私の姉のリーシュカです。お姉様の宴からどうやって逃げてきたのかしら？　運がよろしいですわね、私たち」

リーシュカはぎょっとして振り返る。

自分を指さしているのは、ぼんやりした表情の、母によく似た美しい少女だった。

異父妹の第三王女、キィラだ。

キィラの父は、貴族議院が『愛人』として母に押し付けた伯爵家の御曹司だった。

母に愛人を与えたのは、あまりに王配殿下との仲が険悪すぎるがゆえの苦肉の策だったそうだ。だがキィラの父も、母の拒絶に心が折れ、キィラが生まれる前に愛人の座を辞して、他の女性と家庭を持ったらしい。以降、一度もキィラに会いに来ることはないという。

「キィラ……」

突然現れた『妹』の姿に、リーシュカは戸惑った。

リーシュカは、これまで一度もキィラと会話をしたことはない。マリーシカ同様、彼女もリーシュカを無視していたからだ。

「ごきげんよう、リーシュカお姉様。どうやって貴女をお姉様の牢獄から『回収』しようか相談していたのです。運がいいわ、偶然通りかかるなんて。やはり女王個体の血は、イストニアに流れるべき運命なのですね」

──何を言っているの……？

リーシュカは警戒も露わに、一歩後ずさった。

それにしても、キィラは相変わらず印象の薄い娘だった。

容姿は非の打ち所がないのに、寝起きのように髪がぐしゃぐしゃで、目は眠たげにとろんとしている。

「あの少女は誰だ」

ルドヴィークに低い声で問われて、リーシュカは、妹と答えた。それで通じたようだ。

リーシュカは、背後から現れたキィラと、それを囲む男たちの姿を確かめる。

男たちには、怪我人が何人か混じっていた。脚に添え木をしていたり、腕を三角巾で吊ったりしている者もいる。

彼らの背後には馬車が停まっていた。王女が乗る王宮の馬車ではなく、港で時間貸ししている古い大きな馬車だ。

──キィラの側に居る男たちは何者……？

リーシュカは考えた。あの男たちはキィラの取り巻きだろうか。だが、彼女にそんな存在が居るとも思えない。

なぜならば、ばあやに『大人しい代わりに、全く何もなさらない。儀式のときも、ただ席にいるだけ。婚約者候補の貴公子を紹介されても、お茶会の席でうたた寝している』ような性格と聞いたことがあるからだ。

慈善事業も勉強も社交界への出席もスルスルと逃げ回り、王宮の空き室や、庭の誰も来ないような場所に隠れて、ぼんやりしていると聞いた。

――キィラは取り巻きなんて連れ歩く性格じゃないわ。じゃああの人たちは……？

ルドヴィークもちょうど、同じことを思ったようだ。

「キィラ王女、そちらにお連れの者たちは誰ですか」

ルドヴィークが厳しい声で尋ねると、キィラは面倒そうに答えた。

「イストニアの人よ」

「なぜ王女殿下が、イストニアの人間と共にいらっしゃるのです。誰一人、礼装すら身につけていない。王室のご用事でお招きになったとは思えないのですが……？」

ルドヴィークの問いに、キィラが面倒臭そうに大きくため息をつく。

「女王個体が生まれる血統を、イストニア王家に取り込みたいのですって。だから、リーシュカをイストニアに連れて帰って、五人の王子様の共有愛人にするそうよ」

――共有……愛人……？

おぞましすぎる言葉にリーシュカの身体が凍り付く。

だがキィラは、どうでも良さそうにのんびりと続けた。

「目的は、イストニア王家の血を引く『女王個体』を産ませることなんですって。開花させた男の種でなくても、子孫世代に、突然変異で女王個体が生まれることがあるらしいの。私たちのお母様みたいにね。だけど五人の王子様たちには、既に高貴な婚約者や妃がいらっしゃるから、リーシュカはあくまで愛人。ただし生まれた子供は王家の人間として扱う、そう決まったらしいわ」

五人の王子の愛人として、彼らに代わる代わる抱かれ、たくさんの子供を産まされる。荒唐無稽《こうとうむけい》すぎる話に、リーシュカは啞然となった。

――冗談じゃないわ……。

呆然としつつも、リーシュカは言った。

「嫌よ、私の意思も確かめずに勝手なことをしないで！」

リーシュカの反論を無視して、キィラは言った。

「王配殿下が亡くなってから、バチェスク聖王家の内部に、手引きしてくれる人が居なくなってしまって、困っていたんですって。だから、私が頼まれたの。私、将来今よりもっと楽ができるなら喜んで手伝う、って答えたわ」

リーシュカの震えが酷くなる。王配殿下は八年ほど前に事故死した。

母との仲は険悪で、決してよい夫婦ではなかったと聞くが、なぜイストニアの手先に成り下がったのだろう。もし貴族議院に『外国の王室と通じている』なんて知られたら、大逆罪で処刑されかねないのに。

「王配殿下が何をなさったの？　何をイストニアに売ろうとしたの？」

キィラは、リーシュカの問いに答える気はないようだ
「私、この国にいても、いいことなさそうなの。お姉様は生まれつき、身体の一部に性別

がなくて、子供を授かれるかわからないんですって。だから、私が代わりに山ほど聖王家のお姫様を産まされるのよ。勘弁してほしい……」

そう言って、キィラが初めてやるせなさそうに微笑んだ。

「だから、もっと楽な世界に行くために、イストニアに協力したの。王配殿下がイストニアに何を売ったかは知らないいし、女王個体とやらがどれだけ価値があるのかも知らない。だから、言われたとおりのことをして、私の要求も呑んでもらえればいいの」

言い終えると、キィラはさっさと馬車に乗り込んでしまった。立ち尽くすルドヴィークとリーシュカに向けて、男たちが一斉に武器を構える。

人数は五人だ。三人は銃、二人は弩《いしゆみ》を持っている。

——どうして違う武器を持っているの？

そう思った瞬間、前触れもなく、すぐ側で銃声が響く。耳が痛くなるほどの音だ。無傷で銃を構えていた男の喉から、びゅっと血が噴き上がった。何の容赦もなくルドヴィークが発砲したのだ。

ごぼごぼと聞くに堪えない断末魔のうめきと共に、男がゆらりと倒れ込む。だが、その身体が地面に叩きつけられる前に、次の銃声が聞こえた。脚に包帯を巻いていた男の頭部の左上部分がパンッと弾け、血煙と共に消え去った。

残った一人が三角巾から腕を引き抜き、顔をしかめて銃を構えた。

同時に、ルドヴィークが断りもなくリーシュカの身体を突き飛ばす。

リーシュカは地面に勢いよく転がり、背中を強《したた》かに打って声を漏らした。

だが、銃声が聞こえた瞬間、痛みも忘れてリーシュカは慌てて顔を上げた。

――ルドヴィークさん！

撃たれたのは彼ではなかったようだ。

ルドヴィークはリーシュカを突き飛ばした後に、かなり離れた場所に移動していた。膝を突いた姿勢で、両手で銃を構え、再び銃口を向けてきた男の額を、ほんのわずかの差で先に撃ち抜く。

――まだ、弩で狙っている人が！

膝を突いたルドヴィークを、二人が同時に狙っている。リーシュカはよろけながら立ち上がった。

銃を構えたまま、ルドヴィークが身体を横転させた。弩の矢が、直前までルドヴィークが居た場所をかすめて遠くへ飛んでいく。

地面にうつ伏せになったルドヴィークは、上半身を反らせて、両手を伸ばして引き金を引いた。男が一人左頬のあたりを撃たれて、いたたまれなくなるような声を上げながらのたうち回る。顔が半分潰れていて、悪夢のような姿だ。

ルドヴィークはすかさず銃を構えていないほうの腕で身体を支え、半身を起こして膝立ちになり、両手で最後の一人の額を撃ち抜いた。後方に弾き飛ばされた男は、馬車の車輪にぶつかり、そのままずるずると倒れ込んでいった。

息を乱しながら、ルドヴィークが立ち上がろうとしたときだった。

顔の左下が潰れた男が、滝のように血を噴きながら座り込んで弩を構える。

「駄目！」

何一つ考える余裕もないまま、リーシュカは、立ち上がったルドヴィークを庇うように抱きついた。バシュッという音の直後、二の腕に鋭い痛みが走る。

——なに……これ……っ……。

矢が刺さった部分が異様に冷たくなっていく。

冷たい部分が身体中に広がり、すうっと意識が遠のいていく。

ルドヴィークはリーシュカに縋り付かれたままの姿勢で、片腕をあげて発砲した。

目がよく見えなくなってきた。何が起きたのかわからない。

「リーシュカ！」

ルドヴィークが自分の名前を呼ぶところまではわかった。でも自分がどんな姿勢なのかもわからない。立っているのか、倒れているのかすら……。

でもこうして揺さぶられているのだから、きっと敵は倒したのだろう。

——ルディ……無事なんだ……よかった……。

そう思った瞬間、切り落とされたようにリーシュカの意識が途切れた。

第五章　選ぶのは俺だ

波の音が聞こえる。ゆらゆら揺れるゆりかごのような部屋で、リーシュカは目を覚ました。身体中に、厭《いま》わしい痺れがかすかにまとわりついている。

——私、この嫌な痺れを知ってる。お父様が亡くなったのを知って、気を失ったときと同じ。あのときよりずっとひどいけれど……。

リーシュカは半分眠ったまま己の矢傷を確かめる。左腕に、鋭い矢が刺さった直後、全身が冷たくなって気を失ったのだ。

左腕全体に残るのは、じくじくとした嫌な痛みだ。この痛みは、父の死に際して昏倒したとき、首筋に感じていたものと同じ。あのときは、虻に刺されたと思い込んでいた。

——もしかして私、あの葬儀のときに、これと同じ薬で誰かに眠らされた……？

あのとき側にいてくれたのは、ばあやだ。そして今日、リーシュカに意味ありげな言葉を聞かせながら、目で必死に何かを訴えかけてきたのも、ばあや。

——まさか……あのときばあやが私を眠らせた……？　何のために？

眉をひそめたまま、リーシュカは包帯の上から左腕の傷に触れてみた。

——あ、普通に動く、良かった……。

腕の傷も太めの針で突かれたような小さな刺し傷らしい。骨には達していない。動かしてみたがちゃんと痛む。麻酔なしで耐えられる程度の痛みということだ。

キィラが語った『リーシュカをイストニアに連れて行く』という話を思い出した。

恐らくあの弩は、リーシュカを眠らせてイストニアに運ぶための武器だったのだ。

だから、大怪我をさせないように何かしら工夫がされていたのだろう。矢を射られたにしては傷が異様に浅いのも、きっとそのせいだ。

——私を、五人の王子様の共有愛人に……なにそれ……気持ち悪すぎる……。

そこまで考えたら頭がはっきりしてきた。

ルドヴィークを捜さなくては。無事かどうか確認しなくては。

リーシュカはふらつきながら起き上がる。間仕切り用に垂らされたカーテンを開けると、医者らしき人物が振り返った。

「あの、すみません……ここはどこですか」

イストニアの船に囚われている可能性もあると思いつつ、リーシュカは尋ねた。

「バーデン商会が所有する船の医務室です。ルドヴィーク様が貴女を運んでこられました」

ルドヴィークが運んできたという言葉に、安堵のあまり力が抜けた。リーシュカはふらふらと後ずさり、壁にどんと寄りかかる。

目の前がぼんやり霞む。ルドヴィークは無事なのだ。本当に良かった。彼が怪我をしたり、万が一命を失うようなことがあったら……。

嫌な想像を振り払い、リーシュカは壁により掛かったまま、医師に尋ねた。

「ル、ルドヴィークさんは今、どちらに……？」

「お出掛けですよ。たしか貴女の婚約者の方に連絡を取りたいと」

――私の婚約者……ああ、ばあやが探してくれた『伯爵様』のことかしら……。

ずん、と身体が重くなる。ルドヴィークは、リーシュカをまともな貴族に預けてイストニアに帰り結婚する、という決意を譲らないのだ。

だがマリーシカの剣幕を見る限り、リーシュカを庇えば、伯爵様とやらも無事では済みそうにない。その人まで巻き込んでしまったら、どうすればいいのだろう。

――私の行き場なんて、どこにもない。

『しびれ薬を撃たれたのでしょう、だるさが抜けるまではゆっくりするように』と言う医者の指示に頷き、リーシュカはカーテンの向こうの寝台に戻った。

――なぜ私の婚約者なんて捜しに行くの、どうして私に溺れてくれないの……？

泣いてはいけないと思うのに、涙が溢れる。リーシュカは寝台の上で唇を噛んだ。

――私、ルドヴィークさんのことを『開花』させたいって感じてる。きっと、昔の女王様たちと同じように『夫選びの儀』がしたいんだ。認めたくないけど、お姉様の言うとおりお母様と私は『女王個体』と呼ばれる、バチェスク聖王家の先祖返りなんだ……。

母が父に見せる激しい執着を見れば、薄々察しが付く。女王は、自分の愛を受け入れた男……開花させた男を永遠に愛し続けたとばあやに聞いた。

——でも私は、ルドヴィークさんを『開花』させられなかった。私の力が足りなくて、愛を受け入れてもらえないのかな。こんなに、ずっと昔から好きなのに……。

気付けば枕が濡れるくらい涙が流れていた。声を殺して泣きながら、リーシュカは同じ言葉を繰り返す。

『女王は選んだ男を誘惑するときだけ、特別な匂いを出せる。その匂いで、男の頭を溶かしてしまえばいい。そうすれば男は、女王の愛を受け入れて〝開花〟する』

頭の中に、そんな言葉が浮かんだ。自分自身が昔から知っていたことのようにも思えるし、突然思い浮かんだ妄想のようにも思える。どこまでが自分の知識で、どこからが妄想なのか。全てが渾然《こんぜん》一体となり、まるで区別が付かない。

——私にはわからない、自分がルドヴィークさんを開花させたいのかどうか……でも私、初めてお膝に乗せてくれたときから、貴方が大好きだった。小さい頃から、心の中は貴方でいっぱい。

枕を抱え、顔を押し付けて泣いているうちに、うとうととしてしまったようだ。気付けば室内は真っ暗で、船医の姿もない。

ルドヴィークはもう帰ってきただろうか。そう思いながらリーシュカは起き上がって毛布を畳む。すぐに会いに行きたい。

今の状態がどれだけ危険か、自分が何に巻き込まれているのかは理解している。でも、ルドヴィークに一度でいいから愛されたい。望まぬ男に穢される前に。

――行かなくちゃ……夜這いに……今夜こそ抱かれたい……。

夜這いを掛けるからには、下着を脱いで行かなければならない。勇気を奮い起こし、リーシュカは脚から下着を抜き取った。

――あ、でも、ここに下着だけおいていったら、おかしいわよね……。

リーシュカは脱いだ薄い下着を丸めて握りしめた。

厚手の寝間着の下は、一糸まとわぬ姿だ。もちろん着せてくれた看護師は、怪我人が苦しくないように気を遣ってくれただけだろうけれど。

室内履きを履いて歩きだしたリーシュカは、ぱたぱたという足音に顔をしかめ、裸足になった。誰にも知られないように忍んで行かなければ。この靴はうるさすぎる。

――ルドヴィークさんの部屋はどこかな……船の構造が全然わからないわ。

医務室から廊下に顔を出す。あたりは薄暗い。誰も居ないところを見ると、もう就寝時間なのかもしれない。

真っ直ぐ伸びる廊下には十字路がある。十字路の左右の通路それぞれに、いくつか扉があり、番号が貼ってある。船員の部屋なのかもしれない。

――一生懸命匂いを嗅げば、どこに居るかわかるかしら。さすがに無理かな？

ルドヴィークの部屋の手がかりを探して廊下を歩いていると、人の気配を感じた。リーシュカは慌てて今来た廊下を戻り、手前の十字路の角に隠れる。

「じゃ、若、明日は王宮の城下町をふらついて、軽く話を聞いて回ってきますね」

先の十字路から人が出てきた。

「ああ、頼む」

——ルドヴィークさんの声だ……！

リーシュカの心臓がどきどきと高鳴った。

ルドヴィークの部屋はあの十字路の左手にあるらしい。声はすぐ近くで聞こえたので、多分一番手前の部屋だろう。

——出てきた人、覚えてるかも。確かお肉を食べさせてくれた……ロードンさんだ。

十三年前、父のところに瀕死のルドヴィークを運んできた人だ。

——ロードンさん、今もルドヴィークさんの護衛なのね……。

廊下の角からそっと様子を窺うと、ロードンは一瞬だけこちらを向いた。見つかっただろうか。息を潜めて様子を窺っていると、ロードンはそのまま廊下の向こう側に歩いて行き、姿が見えなくなった。

リーシュカはほっと息を吐き、足音をひそませてルドヴィークの部屋の前に立つ。他に扉はなかったから、ここに間違いない。

把手《とって》をまわしたが、施錠されていて開かなかった。

——どうしよう、誰か来たら……。

焦るリーシュカの前で、突然扉が開いた。

「誰だ」

低い声で言われ、喉元に金属の筒を当てられる。何をされたのかわからず立ち尽くしていると、はあ、と大きなため息が聞こえた。

「お前か……どうしてそんなに気配がないんだ。『お客さん』かと思っただろ？」

そこでリーシュカは、自分が銃を突きつけられていたことに気付いた。

「ごめん、驚かせて。……腕の怪我は大丈夫か」

リーシュカは無言で頷いた。

「あんな場面で俺の前に飛び出すんじゃない。二度とあんな真似はするな」

泣きたくなるほど冷たい声だ。ルドヴィークの言うとおり、馬鹿だった。彼なら自力で対処できたに違いないのに邪魔をしてしまったのだ。

「でも、私……貴方が怪我するのが嫌だったの」

「頼んでいないことをされても、ありがたくもなんともない」

ルドヴィークの声は本当にそっけなくて、リーシュカの目に涙が滲んだ。彼からは拒絶しか感じない。相手にしてもらえる自信がなくなってきた。

「で、用事は？」

「夜這いに来たの」

震え声で率直に言う。

「は？　また……？　やめろって言ったよな？」

呆れ果てたような冷たい声に、リーシュカは涙ぐんで頷いた。

「やめない……私に、誘惑されてほしい……から……」

リーシュカの答えを鼻で笑い、ルドヴィークがぐいと腕を引いた。部屋には入れてくれるらしい。

「そんな格好で、しかも裸足でうろうろするな。うちの社員に見つかったらどうする」

「だから、見つからないように静かに来たのよ。裸足で、息も止めて」

言い返すと、ルドヴィークは腕組みをして言った。

「お前の夫になるという伯爵様が誰なのか、特定できなかった。マリーシカに捕まっていたばあやさんも、まだ救出できていない」

リーシュカは無言で頷いた。

——ばあやは、時間稼ぎをしているみたいだった。それを私に知らせるために『私は嘘をつきません』って言ったんだわ。

何も言わないリーシュカに、ルドヴィークは冷たく言った。

「そもそもの話に戻すが、俺には婚約者がいる。イストニアに帰って結婚するんだ。お前に夜中に押しかけて来られても困る。夜這いなんぞ受け入れるつもりはない、帰れ」

リーシュカは手にした下着をぎゅっと握りしめ、勇気を振り絞って答えた。

「ルドヴィークさんは、その人のことを愛してるの？」

すぐに『もちろんだ』と言われるかと思ったが、ルドヴィークの声は聞こえなかった。ひどく心外な……否、心が傷つく質問をされたかのように黙りこくっている。

——なによ……その、嫌な顔……。

ルドヴィークの顔を見上げ、リーシュカは涙の滲んだ目で声を張り上げて尋ねた。

「その人のことを誰よりも愛しているの？」

ルドヴィークの視線が揺らぐ。

「本当に愛してるなら、私の目を見て。婚約者さんを一生愛して、誰よりも幸せにするって誓って。神様と私に誓ってから、私を……叩き出して……」

黙ったままのルドヴィークに、リーシュカは最後の気力を振り絞って言った。

「私は、私はね……振られてもルディが好き、生きている限りずっと好き……だからルディに振られたら死んじゃうけど、生きる。だってルディが言うとおり、お父様が命がけで育ててくださったんだものね。だから、我慢して……生きて……生きるけど……！」

気付けば『ルディ』と呼びかけていた。もう、自分が何を話しているのかわからなくなってくる。これではただの癇癪《かんしゃく》娘だ。わかっているけれど、振られても好きなのでどうしようもない。何を言われても、どう拒まれてもだめだ。

「振られても貴方のことがずっと好き。私は皆で一緒に、船でどこかに行けるのを、本当に楽しみにしてた。でも貴方はいなくなるのね。お父様も、もういない……」

子供のように泣いていることに気付き、慌てて顔を拭ったとき、あれ、と思った。

ルドヴィークの腕の中に閉じ込められていたからだ。

いつの間に抱きしめられたのか全くわからなかった。あまりにも自然だったからだろうか。

「……俺は、さっき一つ嘘をついた」

泣きじゃくりながら、リーシュカは何の話だろうと考える。ルドヴィークの言う嘘とは何なのか。

「お前の旦那候補の伯爵様とやらを捜すのは途中でやめて、酒場で呑んでいたんだ」

——え……？

信じられない言葉が聞こえて、リーシュカは身体を強ばらせた。慌てて匂いを嗅ぐ。気にしていなかったが、わずかにお酒の匂いがした。

「どうしてお酒を呑んだの……」

「気が晴れるかと思って。でも俺は、酒に強いから駄目だな」

そう言ってルドヴィークが、リーシュカの頭に口づけた。

かっと身体が熱くなる。

まさかルドヴィークがこんなふうに、優しく口づけてくれるなんて。

力が抜け、手からぽとりと下着が落ちた。

リーシュカの頭から唇を離したルドヴィークが、下着を凝視して動かなくなる。

「なんだそれ……」

「え、ぬ……脱いできたんだよ……」

夜這いに行くときは脱ぐと聞いたのに、イストニア人は違うのだろうか。

「なんでそんな顔するの？　脱ぐのが礼儀なの！　おばさんたちが言っ……」

リーシュカの言葉はルドヴィークの唇で塞がれてしまった。

「ン……っ……」

ルドヴィークの唇からはやはりそれほどお酒の匂いはしなかった。彼の言うようにたくさんは呑んでいないのだろう。豪放磊落《ごうほうらいらく》に見えながらも実は慎重な彼らしいと思った。

大きな手が寝間着の裾に潜り込み、何も身につけていない身体の線をゆっくりと辿った。

熱い息と共に声が漏れる。

「ん、んふ……ん……っ……」

だが、唇を塞がれたままでは、何の言葉にもならなかった。大きな手で股の内側を撫で上げられ、丸出しのお尻を摑まれて、リーシュカはのけぞって口づけを交わし合ったまま、腕の中で身をくねらせる。

片方の手は尻を摑み、もう片方の手が、ブカブカの寝間着の下で乳房まで到達した。胸の膨らみをこね上げられると同時に、口の中に、ルドヴィークの舌が割り込んできた。

この前と同じだ。ほんのりお酒の匂いのする唾液が、たまらなく美味しい。こんなふうに感じるのは獣じみていると思うけれど、ルドヴィークの身体も、伝わってくる欲情の気配も、何もかもが美味しかった。

——もしかして……私に誘惑、されてくれた……の……？

舌同士を音を立てて舐め合うたび、リーシュカの身体の奥が怪しく火照《ほて》る。胸の先端が硬くなり、息が乱れてきた。

落ち着かなく膝を閉じ合わせ、逃がしどころのない熱を誤魔化そうとしたとき、不意に唇が離れた。

「お前、怪我は？」

恐らく左腕の怪我のことだろう。しびれ薬の後遺症はあったが、怪我自体はそれほどひどくはない。やはりあれは『捕獲用』の特別な道具だったのだ。

「大丈夫……」

恥じらいに震える声で答えると、ルドヴィークが低い声で言った。

「俺のこと、ルディって呼べ、さっきみたいに」

真っ赤な顔でぼんやりしているリーシュカの頭を胸に抱き寄せ、ルドヴィークが照れたように言った。

「両親と、死んだ父方の爺さんにしかそう呼ばせてなかった。ガキの頃、お前にだけは特別に許したんだ。今だって許してる……だからルディって呼んでくれ」

驚いて顔を上げると、ルドヴィークが無造作に唇を拭って言った。

「寝台に行け」

その仕草も声もひどく妖艶で、リーシュカはごくりと息を呑む。

「早く行けよ」

甘く艶やかな声に逆らえず、リーシュカは震える足で寝台に近づき、恐る恐るルドヴィークを振り返る。

あっと言う間もなく、大きな身体が覆い被さってきて、寝台に組み伏せられてしまった。再び口づけを受け、巧みな舌に、己の舌をぎこちなく絡め合わせる。

お腹の奥が疼き、脚の間がとろりと濡れて、恥ずかしくてたまらなくなった。

思わず敷布を握ったとき、ルドヴィークの顔が離れた。

「……まともな大人は恩人の娘を無責任に抱いたりしないんだよ。イカれててごめんな」

そう言って、ルドヴィークが上着を脱ぎ捨てた。身体にぴったりと合ったシャツも、ズボンも、ためらいもなく引き締まった身体から剝ぎ取っていく。

滑らかな肌だが、傷だらけだった。肩と脇腹に、とりわけはっきりと残った傷がある。脇腹の傷は父が治療したものだろう。肩の傷は矢が刺さった箇所を縫い合わせたような傷だが、周囲に引きつれた火傷のような痕が広がっている。

——銃に撃たれたらああなるのかも……そっか、撃たれたことあるんだ。

リーシュカの視線に気付いたように、ルドヴィークが言った。

「傷だらけで汚いだろう。怖いなら見なくていい」

ルドヴィークが枕元の灯りをまさぐると、部屋は薄暗くなってしまった。明るいところでルドヴィークの身体を見たかったと思いながら、リーシュカは首を横に振った。

「汚くないよ……ルディは綺麗……」

リーシュカの顔に、ルドヴィークの美しい顔が近づく。唇は笑みの形だった。

思わず手を伸ばして彼の身体に触れる。服は纏っていなかった。今だけは触っていいのだ、この愛おしい身体に。

そう思った刹那、リーシュカの身体の芯を異様な痺れが駆け抜けた。

唇に唇を塞がれ、リーシュカは熱い舌に己の薄い舌で応える。

「ん……う……」

両手首を押さえつけられたまま、リーシュカは無我夢中で口を開けた。口内をまさぐる舌が粘膜に触れるたびに、びくびくと身体が揺れる。こんな場所を舌で舐められたことなんてない。そう思うと、不安と喜びに心がかき乱された。

「……もっと脚を開けるか？」

唇を離したルドヴィークに尋ねられ、リーシュカは素直に頷いて両脚を開いた。

脚の間に割って入ったルドヴィークの長い指が、リーシュカの片脚に掛かる。

強引に、右足だけが曲げられた。

ぬるぬるになった秘所が晒されて、閉じ合わさっていた陰唇が、ぐちゅりと恥ずかしい音を立ててかすかに開いた。

「あ……やだ……や……っ……」

その刺激で、濡れそぼった無垢な襞が意思に反してひくひく蠢《うごめ》く。

淫らな蜜でぐしょぐしょになっていた秘裂に、ルドヴィークの指が触れた。

「指入れるぞ、いいか」

「……っ、あ……っ……」

火照り悶える身体が、硬く強ばった。身体は狂ったように雄を欲しているくせに、やはり実際に触れられると恥ずかしさが込み上げてくる。

じゅぶっという生々しい音と共に、ルドヴィークの指が一本、リーシュカの中に入ってくる。

「ん……っ……」

はっきりと男の骨張った指を感じ、柔らかな蜜壁が物欲しげに狭窄《きょうさく》した。

思わず腰を浮かしかけたが、片脚を曲げられ、押さえつけられていて、少し腰を揺することしかできなかった。

「まだ中が狭いから」

脚の間のぬかるんだ場所にルドヴィークの視線を感じ、リーシュカは思わず手の甲で目を覆う。こんなに脚を開かれては丸見えではないか。そう思うと、ますます下腹部が脈打ち、身体が熱くなった。

「ほら、俺の指ですらきついだろう」

言葉と共に、長い指がずぶずぶと奥まで沈んできた。

「や、やぁ……あ！」

逃げようとする腰は、曲げられた脚ごと押さえつけられたままだ。中を慣れた指で押し広げられ、リーシュカは自由なほうの片足で敷布を蹴る。

隘路をこね回され、リーシュカは虚しくもがいた。頭とその場所が直接繋がってしまったかのような刺激に激しく息が乱れる。

強引に広げられた襞は熱を帯び、蜜がしたたり落ちたのがわかった。

「み……見ないで……ね……？」

手の甲で目を覆ったまま、リーシュカは小さな声で尋ねた。

「見ながらしてるよ。とろとろになって、真っ赤になってる。可愛い……もう一本指入れていいか？」

「い、いやぁ……っ……！　見ないで触って！」

思わず膝を閉じようと身をくねらせたが、大きな男の身体に妨げられて無理だった。

「嫌だ。見ながらするのが最高なんだろ……わかってないな……」

あまりの羞恥心に腿がぷるぷると震えだす。

ルドヴィークの指が、リーシュカも知らない場所を押した。裂け目の端、和毛《にこげ》に埋もれたあたりだ。そこにある柔らかな何かを潰されて、リーシュカは足をばたつかせた。

「や、やだ、や……あぁ」

熱いしたたりがさらにあふれ出し、リーシュカは腰をくねらせた。無防備にさらけ出された秘裂に、今度は二本の長い指が押し込まれる。未熟な襞の内側をくちょくちょと音を立てて擦りながら、ルドヴィークが言った。

「こことか、擦られてるのわかるか……？」

「……っ……わか、っ……あぁ……っ」

リーシュカは目を覆っていた手を伸ばし、ルドヴィークの手を押しとどめようとした。粘つく液で濡れた彼の手が、リーシュカの手をぐいと引き寄せる。

「自分で触ってみろ、ほら」

ルドヴィークの低い声がいつになくうわずって聞こえる。リーシュカの指が滅多に触れない不浄な場所に導かれた。

ぬるぬるになった小さな孔に、強引に指先が押し込まれる。

「ふ……あ……ぁっ」

自分の指が裂け目を辿り、蜜孔の奥へと押し込まれただけで、男の指を初めて知ったばかりの身体が戦慄いた。

膝が震えて脚に力が入らなくなる。

「な、お前の中、狭いだろ？」

「せ、せまい……けど……」

力の抜けた指が、今度は初めての感触に触れた。

「無理やり入れたら、怪我させそうで……多分、入ったら、止まれないから」

リーシュカは自分が握らされた太い杭にそっと目をやった。

他の女性より少し小さな手には、ルドヴィークのそれは余るほどだった。

――大きい……。

初めて目にしたものの猛々しさに、リーシュカの顔が熱くなる。

「だからこうやって指でもっと、慣らさないとな」

ルドヴィークの長い指が柔らかな陰唇を器用にまさぐる。

「あ、んん……っ……」

リーシュカの全身がびくんと震えた。思いやってくれるのは嬉しいが、焦らされ切った身体はもう限界だ。乳嘴《にゅうし》は痛いくらいに尖り、腹の奥は熱く疼き続けている。

「平気……」

リーシュカは恥じらいを堪えて震える声で言った。

不意に大きな身体がのし掛かってくる。汗と涙で汚れたリーシュカの唇が、ルドヴィークの滑らかな唇で塞がれた。

優しい触れ方に、父が額や頬にしてくれた口づけを思い出す。けれど彼の口づけはそれよりもねっとりとした欲を帯びていた。

いつまでも終わらないでほしい甘く執拗な口づけが、どのくらい続いただろうか。

「……この辺握って、我慢していてくれ」

再び雄の匂いが強まった。一度だけでも抱いてほしいと身もだえするほどに求めた男の匂いだ。リーシュカは陶然としながら枕の端を握った。

雄に委ねては駄目、主導権を握りなさい、と身体が教えてくれた気がしたが、ルドヴィークの匂いが心地よすぎて何も考えられない。

ルドヴィークが身体を起こし、リーシュカの両脚を肩の上に担ぎ上げた。

そのままゆっくりと身体を倒し、腕を突いて身体を浮かしたまま、リーシュカの目を覗き込んで言った。

「ごめん……挿れる……」

蕩けた蜜口に、つるりとした肉杭の先端が当たった。身体中が心臓になったかのようにどくんと脈打ったのがわかる。

不自然に屈曲させられた体位でリーシュカはぎゅっと目を瞑った。

「っ……う……」

何も受け入れたことのない場所が、昂《たかぶ》る欲にこじ開けられる。身体中から汗が噴き出した。ずぶずぶと押し入ってくるものが未熟な蜜洞をみっしりと満たす。

リーシュカのまなじりから幾筋も涙が溢れた。

雄の欲望に奥まで貫かれた刹那、すっと周囲の音や匂いが入ってきた。

波の音、ルドヴィークの乱れた息づかい。

どんな恥ずかしい体勢で熱杭に貫かれているのかも、はっきりと自覚する。

身体が燃え上がるように熱くなった。

「あ……あ……いや……っ……」

愛しい男と繋がり合った悦びで、リーシュカの心身が蕩けていく。

「や……ルディ、ン……ッ……」

リーシュカにのし掛かるルドヴィークが、言葉を封じるように唇を重ねてきた。汗の味のする口づけ。合わさった唇から激しい鼓動とルドヴィークの興奮が否応なしに伝わってくる。

肉杭は容赦なくリーシュカの身体を貫き、一番深い場所を押し上げて止まった。

「ん、ふ……う……」

唇を塞がれながら、リーシュカは隘路を強引に押し開かれた苦しさに耐える。身体を弱々しくよじるたび、乳房の先がルドヴィークの胸に触れる。

硬くなった乳嘴が当たって、雄を咥え込んだ場所がビクビクと収縮した。

「ン……！」

その感触が恥ずかしくて身体をずらそうとすると、ますますしっかり脚を担がれてしまった。

無理に曲げられた身体は自由にならず、貫かれた場所は身に余る怒張を受け入れて蜜を滴らせ続けている。

「逃げるなよ、全部入ったんだから……。止められなくなった」

唇を離したルドヴィークは、優しい手つきでリーシュカの頭を肩口に抱き寄せた。

「無理だ、放せない……こんな綺麗な身体……」

ルドヴィークの首筋から、彼自身の匂いが強く立ち上がる。不意に、感じたことのない不思議な安堵感が全身を押し包んだ。

——ああ、なんていい匂いなんだろう……。こんなにいい匂いの男の人、他に知らない。

強ばっていた身体から力が抜ける。

リーシュカは、怪我をしていないほうの手を枕から放し、そっとルドヴィークの腕に触れた。再び優しく口づけられ、満ち足りた思いで接吻を受け止める。

——ねえ、開花は……まだ……？

ぼんやりとそう考えながら、リーシュカは口内をまさぐるルドヴィークの舌に不器用に応えた。

胸の谷間や鎖骨の上に、ルドヴィークの汗がしたたり落ちるのがわかる。

身体の一番奥深くまで男を受け入れながら、リーシュカは肩に触れていた右手でそっとルドヴィークの頬に触れた。

触れ心地も匂いも全部いい。不思議だ、この世にこんな男がいるなんて。身体の全てを暴かれても喜びしか感じない。

リーシュカの唇を貪っていたルドヴィークが、頬に触れた指に気付いて唇を離す。そして、リーシュカの手首を摑んで、掌にキスをした。

「動きたい……少し我慢してくれ」

再びリーシュカの頭を肩に抱き寄せ、ルドヴィークが蜜窟をいっぱいに満たしていた杭をずるりと引き抜く。

逞しく血管の浮いた肉棒の表面が、リーシュカの無垢だった粘膜を擦って刺激した。

「あっ……あ……」

もう抜かれてしまうのかと、不慣れな蜜壁が名残惜しさに震える。

肩に担ぎ上げられた足の先がひくひくと戦慄くのが見えた。

未練がましく開閉する蜜裂の縁まで引き抜いて、ルドヴィークは動きを止めた。

「ゆっくり動くから……なるべく……」

息を乱しながらルドヴィークが言う。再び、硬く逞しいものが、いやらしい蜜音を立ててリーシュカの身体を穿った。

「ん、んっ……」

嬌声を上げまいとリーシュカは唇を噛む。

痛いのに気持ちが良くて、涙が次から次へとこぼれ落ちる。小刻みな息は熱くて、身体中がこの行為を喜んでいることがわかった。

「痛くないか？」

動きを止めてルドヴィークが尋ねてくる。

「平気……痛くない……やめないで……」

右手でルドヴィークの腕に触れながら、リーシュカは懇願した。

「全部……最後まで……やめないで……っ」

再びルドヴィークがリーシュカの唇を奪った。さっきよりも汗の味が濃い。ルドヴィークの汗が次々に胸やお腹に落ちてくる。腿の裏に触れている、滑らかな肌も汗だくだった。

ぐちゅぐちゅと音を立てて、リーシュカの蜜路が繰り返し貫かれた。きっと手加減してくれているのだろう。けれど、小柄なリーシュカの身体が受け入れるには、ルドヴィークの欲望は大きすぎる。

「……あ、はぁ……っ……」

ルドヴィークで満たされた喜びと、初めての行為の痛みと、優しく抱かれている幸福感がない交ぜになって、何も考えられなくなった。

力強く突き上げられるたびに大きな寝台がぎしぎしと揺れる。己の身体から溢れた蜜が敷布を汚しているのがわかった。

「あ、やだ……やぁ……」

繋がり合った場所をぐりぐりと擦り合わされて、リーシュカは担ぎ上げられた脚を弱々しくばたつかせた。

「や、あ……」

「……ごめん……もう少ししたら抜くから……」

ぐぷぐぷと音を立てながら、ルドヴィークがリーシュカの奥を繰り返し押し上げる。そのたびに隘路がますます締まって、甘えるような声が漏れた。

「あぁっ、あ……はぁ……っ……」

ルドヴィークがますますのし掛かってきて、穿つ動きを速めた。

担ぎ上げられ、屈曲した脚が、己の乳房を押しつぶす。

——綺麗な……髪……。

涙でぐしゃぐしゃになった視界に、鉄色に鈍く光る髪が映った。

「んぁ……っ、あぁ……」

くちゅくちゅという音が強まり、咥え込んだものがますます熱くなったのがわかった。

肉杭が前後するたびに、粘膜でできた蜜窟が火照り、ルドヴィークのものを絞り上げようとする。

リーシュカの身体ははしたなく涎を垂らし、身体を貫く雄を貪っていた。

無防備に秘所を晒し、自由を奪われた姿勢で繋がり合いながら、リーシュカはルドヴィークの髪に触れた。

一つに束ねられた髪は硬く滑らかな手触りだった。この美しい髪も、今だけはリーシュカのものなのだ。

——嫌、離れたくない。もっとこのまま……。

「……ごめん、そろそろ……」

ルドヴィークが身体を起こし、肩に掛けたリーシュカの脚をそっと下ろした。

腰を浮かして結合を解こうとするのを見て、リーシュカは思わず声を上げた。

「や……抜かないで……」

子種を腹の上に出そうとしたのだろう。そんな終わり方は嫌だ。

左腕の痛みを無視して、リーシュカはルドヴィークに両手を差し伸べる。

震える指先に誘われるように、繋がり合ったままルドヴィークがのし掛かってきた。

リーシュカは広い背中に手を回し、引き締まった腰に脚を絡める。

ルドヴィークの肌の感触と、身体の重みを感じられるのが嬉しかった。リーシュカは汗だくの身体と絡まり合いながら、激しい熱と鼓動を全身で味わう。

「全部、最後までして」

「馬鹿……お前……」

「やめられるの、嫌なの……ルディが好きだから、最後まで、全部して……」

リーシュカの言葉にルドヴィークが苦しげに息を吐く。そしてリーシュカの背中に手を回し、ぎゅっと抱きしめた。乳房が厚い胸板に潰されて、密着感がより強まる。

再び奥深くまでルドヴィークが入ってきた。リーシュカは腰に回した脚に力を込め、太い肉杭に擦られる快感に耐える。

「あ、あ……くぅ……っ」

嬌声を堪えてリーシュカは唇を噛んだ。ここは大きな船の一室だ。部屋の外を人が通ったら、声を聞かれてしまう。

しとどに濡れた蜜口に、肉杭の付け根がぐりぐりと押し付けられる。

「あぁ……っ、ひ……っ、これ、っ……、や……」

擦り合わされた部分を中心に、下腹部に耐えがたい愉悦の波が広がった。蜜路がビクビクと震え、身体がこれがいい、これが欲しいと叫んだ気がした。

「ごめん、リーシュカ」

ルドヴィークがリーシュカの身体をかき抱いたまま激しく息を乱す。強引に奥を突き上げていた怒張が中でびくびくと震え、熱い飛沫を迸らせた。

「ん……っ、んっ……ん……」

声だけは漏れないように、リーシュカは必死でルドヴィークの肩のあたりに唇を押し付けしがみついた。

腹の奥に放たれた多量の熱液が、甘い疼きと共に身体の深いところへ広がっていく。

ルドヴィークがリーシュカを抱く腕を緩めて、半開きの唇に接吻してくる。

労るような優しさが伝わってきて、ひどく心が満ち足りた。唇を伝って流れてくる汗も、たまらなく美味しく感じる。

「俺が全部責任を取る」

かすれた声で言うルドヴィークに身を委ねたまま、リーシュカは小さな声で答えた。

「いいの……私、赤ちゃん……欲しい……」

「馬鹿、何言ってるんだ……っ……」

ルドヴィークの束ねた長い髪に指を絡めながら、リーシュカは涙声で答えた。

「嘘。自分でちゃんと、避妊の薬飲む」

口先だけの約束をして、リーシュカは愛しい男の肩に頬ずりする。

――何か大事なこと、失敗した気がする……でも、好き、大好き……。

そこまで考えたとき、睡魔が手を伸ばして、リーシュカの意識を闇の中へと引きずり込んで行った。

――ああ、駄目……彼は開花しない……支配させてくれない……。

耳の奥に、リーシュカ自身の悲鳴のような声が、か細く響いた。

◆

リーシュカを抱いて眠っていたルドヴィークは、不思議な夢を見ていた。

白髪交じりの黒髪を髷《まげ》にまとめた華奢な老女が、ぼんやりと海を見ている。横顔は美しく、肌の色は浅黒い。

『あのばあさん、昔どこぞの奥様だったんだろ』

『いつも海見てるよな。何してるんだろう。いいよな、未亡人は暇で』

そんな言葉が聞こえて、ルドヴィークは何も言えなくなった。

――リーシュカ。まだ、俺が船で迎えに来るのを待ってるんだ。

もしあのままリーシュカを『理解ある伯爵様』とやらに押し付けて、強引に去っても、リーシュカはきっと、ずっとルドヴィークを待っていたに違いない。

もう叶えられることのない約束のとおり『ルディの船に乗せてもらう』日を夢見て。

馬鹿だった。

リーシュカを置いていっても、彼女は幸せになどならない。ルドヴィークと共に危険に晒される未来のほうが、リーシュカにとってはずっとずっと幸せなのだ。

離れてしまえばもう、二人に未来などない。自滅の運命を辿る自分と、永遠に空虚な心を抱えて生きねばならないリーシュカ。お互いに、何も残らない。

――俺が間違ってた。ごめん……リーシュカ。

切り離すべきはリーシュカではなく、リーシュカ以外の全てだった。

――母さんだって思い切って国を捨てたんだ。俺だって捨てられる、お前以外は全部。

ルドヴィークの母は、かつてバチェスク聖王国の貴族だった。実家は公爵家で兄と弟がおり、王家に次ぐ名家の令嬢だったらしい。

奉仕活動に熱心で、教会が運営している孤児院に足繁く通っていたそうだ。

そこには、異国の血を引く孤児たちが集められていた。母は子供たちに本を読んであげたり、寒くないようにと、襟巻きをたくさん編んで届けたりしていたらしい。

だが、一方で、冷酷な性格の彼女の父や弟は、容姿の違う異国人を面白半分に嬲り、傷つけていたそうだ。兄は女漁りにしか興味がなく、彼らの暴行を諌めなかったらしい。

特に弟は、母が何を言っても聞かず、次第にその振る舞いは悪化していった。ついには母が大切にしていた孤児院の小さな子供たちにその魔手を伸ばした。

「姉上、わかったか。異国人のガキを処分しても、俺は罪に問われなかった」

むしろを掛けられ、二度と目を開けない子供たちの前で、母は声が嗄《か》れても泣き続けたそうだ。こんな国はもう嫌だ、と。

そう思っているときに、船の故障で偶然寄港していた父と出会った。

暇を持て余し、防波堤で海を眺める『異国人の青年』に、母は屋敷から持ち出した大量の宝石を差し出して、こう言った。

『私を貴方の船で、異国に連れて行ってください。こんな国はもう嫌、異国の血を引く小さな子供たちを、海に蹴り込んで、死なせて、笑っている鬼と暮らすのは嫌なんです！』

それが、父と母の出会いだった。

——世間知らずのお姫様にもできたんだ。俺ならもっとやれる。そうだよな、母さん。

そう思いながら、ルドヴィークは薄く目を開けた。

外はまだ暗い。リーシュカの汗ばんだ身体からは、甘くいい匂いが漂ってくる。

『ねえ、ルディお願い、私の誘惑を受け入れて、開花して！』

突如、リーシュカの可愛くて必死な声が、頭の中に響いた……気がした。

幻聴だろうか。一体何の話だろうと思いつつ、ルドヴィークはきっぱりと拒絶する。

——冗談じゃない、俺は俺だ。誘惑なんてされない。開花なんかしてたまるか。俺は俺の意思で、お前が愛おしいから、俺のものにすると決めて抱いたんだ。

心の中で言い終えたあと、我に返った。

――ん？　そういえば、開花ってなんだっけ？　どこかで聞いた気がするな……マリーシカが言っていたんだったか……。

リーシュカは腕の中でぐっすり眠っている。やはりさっきの声はルドヴィークが寝ぼけたせいで、聞こえた気がしただけなのだ。

ルドヴィークは欠伸《あくび》をしてリーシュカを抱き直し、再び健やかな眠りに身を委ねた。

第六章　旅立ちの朝

「お前、身体は大丈夫か」

ルドヴィークはリーシュカと手を繋ぎ、甲板に向かいながら尋ねた。

「うん……」

起き抜けに服を渡され、着替えたばかりのリーシュカは、顔を洗ってもまだ眠そうだ。

リーシュカの服は、昨夕、一人やけっぱちで呑みに行く途中で買った。

地味な街娘の衣装を着せても、リーシュカは綺麗で可愛い。

せっかく絶世の美女なのだから、もっと派手で、身体の線が品良く出るドレスも着せたい。だがその姿は他の男には見せたくない……。

葛藤しながら、ルドヴィークは小さな頭に口づけをする。するとリーシュカは、困惑したように身を引いてしまった。

「私と手を繋いで、人前に出ないほうがいい……」

そう言って、リーシュカが繋いだ手を解こうとする。

「なんでだよ」

「冷静になったの」

暗い顔でリーシュカが言う。その顔は悲しげで今にも泣きだしそうに見える。

——何の話だ？

「だってルディには婚約者がいるのに、私、知っていて夜這いを掛けたんだもの。自分勝手なことをしたのは私よ。貴方は知らんふりしていていい……私が悪いことをしたの」

そういえばこの前リーシュカに、従妹との婚約話を言ってしまったのだった。

堂々と寝取りにきたのかと思っていたのに、反省しているなんて可愛すぎる。

「悪いことをしたから、お互い最高によかったんだろ？」

深刻な顔をしていたリーシュカがぱあっと真っ赤になった。

「こんなときに冗談言わないで」

「なんでだよ、お前もめちゃくちゃよがってたくせに」

リーシュカが真っ赤な顔で俯く。

あの時はリーシュカが自分に向けてくれる思慕を断ち切るため、そして自分の未練がましい気持ちを振り切るために、愛してもいない従妹フィオリーネとの婚約話をあえて口にしたのだ。

だがあの婚約はもう、脳内で一方的に破棄した。

もともとバーデン商会内におけるフィオリーネの地位を固めるための結婚だ。いずれ会長夫人になって、今まで通りに贅沢をさせてやりたいという伯父の親心から一方的に押し付けられた話だ。

バチェスクで両親を殺された後、ルドヴィークは伯父に都合のいい『ルドヴィーク・バーデン像』を作り上げた。

伯父に殺されないため、『仕事と派手な遊興にしか興味がない男』と思われるよう、徹底したのだ。

『ルドヴィーク』は、幹部同士の権力抗争には興味を示さない。

普段は武器の開発と試験、および販売に熱中している。

休暇がくれば、若手の貴族たちとつるんで豪勢に遊び回るのが生きがいだ。

お陰で伯父は『ルドヴィークは今の立場に満足している』と思い込んでくれた。

ルドヴィークがバーデン商会の収入の多くを担うようになった今も、伯父はルドヴィークの本心に気付かないままだ。

仕事で稼ぎ、遊びにつぎ込むのが生きがいの男、自分さえ楽しければいい男なのだと思われたからこそ、フィオリーネとの結婚を命令された。

伯父は今や信じている。この甥なら武器を売りさばいて大金を得、派手に遊んで暮らし続けることを望むだろう。バーデン商会の金づるとして機能し続けるだろう、と。

フィオリーネを妻に迎えても、ルドヴィークに大きな利益はない。

だが『義理の息子』として、伯父にはぐっと近づける。殺す機会が増える。だから伯父と会社をぶち壊すまでの間、心を殺して結婚生活を送ろうと頑張っていた。

だが愛しいリーシュカを抱いたら『そもそも会社も、復讐も、自分の財産も、全て捨ててリーシュカのために生きればいい』とあっさり気持ちが変わった。

——ないつもりでも、未練があったんだな。金とか地位とか贅沢とか、一緒に仕事した奴らとかに対して。でももう手放そう、ほどほどに欲しいものを握りしめているせいで一番大事なものを失うよりはいい。

「ねえ、ルディ……手を放して……」

「このまま繋いでいく。お前は堂々としてろ、いいな」

リーシュカの愛らしい顔に、困惑の影が色濃くなる。

嫌いなもの全てを破壊する人生もいいが、リーシュカが側に居る人生は、もっといい。大事なものが手に入ったので、他のものは若干惜しいが、全て捨てよう。

甲板が見えた。先ほど伝令しておいたとおり、武器商部門の仕事関係者は全員集まっている。人々の姿を目にして、リーシュカが怯んだように歩みを止めようとした。

「大丈夫だ、俺と来い」

そう言ってルドヴィークは強引にリーシュカの手を引き、甲板に出た。透明な冬の陽光が、海に跳ね返されて目を焼くほどの眩しさだ。

——さ、今日からは……新しい俺だ。

すぐ傍らに佇むリーシュカが、不安げに自分を見ているのがわかる。

——なんにも説明してないもんな。俺はお前と行くんだよ。

妙にすがすがしい気分で、ルドヴィークは口を開いた。

「申し訳ないが、今日で俺は武器商部門の幹部を辞める。バーデン商会から抜けて、伯父上に足抜け金を全額耳を揃えてお支払いすることにした。武器商部門の社員にはそれぞれ五年分の給与を払う。残って新しい幹部を待つもよし、辞めて新しい仕事を探すもよし。皆さん、今までありがとうございました」

声を張り上げてそう宣言すると、皆の目が点になった。

ロードンだけがプッと噴き出し笑いを堪えている。何がおかしいのかは理解不能だ。

カイルはいつもどおり笑っている。いつでも羊飼いに戻れるからどうでもいいのだろう。

——お前ら二人は、ある意味安心だな。俺が何を言い出しても動じない。

そう思いながら、ルドヴィークは小脇に挟んでいた分厚い封筒を取り出した。

「本社に帰って、会計部にこれを渡してくれ。清算申請だ」

渡した封筒は、財産を伯父に引き渡すための一連の書類作成、および、社員への一時金の支払いを依頼する書類が入っている。

呆然としていた上級社員の一人が、青ざめた顔のまま封筒を受け取って言った。

「お辞めになるとは……どういうことですか」

「バーデン商会を退職して、一般人になる」

甲板の人々の沈黙がますます重くなる。

ルドヴィークは口の端を吊り上げ、話を続けた。

「皆は武器商部門の精鋭だ。ここに残るも、どこかに転職するも、皆なら上手く立ち回れるだろう？　イストニアに帰ったら、留守番組にもそう伝えてくれ」

「ですが、それではあまりに……会長しか、得をしないではありませんか」

それまで黙っていた壮年の男が、静かに口を開く。

彼は父の代から働いてくれている男で、ルドヴィークのことも昔からよく知っている。

いきなり乱心したとしか思えぬ『先代のご子息』を心配してくれたのだろう。

「若が会長にお支払いする上納金の残額と脱退金で、若の財産のほとんどがなくなります。そんなのは……先代様と若のこれまでの努力の成果を、みすみす会長に渡すのと一緒です」

言いたいことはわかる。

散々、父とルドヴィークをこき使い、美味い汁を吸ってきた伯父に、更に金を渡してやるくらいなら『殺って』しまえと言いたいのだ。

他の社員も似たような思いだろう。

ルドヴィークもずっと同じことを考えていた。

だが、今は違う。猛烈に金遣いの荒い伯母と、更に金遣いの荒いバカ娘のフィオリーネが居る限り、金などあっと言う間になくなる。

上納金稼ぎの筆頭だったルドヴィークが、突然『辞める』のだから。

武器商部門を存続させたとしても、ルドヴィークと同等の上納金を納められる後任の武器商など見つかるとは思えない。

最新の武器を開発できる知識と伝手《つて》、そして金があり、それを売りさばける販路を持つ武器商……そんな大物が、バーデン商会の看板を借りるためだけに、大人しく傘下に収まるはずなどないからだ。

バーデン商会に残るのは、浪費の収まらない会長夫人とその娘、ルドヴィークが納めた莫大な金を使い果たされた伯父。そして、伯父を見きって自分がバーデン商会の会長の座に就こう、上納金を『もらう側』になろうと考える野獣のような幹部どもだけだ。

――金が欲しけりゃくれてやる。また稼げばいい、どんな手を使っても……。

そう思いながら、ルドヴィークは笑顔で答える。

「ああ。伯父上に必要な金を払ってしまったら、俺の手元には、武器の在庫が山と残るだけだもんな。まだ納品されていない武器の代金は、俺から脱退金を受け取った伯父上に支払い義務が生じる。だからバーデン商会の名義になるだろうけど、伯父上が持て余すようなら、安値で買い取らせてもらおうかな」

それでいい。狙い通りだ。心の中で笑いながら、ルドヴィークは言った。

「心配してくれてありがとう。俺は武器の山を抱えて、残った金で細々と生きていくよ」

壮年の社員が、耐えがたいとばかりに大きな手で顔を覆った。

「……それが、若の決めたことなら……わかりました。武器商は確かに危険な仕事です。愛するご令嬢と平和に暮らすのもよいかと。貴方はまだお若いのですから」

その言葉に、さすがのルドヴィークも胸が痛んだ。父が必死に続けていた仕事を投げ出し、誠実だった武器商部門の精鋭社員たちを裏切るのは、辛い。

だが決めた。人生は一度きりだ。一番大事なものを選ぶ。たとえ二番目以降に大事なものを、全部捨てねばならないとしても。

「というわけで、これを以《もっ》て武器商部門は解散だ。後は個人的にロードンに頼みたいことがある」

涙を流して笑い転げていたロードンが、顔を拭いながら「はい」と言った。

「うちの在庫の山、バチェスクまで船で運んできてくれないか？　お前なら何がどこにあるかわかるだろう？」

「はあ、まあ……俺が好きなヤツだけ運んできてもいいですか？　あとはクズ屋に売り払ってしまって」

ロードンが笑顔のまま尋ねてくる。武器狂いの彼の目から見た『良品』『特上品』以外は金属材料として売り払うと言っているのだ。病的に武器に詳しいロードンに任せよう。

「好きにしろ。在庫の回収と処分と、運搬にかかった費用はいつもどおりに俺にまわしてくれ。そのくらいの金ならまだ払える」

「了解です、下級品を鉄屑《てつくず》屋に売った金で、その辺は賄《まかな》えると思いますけどね」

そう言ってロードンは、再び腕で目を押さえて笑いだす。

「……若が『ありがとうございました』だって。丁寧語……クククッ……懐かし……」

何が笑いどころなのかわからない。ルドヴィークは次にカイルに話しかけた。

「カイル、給料は当面出せるから、俺たちの護衛に付いてくれないか」

「はい」

提案したほうが不安になるほど、即座に受け入れられた。

「……一応言っておく。俺はもうバーデン商会を辞めて、この先どうなるかわからない身の上だ。嫌になったら去っていいんだぞ、わかったな？」

「はい、俺、銃撃つのだけは得意なんで」

──全くわかっていないが、まあいい。

ルドヴィークは懐から取り出した袋をカイルに投げ渡した。

「それで一ヶ月、なんとか飯と宿を確保してくれ。何かヤバいな、と思ったら、お前の勘に従って動いてくれ。弾は無駄遣いするなよ」

「了解です！　人を襲う狼が、俺らの敵……ですよね！」

この雑な認識で、一度も敵か味方かの判断を誤ったことがないカイルが少し怖い。

「俺、安い宿を探して節約します。おつりはルドヴィーク様にあげますから」

生まれて初めてだ、そんなことを言われるのは……。

「要らないからお前が貯めとけ」

「いえ、おつりはあげます。じゃ、後で合流方法の指示お願いします！」

そう言ってカイルが敬礼した。相変わらず緊張感の欠片もない笑顔だ。

——入社時より成長している。信じよう。飽きたら勝手に羊飼いに戻るだろう。

ルドヴィークは大きく息を吐いた。

これまでずっと、悩んでいた。己が人殺しの武器をまき散らしたせいで、罪のない人々が尊い命を失うかもしれない。武器は素手よりはるかに楽に、効率的に殺せる。武器に頼って無責任に殺した側は、何の罰も受けずに安らかに天に召されるかもしれないのにと。

同時に、ずっとそのことが許せなかった。命を軽く扱う人間が報復を受けないのは理不尽ではないかと。

多分、両親をだまし討ちにされたときから、怒りの炎は燃え続けていたのだ。

十三年前、母方の祖父は、駆け落ちをしたルドヴィークの両親に『もうすぐ余命が尽きる。お前たちの結婚を認める』と嘘の手紙を送ってきた。

誠実だった父は、母の家族に駆け落ちの罪を謝る機会があるならばと、すぐに母の祖国、バチェスク聖王国に向かうことを決めたのだ。

『なぜ、お父様が私の居場所を知っているのかしら……きっと調べたのね』

あの母の呟きに、もっと気を留めるべきだった。

父の……弟の優秀さに嫉妬し続けた伯父が、母方の祖父に、母の情報を売っていたことに気付けば良かったのだ……。

父母はルドヴィークを連れ、バチェスクにある祖父の屋敷を訪れた。護衛を連れてこられるのは怖い、不愉快だ、家族だけで話をしたい……そう申し入れてきた祖父の条件を呑み、ロードンを初めとした護衛部隊を外で待たせて……。

そして屋敷に招かれ、不審な石畳の部屋に通されるやいなや、十人以上の人間に囲まれた両親は弩の矢を撃ち込まれて即死したのだ。生き残ったのはルドヴィークだけだった。

『異国人は汚れている。我が息子は、出来損ないの姫を一人産ませただけで陛下の閨を叩き出された。あの黒い異国人のせいで陛下のご寵愛を失ったのだ！　異国人が忌まわしい、お前もだ、異国人と駆け落ちし、こんな汚い色のガキを産むとは。我が公爵家の家名を汚した愚かな娘め。死んで償え』

血に染まってこと切れた母に向かって、祖父はそう言い捨ててつばを吐いた。

『そのガキ……いや、私の孫は、その穢らわしい異国人から莫大な財産を受け継ぐと聞いた。全て奪い取るまで生かしておこう』

その日の夜ルドヴィークは、隙を狙って祖父を滅多刺しにし、返り討ちに遭った。

救出の機会を窺っていたロードンが屋敷の護衛たちを殲滅《せんめつ》して、瀕死のルドヴィークをギリアンのもとへ運んでくれたのだ。

あの日、ルドヴィークにとって何より大切な父母の命は、虫けらのように扱われ、踏みにじられたのだ。だからずっと、命を軽んじる人間が憎かった。目に付く限り、全部殺してやりたいと思っていた。

——だけど、そういった輩なんて、俺の見えないところで毎日大量発生している。たとえそいつらが報いを受けないとしても、俺は神様じゃないからどうしようもない。

他人様を心配して差し上げる前に、まずは自分とリーシュカだ。

ルドヴィークは、呆然とした顔のリーシュカをようやく振り返った。

——俺はこの前、リーシュカを守りたいから引き金を引いた。お前が、俺を庇って撃たれて、何の薬を使われたかわからなくて、早く助けなきゃと思って、必死だったから。

楽に、無責任に殺したいからという理由で、武器を手に取る人間ばかりではない。

誰かを守りたいから武器を手に取る人間もいる。きっと、大勢いる。

——家族を守りたいとか、村を守りたいとか、何が何でも復讐だけは果たしたいとか。

父さんと母さんを殺されたときの俺だって、そうだったじゃないか……。

リーシュカの美しい顔を見ながら、しみじみと思う。

本当に不思議だ。どうして気付かなかったのだろう。忘れていたのだろう。多くのものを思い切って手放してみたら、憎しみの目隠しがはらりと解けた気がする。

「じゃ、行こうか」

リーシュカの大きな目に見る間に涙が溜まる。

震える小さな唇が、どうして……と呟いたのがわかった。

「今日から俺は、お前と生きる。いいな」

リーシュカが頷く。大きな金色の目からぽろりと涙が溢れた。

ルドヴィークは小さなリーシュカの手をぎゅっと握り、足早に歩きだした。

——俺は戦いと復讐のために武器を握って、自分の手を汚してきた。だがこれからはお前のためにも武器を取る。お前を穢そうとする奴、俺からお前を奪う奴は皆殺しだ。最後の最後まで、俺はお前を誰にも渡さない……。

◆

ルドヴィークと手を取り合ったまま、リーシュカは必死に『誰にも見つからない可能性が高い場所』へと足を急がせた。バチェスクで身を隠すのにちょうどいい場所なら、リーシュカの方がよく知っている。

——大丈夫、誰にもあとを付けられなかったはず。お姉様の私兵にも、イストニアのおかしな人たちにも見つかっていないわ……。

扉を閉め、リーシュカはほっと息を吐く。

リーシュカが選んだのは大金持ち専用の『隠れた逢い引き宿』だ。

貧民窟のさらに奥に雑木林がある。その雑木林の外れにある、粗末な砂利混じりの藪《やぶ》道を抜けると、不意に貧民窟とは一線を画す美しい建物が現れる。

こんな場所に宿があることを知っている人間は、基本的に『人に知られず秘密の逢瀬を楽しみたい』、『女を買ってゆっくり過ごしたい』と考えている富裕層や貴族だけだ。

『闇医者』だった父は、たまにこの宿に呼ばれ、急病人を治療していた。

『偉い貴族様が腹上死しかけている』、『媚薬で中毒症状が出た』というような呼び出しがほとんどだったけれど……。

　もちろん父は幼い娘を一人にすることはなかったので、リーシュカもここには何度も来たことがある。

　幼いリーシュカは、ここを『お城』だと思っていた。

　大きくなったらここでドレスを着て働くお姉さんになりたいと主張し、父に『駄目だ』と真剣に叱られ、泣いて駄々をこねたものだ。

　大人になった今なら、父が正しかったと痛いくらいにわかる。リーシュカが憧れた『ドレスを着たお姉さん』たちは、この宿専属の高級娼婦なのだ。

　父は、小さな娘が突拍子もないことを言い出して心臓が縮む思いだっただろう。

「ここなら多分、お姉様は存在を知らないと思うけれど、お……お金は足りそう？」

　遠慮がちに尋ねると、部屋の様子を色々と確かめていたルドヴィークは「大丈夫、心配するな」と返事してくれた。

「良かった。貧民窟に詳しいことが役に立つなんて思わなかった」

　そう言って笑うと、ルドヴィークが額に唇を押し付けてきた。口づけのくすぐったさにリーシュカは目を細める。

　この数日が怒濤《どとう》のようで、頭が働いていない自覚は大いにある。

　本当はこんなふうに、ルドヴィークに寄り添っている場合ではないのだ。

　リーシュカはそっとルドヴィークの胸を押しのけた。

憂鬱の種がどんどん増えていく。マリーシカのこと、イストニア王家のとんでもない計画、ルドヴィークが『リーシュカと行く』と言って、バーデン商会の幹部の地位を降りてしまったこと。

どれ一つとして、リーシュカの力では解決できない。リーシュカが生きている限り、良くも悪くも皆諦めないのだ。

——村が心配。あんな煙に巻かれて……無事な人がいたか確認しないと。

そう思い、リーシュカは恐る恐るルドヴィークに尋ねた。

「なんとかして、こっそり村の様子を見に行けないかしら」

「必要ない。村人は全員収容されたらしい。昨日の夜、自警団の詰め所で聞いてきた」

ルドヴィークはそう答えると、リーシュカの肩を抱いて寝台に座らせた。

「え……？　収容って……？」

自分が復唱した言葉で、あの村に何が起きたのか理解できた。

理解したくなかった……誰も助からなかったなんて。

あの村が消えたなんて。リーシュカ父子に親切にしてくれた人も、意地悪をした人も、薬草園で盗みを働いた人も、全員この世にいないなんて……。

——ああ……なんてこと……嘘……。

震えながら涙を流すリーシュカの肩を更に抱き寄せ、ルドヴィークが言う。

「あれがマリーシカの仕業だとしたら、あいつには……王太子の資格などない」

リーシュカの脳裏に、空を埋め尽くす異様な紺色の煙が鮮やかに思い出された。

ルドヴィークの言うとおりだ。何故、自分が将来治める国の人たちに、あんな残酷な真似ができるのだろう。

「山村に親戚がいた人たちは、火事の犯人を捜せと王宮に押しかけているらしい」

「やっぱり、あの煙がおかしいって皆気付いたのね……」

異様な紺色の煙を思い出し、リーシュカはぎゅっと唇を噛みしめた。

「だが珍しく、女王陛下が怒り狂う人々のところにやってきたそうだ」

――お母様が……？

謁見や式典に顔を出す以外は、王宮の奥で人形のようにひっそり過ごしている母が、怒り狂う民衆の前に姿を現すなんて……。

「陛下は、今回の件は殺人事件で、バチェスク聖王国では久しくこのような犯罪は起きていなかったと明言したらしい。犠牲者は、国内の教会から集めた『冷たい部屋』とやらの処置人たちが最優先でお清めして、王家の特別墓地に埋葬されるそうだ。もちろん他の墓地へ運ぶ希望があれば言ってほしいと。それから被害者の遺族には、親等の近さを考慮した上で見舞金を払うと約束したらしい。王室名義の財宝を売り、すぐにその予算を計上すると言ったそうだ。失礼ながら意外と明晰《めいせき》な女性なんだな」

恐らく諸外国での母の評価は『お人形』なのだろう。悲しすぎる人生に心を壊されてしまっただけなのに。そう思いながら、リーシュカはルドヴィークに言った。

「昔はとても賢い女の子だったんですって……王配殿下と一緒になるまでは……」

そう答えたあと、リーシュカは母が決定した処遇を聞き、ほっと息を吐いた。

「なあ、『冷たい部屋』って何だ？」

ルドヴィークの問いに、リーシュカは手短に答えた。

「バチェスク人は皆、教会の『冷たい部屋』という場所で、死後の処置を受けられることを願っているの。その処置を受けると、肉体が綺麗に大地に還るんですって。だから心残りなく、神様のもとに行けるのよ。私も、お父様を正しく処置してもらえて安心したわ」

──お祖母様は、亡くなった後に海に捨てられたって。お父様はそれが悔しくて悔しくて、一生忘れられないって前に話してくれた……。

言いながらリーシュカは、安堵と悲しみで滲んだ涙を拭った。

「そんな処置をありがたがるな。……あのとき、俺と逃げれば良かったんだ」

ルドヴィークが吐き捨てるように言う。精悍な横顔が寂しげな陰に覆われていた。

──そうね、お父様は……逃げようと思えば、本当に逃げられたのに。

父は亡き祖母から、生まれ故郷の国の名前や、実家の姓や場所、父や祖父、親族の名前まで全て聞いていたらしい。

祖母の時代はともかく、あのとき、本気で逃げ出せば、故郷の家族にも会えたかもしれない。

だが母はずっと『リーシュカに会わせて』と訴え続けていた。

時には王宮を飛び出そうとし、またあるときは、何も飲み食いしなくなり……。

女王陛下は心を病んだと噂されるほどだったらしい。

その噂を知っていた父は、母を無視して、娘を連れて逃げられなかったのだ。

「お母様を……一人置いていけなかったのよ……」

絞り出すように答えると、ルドヴィークが小さな声で言った。

「悪い、そうだな……」

しばらく気まずい沈黙が蟠《わだかま》ったあと、ルドヴィークがふと思い出したように言った。

「あ、そうだ、お前この、ギリアンの国の言葉で書かれた手帳読めるか？」

ルドヴィークが取り出したのは、同じ装丁の二冊の手帳だった。一冊は少し古い。もう一冊は新しい。

「お父様の手帳？　どうしてルディが持ってるの？」

驚いて手帳を受け取ったリーシュカは、表紙の文字を見比べた。古いほうには父の故郷の文字で『日記のようなもの』、新しいほうには大陸共通語で『伝言用』と書かれていた。

「書いてある内容が気になって、勝手に持ち出して来た。お前、ギリアンの国の言葉がわかるんだろう？　そっちの表紙にも『伝言用』と書いてあるのか？」

「ううん……こっちは日記のようなもの、って書いてある」

リーシュカは少し躊躇った後『日記のようなもの』と書かれた手帳を開いた。懐かしい父の字に涙が滲む。

父は、大陸共通語の読み書きは上手くなかった。仕事の手が空いたときに、リーシュカに習った程度だからだ。

『単語の綴りが覚えられなくて、適当な言葉に置き換えるから、文章がちゃんと書けない』と言っていたが、母国語のほうは文字も文章も綺麗だ。

父本来の、真面目で几帳面で丁寧な性格が良く出ている。

リーシュカは『日記のようなもの』と書かれた手帳を手に取る。

父の薬や医術に関する書き付けを読むために、リーシュカはどちらの国の言葉も読み書きできるよう勉強してきたから、恐らくこれも問題なく読めるだろう。

「ちょっと……まって……読んでまとめるね……」

目を走らせると、突然こんな文章が飛び込んできた。

『これを読めるのは、リーシュカだけだと思う。勝手に日記を読んではいけないよ。もしかして、遺品の整理中かな。だとしたら哀しい。一人にしてごめん。君は僕と違い、嫉妬も憎しみも抱かない人間に育ってくれた。ジェニカに似て優しい、僕の宝だ』

突然出てきた自分の名前に、手帳を取り落としそうになる。

――これは……私宛……？

懐かしさと父の言葉に、目に涙を溜めながら、リーシュカは静かにページをめくる。

『もしいたずらしているなら、ここから先は、僕が居なくなったあとに読んでください。どう伝えればいいのかわからなくて、言えなかったことです』

その後に一昨年の日付が書かれている。リーシュカが十六の頃に書かれたようだ。

リーシュカは涙を指先で拭って、ページをめくった。

『僕は十七年前、亡き王配殿下とその取り巻きに暴行を受けました。王配殿下は異国人狩りが趣味と聞いてはいたけれど、酷かった。

何かの拍子に頭が切れて出血し、目に血が流れ込んで何も見えなくなりました。それを拭った手が王配殿下の服を汚してしまい、僕は更なる暴行を受けました。

数日後、僕が働く教会の施療院に、女王陛下の乳母殿がやってきました。

乳母殿は、ここに王配殿下に怪我をさせられた異国の奴隷はいるか、と尋ねてきました。教会の責任者は〝このギリアンという男が怪我をさせられたが、こいつにも粗相《そそう》があったのでしょう〟と答えました。

乳母殿は〝この奴隷を王宮に連れて行く〟と言って、僕を無理やり馬車に乗せました。そして、地下の暗くて狭い部屋に僕を閉じ込め、後ほど尊いお方が会いに来るから、ここで待っていろと言って、去ってしまいました。

僕は訳がわからないまま、床に転がって寝てしまいました。徹夜明けだったからです。妙な眩しさで目覚めたら、燭台を手にした綺麗な女がいました。

女は僕をじっと見て、どうしても会いたくて、乳母に頼んで迎えに行ってもらったと話しかけてきました。乳母だけは私のことをわかってくれると。だから先日、夫が暴力を振るった奴隷を連れてきてほしいと頼んだと……。

何が何だかわかりませんでしたが、〝乳母〟という言葉に、目の前の小さな女性は女王陛下なのだと気付いて、気を失いそうになりました。

慌てて謝罪すると、女王陛下は僕の側に座って散々僕の匂いを嗅ぎ、泣きだしました。

〝ああ見つけた、嬉しい、私は貴方を探していた〟。女王陛下は僕にそう言いました。

戸惑う僕に、女王陛下は抱きついてきました。不敬罪に怯えながらも、陛下はこんなに良い匂いのするお方なのかと思い、目眩がしたことを覚えています。

女王陛下は言いました。夫の服に付いた血痕から、愛おしい匂いがして驚いたと。

酔っ払った王配殿下が〝港町で髪も肌も黒い奴隷を半殺しにしたせいで服が汚れた〟とぼやいていたので、それを手がかりに僕を捜したのだそうです。

それがジェニカとの出会いでした。

僕はジェニカに会えて幸せでした。闇医者として働けるようになったのも、彼女が僕を選び〝開花〟させてくれたお陰だと思っています。

でも君には謝らなくては。幸せなのは僕と彼女だけで、何の罪もない君に、生まれたときから大きな苦しみを与えてしまった。どうか許してください』

――そんなことない。そんなことないのに、お父様……！

顔を覆って泣きだしたリーシュカの肩を、ルドヴィークが慌てたように抱き寄せた。

「どうした、何か変なことでも書いてあったのか？」

「う、ううん。どうやってお母様と出会ったのか書いてあっただけ、懐かしくて」

ほっとした様子のルドヴィークに微笑みかけ、リーシュカはもう一枚ページをめくった。

『追伸　マルヒナさんが君のばあやとして現れたときは、冷や汗が止まりませんでした。ジェニカを苦境に陥れたことで、彼女に殺されるのかなって本当に思っていたんだよ。誤解だったけれどね』

リーシュカは続きを読むのをやめて手巾で涙を拭い、ルドヴィークに尋ねた。

「大陸共通語のほうは、何が書かれていたの？」

「この国の女王は特異体質でどうたら、という話だった。お前が読んだほうがいい、多分ギリアンは、女王陛下に聞いた話を書きとめておいたんだと思う」

リーシュカは渡された手帳に目を走らせる。百年前にも女王が攫われ、イストニアの王太子の愛人となるも、女王は身ごもった子を産むことを拒否して身を投げた……とある。

——可哀相に……。

女王の気持ちを思うと胸が痛む。まだ夫選びの儀もしていない若い女王が、貴族議院の裏切りでイストニアに送られ、どうしても受け入れられない男に力ずくで犯されて……。なぜそんな残酷なことができるのだろう。

——『女王個体』であっても、普通の女の子だったでしょうに。それから……そう、開花したお父様の花の名前は『あまねく慈愛の花』なのね。お父様らしい名前だわ。

ため息を吐いたリーシュカは、頁をめくり、驚いて手を止める。

「最後のページだけ千切られてる、どうしたのかしら？　どこかに千切ったページが挟んないのであれば仕方がない。

父は手帳をとても大事にしていた。冊子が傷むから千切ったりはしなかったのに。だが、

ルドヴィークに言われ、リーシュカは少し不思議に思う。

「いいや、俺が見たときには千切られてた。書き損じたんじゃないか？」

であったりした？」

「お父様には、私がお母様の力を受け継いでしまったという確信があったのね」

「可愛い娘が、チビの頃に俺の匂いを嗅ぎまくってたから、父親として何か勘づくものが

あったんだろうな」

「そ……そんなに嗅いでないよ……多分……」

恥ずかしくなって小声で反論したが、正直言うと、五歳の自分が何をしたかなんて、あ

まり覚えていない。

「俺はよく覚えてるけど。ずーっと俺の膝に乗って掌の匂いを嗅いでて、挙げ句の果てに

怪我人の俺の膝の上に無理やり立とうとして、ギリアンに怒られて大泣きしてたぞ」

ルドヴィークはそう言うと、くっくっと厚い肩を揺らして笑い始める。

「でもお前は、あの頃から人形みたいに可愛かったなぁ。ギリアンそっくりの綺麗なチビ

だった。お前たち父子を醜いと断じるこの国の美の基準は狂ってるって思ってた」

両親とばあや以外に綺麗と言われたことがないので、ルドヴィークにそう言われるたび

に恥ずかしくなる。嬉しさで心がはち切れそうだ。

「自分に何かあったときのためだろうな。多分、お前を誰かに守ってほしかったからだろう」

「どうして『伝言用』は、大陸共通語で書いたのかしら」

リーシュカは顔を火照らせて頷いた。それからふと気付いて、ルドヴィークに尋ねた。

「う、うん。でも……ありがとう……」

「世辞じゃないからな？」

「ありがとう……」

——私を守ってほしかった……ええ、お父様ならそう思ってくださったはずだわ。

リーシュカは表情を翳らせ、ため息をついた。

「……でも、誰にも守れないよね、ここまできたら……」

ルドヴィークがじっと自分の様子を窺っていることを意識しながら、リーシュカは震え声で言った。

「お姉様には殺されそうだし……山村の人も、お姉様が殺したのだとしたら、私のせいで巻き込んでしまったことになる。その上、イストニアには五人の王子様の愛人になれと言われて、ど、どうしたらいいのか、わからないの……。私、こんなにめちゃくちゃなことになっているのに、ルディに守ってもらうなんてできない」

言い終えてリーシュカは唇を噛んだ。

——私が居る限り、ずっとルディは危険に晒される……そんなの絶対に嫌だ。私はずっと、ルディに無事でいてほしかった。今も同じ。どうか安全でいてほしいと願っているのに……。

俯いた刹那、ルドヴィークの唇が、耳に触れそうなくらいの位置まで近づいた。

「『私が居たらルディが危ない』なんて、つまらないことを言うなよ？」

冷たい怒りの混じった声に、リーシュカの身体の震えがひどくなった。

「俺はお前と最後まで別れない。昨日は、全然酔えない酒を喰らいながら、お前を抱く男を全員殺したいって思ってた」

リーシュカの肩を、ルドヴィークが大きな手でぐっと摑んだ。

「夫として堂々とお前の身体に溺れられる伯爵様とやらも、お前のことを犯そうと計画している男どもも全員殺したいってさ……。俺の腕なら確実に殺せるって。そう思いながら酒を呑んでたから、美味くもないしまるで酔えなかった」

身体がゆっくりとルドヴィークのほうに倒れ込んでいく。肩を摑んでいた腕は、いつしかリーシュカの背中に回り、しっかりと腰を抱いていた。

「自分の嫉妬深さに驚いた。俺の中にこんな獣じみた独占欲があったなんて」

「や……やめて……何言ってるの……ルディ……」

リーシュカはがたがた震えながら首を横に振った。

殺す、殺すとひたすら繰り返すルドヴィークが恐ろしい。なのに、振りほどけないほどに固く抱きしめられた身体は、心とは裏腹に熱くなっていった。

「地下牢でお前を輪姦しようとしてた奴らをぶっ殺したときも、全然悪いと思わなかった。俺は、お前を穢そうとする男を絶対に許さない。昨日、自分の気持ちを取り繕わずにお前を抱いて良かった。他を捨てて、お前だけを選んで良かったんだ。俺は正しい選択をした」

腰を抱いていたルドヴィークの大きな手が、リーシュカの街娘の服の裾をたくし上げる。腿まである長い靴下の上のわずかに露出した肌に触れ、彼は優しいのにどこかひんやりした声で囁いた。

「もしもの時は、お前のために両手両足切り落とされるまで戦ってやる。だから、お前は何も心配するな。どうにもならなかったら、俺の後を追ってこい。そうしたら永遠に一緒にいられるだろう？」

「あ……だ……だめ……私……これ以上ルディに迷惑……あ……っ……」

いつしか身体の震えは止まっていた。腿の一部を指でさすられただけで、脚の間がひくひく震えて熱くなる。

「まさかお前、一度俺と寝ただけで満足したとでも……？　俺は全然足りない」

指先が下着の上から、昨日男を知ったばかりの裂け目をつうっと撫でた。

「……っ……あ……ルディ……やめて……」

大きな手のいたずらを止めようとしたが、まるで抗えない。

呼吸が浅く速く乱れ始める。身体中の感覚が、秘部に触れる指に集中した。

「嫌だ。もっともっと俺に抱かれてくれ。俺から離れていくな」

先ほどとは違う震えが身体中を走り抜ける。

恋しい男にしか許さない場所を暴かれながら、リーシュカは華奢な脚を震わせた。

「俺とずっと一緒に居るよな？」

「あ……で、でも……」

「永遠に、一緒だよな？」

念を押されて、リーシュカは思わず頷いてしまった。

ぬかるみを焦らす指が離れた。リーシュカの両腰を摑み、向かい合わせで膝の上に跨がらせると、ルドヴィークは機嫌良さそうに笑った。

「ならいい。俺はお前を選んだ。何があろうが、絶対に守る。失ってから泣くのはもうごめんだからな」

――ルディ……ごめんなさい、ありがとう……。

彼の膝の上に跨がったまま、リーシュカはぎゅっと彼の首筋に抱きついた。

いつも通り、とてもいい匂いがする。無臭なはずなのに、身体が溶けていくような心地のよさだ。

自分を選んでくれた彼を守りたい。彼のためなら命をかけてもいい。けれどその愛情を暴走させて自滅を選ぶのは、愚かなことなのだ。

死ぬのは一度しかできないが、考えることは命ある限り何度でもできる。

ルドヴィークの温かな身体にもたれかかっていたら、だんだん落ち着いてきた。

——すごいな、ルディはどうして揺るがずにいられるんだろう。私と再会してからだって、どんどん新しいことを決めて、大きな決断を重ねて、真っ直ぐに走っていく。

ルドヴィークは強いのだ。元から強いのに、もっと強くなると決めたのだろう……。

父のこと、村の人たちのことを悲しむのはあとでもできる。リーシュカはぎゅっと唇を噛みしめ勇気をかき集めたあと、震える声で言った。

「ルディ、私はお姉様には負けない。イストニアにも……絶対に行かないわ……」

「それで？」

試すような口調で尋ねられ、リーシュカは額に汗を滲ませて答えた。

「もしお姉様が山村に毒の煙を撒いた犯人なら、許さない……」

リーシュカにできることは、本音を言うことだけだ。

ルドヴィークは、適当な言葉で誤魔化せるような人間ではない。

『貴方を危険に晒したくないから』と身を引こうとしても、一人では何もできない、死ぬだけだと喝破《かっぱ》されるだろう。

ルドヴィークは再会したときから強い男だったけれど、初めて肌を重ねた夜から、また更に、彼の強さの質が変わったような気がする。

——開花させられないのに、ルディはどんどん変わっていく。不思議だな……。

「お前の覚悟のほどはわかった」

ルドヴィークが薄く笑い、リーシュカのゆるい癖のある長い髪を撫でながら、しみじみと言った。

「お前、胸でかいな」

真剣にこれからのことを案じ、ルドヴィークの変化の理由について考えていたリーシュカは、信じがたい言葉を耳にして眉を吊り上げた。

「何ですって?」

「ちなみに俺を怒るときの顔も、気の強さが見えて可愛くて最高。俺の好みだ。俺が金遣いが荒くてどうしようもなかったら、お前の権限で容赦なく小遣いを制限してくれ。俺はお前の、身体の割に大きな尻に敷かれたい」

とんでもない台詞に、頭にかぁっと血が上《のぼ》ったのがわかった。

「お尻のことは言わないで。お、大きいって私ずっと気にして……ルディの意地悪!」

真っ赤になりながら言い返すとルドヴィークがリーシュカの額に口づけた。ご機嫌だ。リーシュカをからかうのが楽しいらしい。

「信じられない。真面目な話をしているのに、どうして私をからかうの?」

「真面目な話をずっとしていたら疲れるだろ? いざというとき、爆発的な力が出ない。だから、マリーシカを殺す話はこれで終わりだ」

——そうなの? ころころ気が変わるんだから……。

やや表情を緩めたとき、ルドヴィークの大きな手が、リーシュカの背中のボタンを一つ一つ外し始める。

ルドヴィークの匂いに、強い欲情が混じり始めたのがわかった。

「や……ルディ……だめ……」

「駄目じゃないだろう、そんな蕩けた目をしてるくせに」

あっと言う間に背中のボタンが全部外された。袖から強引に腕を抜かれて、街娘の服はずるずると肩を滑り落ち、腰のあたりでたまる。リーシュカは、抗わなかった。

胸に巻いていた薄い布も緩められ、ドレスに重なるように落ちていく。

胸を露わにした後、ルドヴィークが身を屈めて乳房の先に口づけてきた。先ほど指でまさぐられた場所が、再びじわじわと露《つゆ》で満ちていく。

抗議の言葉は頭から溶け去っていった。昨日ルドヴィークを呑み込んだ場所が蠢き、薄い裂け目が物欲しげに開閉する。

スカートの内側に潜り込んだ指先が、熱い蜜で濡れた下着越しに、淫溝をなぞった。

「なんで今日に限って穿いてるんだ？　いつも俺のところに来るときは準備万端で脱いでるくせに」

乳房の上部に軽く歯を立てられ、リーシュカは思わず背を反らした。だが、腰はしっかりとルドヴィークの腕に捕まっていて、もがいても逃げられない。剝き出しの乳房を彼の視線に晒しながら、リーシュカは広い肩を摑み、嬌声を堪えた。

「だめ……噛まないで……歯形が付いて……」

「お前の胸、ここから下は出して歩くなよ」

先ほど軽く噛んだ痕を舐められ、腰のところで結んだ下着の紐が両方解かれる。

「い、いや……まだお昼なのに……や……」

下着は、重力に負けてひらひらと床に落ちていった。

「明るいお陰で、お前のいやらしくて可愛い顔がよく見える」

ルドヴィークがベルトの金具を外し、ズボンの前を開けた。

「そのまま膝立ちになってくれ」

言うとおりに寝台に膝を置いたまま腰を浮かせると、ルドヴィークはリーシュカに跨がられたまま腰を浮かせ、ズボンの腰回りに手を掛けてずり下ろした。

同時に、リーシュカのスカートの上からお尻をがしっと摑む。

「や……」

「そのまま俺の上に座れ」

リーシュカはおずおずと、言われたとおりに腰の位置を下げた。

こんな姿勢で、服もちゃんと脱がずにするなんて、獣じみた振る舞いだ……。

そう思った瞬間、再びお腹の奥が熱く疼く。開いた陰唇からぬるい雫がつうっと腿のほうへと伝い落ちた。

——ああ……だめ……。

このままではルドヴィークのいいようにされてしまう。でも、されたい。胸の先が痛いくらいに尖ったのがわかった。

「ほら……これを挿れて、根元までお前の中に呑み込んでくれ」

リーシュカの怪我をしていないほうの腕を取って、ルドヴィークが下へ導いた。掌に強引に握らされたものは、熱く脈打ち、滑らかな感触だった。

「俺は、お前としたくてたまらないんだ」

ルドヴィークの汗と雄の匂いが、リーシュカの脳髄を蕩かす。

――あ……違う……私が、蕩かす……開花させる側……っ……。

ルドヴィークを誘惑しなければ、と本能にせき立てられるが、何も思いつかない。身体を繋げてもいないのに、唇から漏れる吐息は、既に焼けるように熱かった。

身体から力が抜け、リーシュカはくたりとルドヴィークにもたれかかる。もう、自分もしたいと答えたも同じだ。身体が熱い。

「いいなら、俺のこれを挿れさせてくれ」

もっとこの匂いに包まれていたい。一秒でも離れるのは嫌だ……そう思いながら頷く。

「肩に摑まれ」

言われるがままに、力の入らない両手を肩に置く。

「そのまま腰を落として……そう……」

リーシュカは寝台に膝を突いたまま、震える身体を叱咤して、ゆっくりと腰を落とした。

片方の手でお尻を摑まれたまま、物欲しげに蜜を湛えた場所に彼の先端を触れさせる。

羞恥に、肩に摑まる腕まで震えだす。蜜裂がぬるりと逞しい雄茎を受け入れた。くびれの位置を越えて、硬い杭が身体を割り開いていく。

リーシュカは汗を滲ませ、慎重に腰の位置を下げていった。

──こんなに大きいものをいきなり全部受け入れたら、お腹の奥が破れそうで怖い。

「ま……まってね……ゆっくり……」

息がますます熱くなる。身体中が早く欲しいと戦慄いているのが、自分でもわかった。

「焦らされるな、結構」

低い声で呟き、ルドヴィークが腰を支える手を放した。

脚を大きく開き、身体を支えられない無防備な姿勢のまま、リーシュカの腰がずぶずぶと肉杭を呑み込んでいく。

「あぁ……っ……やだ……怖……あ……」

濡れそぼった粘膜はまるで抵抗なく、はしたない音を立てて狭い路に逞《たくま》しいものを受け入れていく。

「や、やだ……嫌……」

逞しい肉杭に貫かれる恐怖に、リーシュカの身体が強ばる。

「大丈夫、昨日は、ちゃんと全部入っただろ？」

そう言って、ルドヴィークがリーシュカの耳に歯を立てた。

「大丈夫か？」

「あ……」

からかうような愛撫に、リーシュカの汗だくの身体に甘い痺れが走った。

——そうだ……昨日はちゃんと……。

昨夜刻み込まれた快楽を思い出すと同時に、ぎゅうっと力が入っていた下腹部から、無理な力が抜けた。

リーシュカは顔を傾け、ルドヴィークの頬に口づける。

唇を離した瞬間、ルドヴィークが大きな手で、リーシュカの背中を抱き寄せた。

「ほら、大丈夫だった」

ルドヴィークの優しい声に、安堵で身体中の力が抜ける。リーシュカは、再びルドヴィークの身体にもたれかかった。

繋がり合っただけで、身体中が満たされていく。奥までルドヴィークを呑み込んでいるだけで、蜜窟の中がぞわぞわと震え、息が大きく乱れ始めた。

——ああ、ルディの匂い大好き、好き……とても温かい……。

抱き寄せられたまま、リーシュカはうっとりと広い胸に身を委ねた。

咥え込んだ杭が、中で時折びくんと動くのがたまらなく愛おしい。

——ああ、駄目……私もう蕩けちゃう……。

気付けば、リーシュカの未熟な蜜襞は、無意識にルドヴィークのものを食い締めていた。

内股を伝わって、快楽の露が幾筋も流れていく。床や服を汚してしまいそうだと思い、身じろぎしたとき、ルドヴィークの指先が剝き出しの乳房の先端を優しくつまんだ。

「ひっ」

未知の感覚にリーシュカの身体が上下に跳ねた。乳嘴から伝わる刺激が身体中を甘く燃やす。リーシュカはたまらなくなって、呑み込んだものを締め上げながら、ルドヴィークの指を片手で振り払おうとした。

「やめて、そんなところつまん……ひぅ……っ」

抗議と同時に硬くなった乳嘴をきゅっと潰された。抵抗しようとしたのに、なぜか不器用に腰が揺れてしまう。

「なんで……そこ触るのだめ……あぁ……」

「駄目じゃなくて気持ちいいんだろ?」

「ん……う……違う……あぁ……っ」

ルドヴィークが、膝に乗せたリーシュカの身体を軽く揺すった。それだけで雄を呑み込み、はち切れそうになった隘路が、ルドヴィークのものを音を立てて咀嚼する。

「あぁっ……違う……変なところつまんじゃ……や……」

気付けば、リーシュカも誘われるように不器用に腰を揺すっていた。身体を動かすたびに、鼠径部《そけいぶ》のあたりにルドヴィークの体毛の感触を感じる。

恥ずかしさと気持ちよさに、リーシュカの息が熱くなった。

「すごくいやらしいな。こんな清楚な服着てるくせに、びしょ濡れにして、おっぱい丸出しにしてるお前」

　わざとらしい言い回しでからかわれ、リーシュカは涙ぐんで首を横に振る。

「ぬ、脱がせたの、自分のくせに……あぁ……」

　身体を揺すられながら、リーシュカは片手で乳房を隠そうとした。

「わかったよ」

　ルドヴィークの手が赤らんだ乳嘴から離れた。片方の腕は背中を抱いたまま、再び手がスカートの奥に潜り込む。

「じゃあ、次はこっちな。ここを苛めてもお前は可愛い」

　身じろぎしたリーシュカは、秘裂の縁を撫でられ、思わず腰を浮かせかけた。

「あぁぁっ……！」

　甲高い声を漏らしかけ、慌てて声を殺す。

「く……ん……っ……やぁ……っ……あぁ……」

　腰を摑まれていて身体を浮かせない。リーシュカはぬるぬると陰唇を弄ぶ指から逃れられず、ルドヴィークの首筋にぎゅっとしがみついた。

　乳房が厚手の上着の胸に押し付けられ、擦られて、刺激の強さに背中が粟立つ。

「ん、ふ……だめ……触っ……あぁっ」

「相当きつい、指ももう一本入るかと思ったけど、無理だな」

　ルドヴィークのものを食い締めながら、リーシュカは真っ赤な顔で反論した。

「入るわけ……あああああっ！」

不意に、指先が秘裂の始まりの場所を押す。毛の奥に柔らかい肉芽のようなものが隠されている場所。ここを刺激されると駄目なのは、昨日覚えさせられた。

「あ、だめ、あ、なに……だめ、ひぃ……っ」

リーシュカは寝台にのせている脚を無意味にジタバタさせ、そこを弄ばれないように身をくねらす。もちろん指先は離れない。ぐりっと力を込めて押された瞬間、抑えがたい声が漏れた。

「ああんっ！」

のけぞったリーシュカの背を巧みに支えたまま、ルドヴィークの指先は鋭敏な軟部を緩急をつけて弄ぶ。

「ほら、めちゃくちゃ感じてるじゃないか、すっごい締め付けてるのわかるか？」

「やだ、やだぁ……声……出ちゃう……っ……！」

リーシュカは広い肩口に顔を伏せ、震える脚に力を入れて、己を呑み込もうとする官能の波に抗う。

「いいんだよ、この宿はそういうことをする場所なんだから」

そう言って、ルドヴィークがリーシュカを焦らすように身体を揺すり上げた。

「や……」

ぐらぐらと身体が揺れ、蜜襞の予想もしない場所が擦られる。秘裂から、狼の涎のよう

に蜜が滴ったのがわかった。

「こんなにびしょびしょになって素直な奴だな……寝床にまで垂れてるぞ」

「あ……う……嘘……やだ……」

そう言って、ルドヴィークはもう一度恥骨の下あたりをぐりぐりと押した。

ここを責められると、脳天まで甘い快楽が突き抜けていく。

どうしても我慢できない。気付けばリーシュカは、自分から淫らに身体を揺すってしまっていた。

「っ、あぁ……意地悪……あぁ……」

熱い涙が頬を伝って顎に落ちた。ぐぷぐぷと恥ずかしい音を立てながら、リーシュカはぎこちなく身体を揺する。

「ん、ん……っ……」

「気持ちいいか？　いいんだよな、自分で腰振ってるくらいだし」

からかうような声で言われて、リーシュカは真っ赤な顔を隠すために、ルドヴィークの首筋にぎゅっとしがみつく。

――いや……こんなの、恥ずかしい……っ……。

羞恥のあまりリーシュカの目に涙が滲んだ。

「俺とするの好きか？」

「……す……き……好き……っ……」

そう答えるだけでもひどく息が乱れる。弱々しく身体を弾ませるリーシュカのこめかみに口づけして、ルドヴィークは優しい声で言った。

「俺も好きだ」

熱杭にこじ開けられた隘路が、意志とは裏腹にきゅうきゅうと収縮する。

もう達してしまいそうだ。リーシュカは必死に脚と下腹部に力を込めた。

――こうやって……我慢すれば……。

そう思った瞬間、乳房の先が硬い生地でこすれた。

「ひぁ……あ……！」

せっかく我慢していたのに、新しい刺激でがくんと身体の力が抜ける。繋がり合った場所はぬかるみ、獰猛に雄茎にむしゃぶりついていく。

「もう限界なら、達《い》っていいぞ」

ひくつく隘路の感触に気付いたのか、ルドヴィークがかすれた声で尋ねてくる。

「違う……違……ああ……っ」

リーシュカはルドヴィークの肩にしがみついたまま、びくびくと腰を震わせた。

身体中から汗が噴き出す。

下腹部が、呑み込んだものを味わい尽くすかのように繰り返し波打つのがわかる。絶頂感に、頭の中が真っ白になっていった。

顔はもう涙と涎でグチャグチャだ。

「でも俺はまだだ」

ルドヴィークが、片方の手で臀部を摑み直す。何をされるのかうっすら悟ったリーシュカの秘裂から、また蜜がひとしずく流れ落ちた。

「い……いや……もう……無理……」

再び下腹部に粘《ねば》つく火が生まれた。

「嘘つけ……また硬くなってるぞ、ここ」

乳嘴をつねられ、リーシュカは蕩けた声を上げる。

「やぁっ……ああ……だめ……」

「摑まってろ」

ルドヴィークは、腰を支えていたほうの手もドレスの下に潜りこませ、もう片方のお尻の肉を摑んだ。

力強い腕で、リーシュカの小柄な身体が勢いよく上下させられた。

「あ……また、また、わたし……あぁぁぁ！」

淫らな抜き差しの音に、内股がぶるぶる震えだす。

「ん……っ……あっ、あっ……あぁ……！」

逞しい身体に乳房を押し付けてもたれかかり、リーシュカは再び己を翻弄した絶頂感に朦朧《もうろう》となる。臀部を摑む指に力がこもり、恥骨同士が強く擦り合わされた。

熱く弛緩《しかん》したリーシュカの身体の奥に、欲の飛沫が迸った。リーシュカの蜜路はそれに歓喜し、貪欲に呑み込もうと強くうねり、のたうつ雄を絞り上げる。

——ああ、大好き……。私、誰にも殺されたくない。ルディの赤ちゃん……欲しい……。

あふれ出す蜜で腿がしとどに濡れる。

顎をつままれ、顔を上向かされた。ぐったりしていたリーシュカは、力なく閉じていた目を薄く開ける。

汗の味の口づけを受け止めたとき、彼の肩越しに、壁の飾りが霞んで見えた。

——そういえば、開花って……どうすればいいの……？

そう思いながら、リーシュカは力の入らない身体を、逞しい胸に預けた。

◆

熟睡しつつ、全裸でくっついてくるリーシュカを抱き寄せながら、ルドヴィークはぼんやりと天井を見つめていた。

結局今日はあのあとまた獣のように交わって、二人とも裸のまま寝た。

寝る前に、『どうしてルディは開花しないの？』と、イきまくってお肌艶々、涙目のリーシュカに尋ねられたが、理由はルドヴィークにもわからない。

『私は女王個体だから、ルディを開花させて、貴方を今よりもすごい人にできるはずなの。

多分、私からいい匂いがして、ルディの頭がぼーっとしてくるはずなの。そしたら貴方が開花して、夫選びの儀が終わる……と思うの！　ちゃんと習ったわけじゃないけど、私はそう感じるの……！』

リーシュカの訴えたいことは、なんとなくわかる。

確かになんだかいい匂いがして頭がモヤモヤするが、リーシュカの初《うぶ》で淫らな反応に夢中になっているうちに、そんな匂いのことなどすっかり忘れてしまうのだ。

『事前事後、俺には何の変化もないな』

そう答えたらリーシュカは自信を喪失したらしく、膨れたまま、ことんと眠ってしまった。

——何なんだよ、本当に……可愛い奴だな……。

リーシュカが『女王個体』とやらの本能に忠実で一生懸命なのはわかる。だが、ただ必死で可愛いだけで、ルドヴィークには何の効果も及ぼさないのだ。そう思うと、そのちょっと抜けたところまで愛おしい。

——お前のためなら、何でもできそうだ。いや、何でもする。

今、ルドヴィークは、大嫌いだった武器の在庫をかき集めて、新しく武器商人として独り立ちしようとしている。

これまでのように順調にはいかないだろう。課題は山積みだ。

しかし、リーシュカを死なせたくないと思ったあのとき、どうしても守りたいもののために武器を手に取る人間の存在が、初めて見えた。

世界にはきっと、武器を手に取る色々な人間がいる。武器を握ったあとの行動は、全てその人間の責任なのだ。

そう思ったら、不思議な解放感を覚えた。

今は弱く虐げられた者でも、武器を得たことで、下剋上を果たすかもしれない。一方で、強者が更なる力を得て、人々を虐げ、地獄に突き落とすかもしれない。

だとしても、構わない。

ルドヴィークは、武器という名の『力』を与える側に回る。どうか強い『力』を譲ってくれと、世界の人々から乞われる側の立場に……。

「ルディ」

傍らのリーシュカが小さな声でルドヴィークを呼んだ。

答えかけて、リーシュカの寝言だと気付く。愛おしい平和な寝顔を見て、ルドヴィークは唇を綻ばせた。そのときだった。

「赤ちゃん……ほしい……」

衝撃のひと言に、頭の中が真っ白になった。

この前初めて抱いたときもそんなことを口走っていたが、まだ十八歳で、最近まで生娘だったくせに、なんという大それた野望を……。

猛烈な勢いで下半身に血流が集まった。

――く……寝ようと思ったが全く寝られん……。

闇の中、ルドヴィークは唇を噛みしめた。

こんな時間にリーシュカをたたき起こしておっぱじめるのはさすがに酷すぎる。朝だ、寝起きに襲うしかない。そう思い、ルドヴィークは無理やり目を瞑った。


ようやく朝日が差してきた頃、うとうとしていたルドヴィークは、柔らかなリーシュカの身体にしっかり抱きつかれて目が覚めた。

ルドヴィークは無言で尻に手を伸ばす。柔肉を揉みしだかれたリーシュカは目を開け、寝ぼけ声で言った。

「おはよう、ルディ……」

「おはよう」

ルドヴィークはそう答え、己も身体を反転させて、側臥位《そくがい》でリーシュカの身体を正面から抱きしめた。

己の膝をリーシュカの脚の間に割り込ませ、尻から離した手をそこに滑り込ませる。ルドヴィークの胸に顔を埋める姿勢になったリーシュカが「ひっ」と短い声を上げた。

「あ……だ、だめだよ……朝から……」

無理やり割られた脚をばたつかせ、リーシュカが小声で言う。リーシュカの動きに合わせ、押し付けられた胸もむにゅむにゅと揺れて最高に気持ちが良かった。

「あ……そ、そこ……あぁっ」

蜜孔に指を差し込んだ瞬間、リーシュカの両脚がびくんと揺れた。胸にかかる息が熱くなったのがわかる。更に奥をまさぐると、不自由な姿勢で抱きしめられたリーシュカが身体を強ばらせて、かすかな声を漏らし始める。

「ん……っ……だめ……あっ、あ……奥、だめ……」

「お前も俺のに触ってくれ」

リーシュカは火照った身体をルドヴィークに押し付けたまま、素直に下のほうに手を伸ばし、二人の身体の間に挟まっている分身を優しく握ってくれた。

「おはよう」

「そっちにまで挨拶しなくていい」

思わず笑って指摘すると、リーシュカも胸に顔を寄せたまま笑った。

やはり可愛い。ルドヴィークにとっては世界で一番可愛い女だ。選んで良かった。

——駄目だ、止まらない。

ルドヴィークは身体を起こし、リーシュカの身体をうつ伏せにさせて、脚のあたりを跨いで膝立ちになった。

リーシュカの背中から腰、脚にかけての線の美しさを愉しみながら、柔らかな尻を高く上げさせる。

「ねえ、まだ朝だよ……」

言いながらも、リーシュカの身体からは、思考全てがどろどろに溶けてしまいそうなほど甘い香りが漂ってくる。

身体中で誘ってくるくせに、口先では恥じらって嫌がる様子が可愛くて仕方ない。

「何言ってるんだ……まだ朝なのに、指を入れただけでお前がいやらしい声を出すから、こうやって俺がもっと良くしてやらなきゃって思ったわけだろう？」

高く持ち上げた腰を引き寄せ、屹立した己の先端を、小さな裂け目に押し付ける。リーシュカは脚を閉じ合わせたまま、いやいやと首を横に振った。同時に豊かな乳房も揺れて、たまらない眺めだった。

ぬらりと光る蜜裂が、どうしようもなくルドヴィークの欲情を掻き立てる。

尻の稜線《りょうせん》を摑み、和毛に覆われた秘唇をぐいと開くと、新鮮な甘い蜜が垂れ落ちた。

「もう欲しいのか？」

からかうように尋ねると、リーシュカの小さな耳が赤く染まる。枕にしがみつき、拗《す》ねたように何も答えない。

「……本当に、でかくて、可愛い尻だ」

ルドヴィークはため息を漏らし、リーシュカの艶やかな膨らみに口づける。

「ん……っ……」

リーシュカが身体を揺らした。感じやすい彼女の内股には、既に幾筋もの露が流れた跡が残っている。

ルドヴィークは焦らすつもりで、あえてもう一度、尻の柔肉に口づけした。

「あ、あん……っ……」

リーシュカが喘ぎ、身体をくねらすたびに、胸がたぷたぷと揺れ、時折寝台に潰されてむにっと広がるのがいい。こんな身体を知ってしまったら、もう……。

——挿れたい……。

ルドヴィークは更に高くリーシュカの腰を持ち上げた。しっかりと支えたまま、わざとゆっくり、恥じらう可愛い女王様に言い聞かせる。

「明るいから、お前のいやらしいところが全部丸見えで最高だな」

「やめて、意地悪……あ……」

リーシュカの抗議を待たず、ルドヴィークは逸る己の肉杭を、リーシュカの濡れた泉の奥へとずぶずぶと突き入れた。

「……っ、あ、あぁ……っ……」

うつ伏せにされたリーシュカが、挿入しただけで甘い声を上げてもがき、快楽から逃れるように敷布を蹴る。

足が滑ってどこにも逃げられない身体に、己自身を埋め込んだまま、ルドヴィークはくびれた腰をそっと撫でた。

「綺麗な身体だな……」

「あ、ありが……ッ！　ん……っ……」

——なんでお礼言うんだよ……くそ……可愛い……ッ……！

ゆるりと抜き差しするだけで、喋れなくなるようだ。じゅぷ、じゅぷと音を立て、わざと遅い抽送を繰り返すと、リーシュカが喘ぎ混じりで息を乱し始めた。

「ん、あん……っ……だめ……そんな……ゆっくり……ああ……」

小さな手が、ぎゅっと敷布を摑んでいる。

「痛いのか？」

「ち、違うの……痛いんじゃなくて……っ……」

ルドヴィークを咥え込んだ肉襞の壁はひくひくと震え、蜜を滴らせて絡みついてくる。

「痛いんじゃなく、イキそうなだけならいいけどな」

「……平気……もう慣れ……んっ……」

ゆっくりと中を貫きながら、奥の一番深い場所を突き上げる。リーシュカは不器用に腰を上下させ、敷布を握る手にますます力を込めた。

「へえ、そう……慣れたなら良かったよ」

焦らしている自分も興奮してきた。徐々に抽送を速めると、リーシュカが滑らかな背を反らして「あ……」と声を上げた。

どこもかしこも柔らかでしなやかな、絹のように輝く身体。

リーシュカが時折見せる艶めかしさに怖くなってくる。

——ったく……どこでこんな色気を覚えた？

気付けばルドヴィークの額にも汗が滲んでいた。

手控えて、優しく、と自分に言い聞かせているのに、リーシュカの身体を穿つ速度を緩められない。ぱん、ぱん、と生々しい音が部屋に響く。

「あ、あぁ……っ、ゆっくりして、やっぱり……あぁぁ……っ！」

必死で抑えていたリーシュカの声も、淫らにかすれ、大きくなっていく。

「もっと声出していい、ここはそういう宿だ」

無我夢中でリーシュカの身体を貪るうちに、汗が顎からしたたり落ちていった。

「ん、あっ、あ……ルディ……すき……だいすき……」

嬌声混じりの蕩けた声で囁かれ、まだ余裕があったはずのルドヴィークの下腹部に、突然限界がやってくる。

更に強く腰を引きつけ、結合を深めると、リーシュカが不自由な姿勢で振り返った。

そして、己の身体に溺れているルドヴィークの顔を見て、嬉しそうに微笑む。その顔は快楽の汗と涙で濡れていて、途方もなく可愛かった。

――なんでそんなに可愛いんだお前は、可愛すぎて、っ……！

耐えられなくなり、ルドヴィークはビクビクと痙攣しているリーシュカの中におびただしい熱を迸らせた。

「あつい、あ、あぁっ……やだあ、いっぱい……っ」

素直で卑猥な言葉を口にしながら、リーシュカの身体の奥がうねる。最後の精の一滴までも搾り取らんと蠢動《しゅんどう》し、目がくらむほどの快感をルドヴィークに与えた。

汗が胸を伝いだらだらと流れ落ちていく。いつの間にこんなに夢中になっていたのだろう……呼吸も全力で走り続けたときのように乱れていた。

ルドヴィークはリーシュカから身体を離し、布でリーシュカと自分の下腹部を拭って、再び寄り添って横になる。リーシュカは汗ばんだ柔らかな身体を押し付けてきた。

「好き、ルディ……大好き……」

小さな頭を擦りつけ、何度も「好き」と言うリーシュカが愛おしくて仕方なかった。隙あらば、とばかりに甘い香りが絡みついてくるが、鼻息で吹き飛ばしたら消えた。

――開花ってやつができたら、俺はどうなるんだろうな。

ふと、ギリアンが残した乱れた書き置きが脳裏をよぎった。

『あまねく慈愛の花が枯れていく。ジェニカと引き離されて、水をもらえず枯れていく。枯れたあとには僕の影しか残らない。欠落だけの僕になっていく』

鬼気迫る走り書きを思い出したら、ルドヴィークの背筋にぞくりと寒気が走った。

あれは、何だったのだろう。ギリアンは『開花』させられ、女王と引き離されて……その後、何を経験したのか。

――おい、リーシュカ……その開花ってやつ、拒み続けた俺は正解だったかもしれない。

ルドヴィークの胸に口づけていたリーシュカが、不思議そうに顔を上げた。

「どうしたの？」

汗ばんだ顔に浮かぶのは無垢そのものの笑みだ。漂ってくる甘い香りは、ともすれば頭をくらくらさせ、思考する力をゆっくりと奪っていく。ルドヴィークは、香りの誘惑を断ち切り、己の仮説に思いを馳せた。

――『開花』って、何かとんでもない負の側面があるんじゃないのか？　……もちろんお前に全く悪気はないんだろうけど。

そこまで考え、ルドヴィークは小さな頭を抱き寄せた。

――ま、お前が何をしでかしても、俺は別にいいんだ……。

女王個体であるリーシュカの力が、男にとっての劇薬であってもいい。リーシュカが昔から可愛かった。誰にも渡したくない。今だって愛おしいから放さないと決めた。

――お前がどんな厄介な能力を持っていても、俺にとっては世界一可愛い。

自分からリーシュカを奪う男が居たら殺す。己の手から大事なものを奪う人間だけは絶対に許さない。十二の頃、魂にそう刻んだ。今も何も変わっていない。リーシュカに何をされようと関係なく、とっくにルドヴィークは狂って壊れているのだ。

「ルディ、どうしたの」

考え込んでいるルドヴィークを不思議に思ったのか、リーシュカが首をかしげる。

きょとんとした顔のリーシュカに頬ずりしながら、ルドヴィークは答えた。

「いや、別に。お前のこと本当に好きだな、って思ってただけだ」

第七章　蘇った花

――ん？

リーシュカを抱いて昼寝していたルドヴィークは、かすかな異変に目を開けた。

身体にまとわりつく髪を一つに縛り、服を身につける。そして裸でぐっすり眠っているリーシュカの剝き出しの乳房の先端に口づけた。

「ふぁ……」

敏感なリーシュカが甘ったるい声を上げ、重たげに目を開く。

「ちょっと、帳場《ちょうば》に行ってくる。すぐ戻るから」

眠たげなリーシュカを置いて、ルドヴィークは帳場に座る従業員に尋ねた。

「騒がしくないか」

「申し訳ありません、そちらまで響いておりましたか」

優雅に茶席に案内され、苛々しながらしばらく待つと、お茶と共に従業員がやってきて説明してくれた。

「貧民窟と港町の境あたりにある教会で変な火事が起きて、人がばたばた倒れているらしいんです。なんでも煙が妙だとかで。ですが、ご安心ください。ここまで煙は流れて参りませんので」

ルドヴィークは頷き、「ちょっと出掛けて、様子を見てくる」と告げた。

「あ、危ないですよ。煙を吸うと喉を痛めるらしいので……」

「わかっている。何が起きたかだけ見物にいくだけだ」

そのとき、ぱたぱたと足音が聞こえた。

「待って！　一人で行かないで！」

先刻、部屋に届けられたばかりのドレスを纏ったリーシュカが、ルドヴィークを追いかけてきた。ドレスはルドヴィークの好みを伝えて、宿の人間に用意させた品だ。

今後は異国の商人夫婦を偽装して過ごそう、と提案したことをリーシュカは忘れなかったらしい。

慣れない耳飾りや腕輪を慌ててつけて来たのだろう。ルドヴィークは、崩れたドレスの着付けと耳飾りの位置を直し、手を繋いで宿を出た。

「どうせ、来るなと言っても追ってくるんだろう」

「ごめんなさい……だって心配だから……」

金の瞳を潤ませてリーシュカが言った。

リーシュカが纏っているのは、喉元に寒さ除けの幅広いリボンを巻き、胸の部分に縦襞を寄せて、腰回りを絞ったドレスだ。防寒性があっても身体の線が強調され、美しい身体が更に美しく見える。

どんなものが届けられるか不安だったが、富裕層のお楽しみのために整えられた宿だけあって、勤めている人間の趣味は良いようだ。

「似合うな。多分この世界でお前にしか着こなせない。その上から、俺が誕生日にあげた、金細工の首飾りをつけてもいいな……綺麗だ」

ルドヴィークはリーシュカの額に口づけ、手を繋いだまま、離れた場所で立ち上る煙を見上げる。傍らのリーシュカがさっと真っ青になった。

「マリーシカがいるかもしれないから、いざとなったら一旦引くぞ」

リーシュカは強く首を横に振る。

「お姉様は現場に出てこないと思うの。あの身体では迂闊に人前に出られないから、きっと誰かにやらせたはず。怪しい人が捕まっていないか捜しましょう」

「あの身体って何だ？」

リーシュカの言葉の意味がわからず、ルドヴィークは尋ね返した。

「え……あの……ルディはお姉様の匂いを嗅がなかった？　頭がくらくらしたり、お姉様が妙に気になったりはしなかったの？」

「何の話だ？　マリーシカの匂いなんて全然わからなかったぞ」

リーシュカが驚いたように目を瞠り、慌てたように教えてくれた。

「そうだ、バタバタしていたから、ルディには言っていなかった。お姉様の匂いには、周囲にいる人の一部を、自分の虜にしてしまう力があるの。人によって効果の強さはまちまちのようなんだけれど、獣のようにお姉様に襲いかかってしまう人もいるわ。お姉様はあの牢で、理性を失った男たちに別の女の人を抱かせていたのよ……お姉様の匂いを嗅いでいる間は、お姉様を抱いていると思うんですって……」

「……そんな化け物じみた効果のある匂いなのか？　いや、俺にはわからなかった。やりまくってる奴らの体臭が籠もって臭かっただけだ」

「本当に？」

リーシュカが身を乗り出した刹那、ふわっと甘く優しい香りが漂った。

「ああ、俺にはわからない。お前に惚れてるから他の女の付け入る隙がないんだ」

ルドヴィークは笑って、リーシュカの額に口づけた。もう何度も肌を交わしたのに、口づけ一つで真っ赤になって目を潤ませるリーシュカが愛おしい。

どんな美女にむせかえる色気で迫られようが、ルドヴィークが愛おしいと思うのは、小さな頃からルドヴィークを慕ってくれ、今も必死で追いかけてくるこの美しい女だけだ。

「……さて、行こうか」

ルドヴィークは上着の隠しを確かめ、数人との戦闘であれば切り抜けられる程度の準備が整っていることを確認する。

――カイルとどこかで合流したい。あいつも様子を窺ってはいるはずだ。

見れば、港の方角から煙が上がっていた。

――間違いなくあの色は窒息剤……。

暗澹《あんたん》たる思いでルドヴィークは煙の源の方角へと急いだ。

貧民窟は、大混乱だった。リーシュカとはぐれないようにしなければ。

「リーシュカ、銃を右手で抜くから俺の左にいろ」

「私、あの煙が気になって……吸ってしまった人がいたら、急いで助けたい！」

走りだしたリーシュカを追い、ルドヴィークも人が入り混じって混沌とした道を走った。

貧民窟を抜け、港町とを区切る大きな道に出る。馬車も走る道だ。立ち上る紺色の煙が近づいてきて、喉がいがらっぽく痛んだ。

「あそこ……あの道を海のほうまで進むと教会が……」

リーシュカが一本の道を指さした瞬間、ぎゃあっと男の悲鳴が聞こえた。

人々の悲鳴やうめき声が上がる。しばらくして、少し離れた辻の奥から、数人の地味な服装の怪しげな男たちが走ってきた。訓練された動きだ。

「おい、待て！　お前ら、教会で何をしていたんだ……うわぁっ！」

彼らを追おうと追いかけてきた街の人々が、怪しげな男の一人に弩で撃たれ、うめき声を上げて倒れ込んだ。

――何が起きてる……？

そう思った瞬間、ルドヴィークの耳にしか届かないであろう、くぐもった破裂音が聞こえた。長銃に消音装置を付け発砲した音だ。一般人を弩で撃った男が、のけぞって倒れた。

──カイルか……。なるほど、お前はあいつらが『狼』だと言っているんだな。

ルドヴィークは状況を悟った。カイルはどこかの屋根の上に潜んで状況を監視し、『羊』を殺そうとする『狼』に狙いを定めているのだ。

続いてもう一度、先ほどと同じ独特の銃声が聞こえた。

街の人間に短剣をふりかざした男が、ぐにゃりと地に倒れ伏す。

どちらも頭部を一発で撃ち抜かれていた。目の前で頭から血を噴きながら倒れた男たちを見て、周囲の街の人たちが恐怖の悲鳴を上げる。

「な……ルディ……何が起きてるの……？」

怯えたリーシュカを抱き寄せたとき、ルドヴィークは佇む一人の男に気付いた。

見覚えのある顔だった。彼だけは街の人間に暴力を振るおうとしていない。傍観者のように一連の惨劇を見ているだけだ。

──あの男は、牢獄から俺たちに出口を教えた……まずい、カイルにやられる……。

ルドヴィークはとっさに懐から銃を引き抜き、空に向かって二発撃った。以降、狙撃がやむ。街の人々に追われていた男たちが、仲間の遺体をそのままに、慌てふためいた様子で走り去っていった。

ただ、『あの日泣いていた男』だけはどこにも行かずに、その場に残っていた。

何もしない男の存在に戸惑う街の人たちを押しのけ、ルドヴィークはリーシュカを連れて彼の前に立った。

「アザロさん……一体何を……」

どうやらリーシュカは彼の名を知っているらしい。アザロ、というようだ。

「お前、マリーシカの近衛兵……だよな？」

尋ねると、アザロは蒼白な顔で頷いた。

「リーシュカ王女……貴女が俺たちを狙わせたのですか？」

アザロの額には脂汗が浮いている。ルドヴィークが彼に負わせた傷は、ややひどい裂傷程度だったはず。痛みによる脂汗ではないだろう。ルドヴィークは口を開いた。

「俺の部下が、お前たちを『犯罪者』だと判断したようだ。もし誤解があるならば、街の人間に追われて逃げてきた事情を聞こう」

ルドヴィークの言葉に、土気色の顔をしていたアザロが顔を歪ませ顎をしゃくる。

立ち尽くす人々から少し離れた場所へ行くと、アザロは口を開いた。

「俺たちは、マリーシカ様の命令で、窒息性の毒を時限式の発煙装置に仕掛けて発生させた。だが、一人がドジを踏み、街の人間に見つかってこうして追われている」

かすれた声で、アザロが答えた。

「俺は、途中でマリーシカ様の『魅了』が解けて、裏切る人間がいないよう、監視役として派遣された。前回、山村の人間を皆殺しにしたあと、怖じ気づいて正気に戻った人間が何人かいたらしい。彼らは罪を減じてほしいと、繋がりのある貴族や有力者のもとに駆け込んだようだ。『マリーシカ様の命令で山村の人間を虐殺した、逆らえなかった、今告白したのだから罪を軽くしてくれ』と……」

　そこまで言うと、アザロは大きくため息を吐く。

「『魅了』？　何だそりゃ……」

「マリーシカ様は、女王個体の異形種なのだ……あの方の匂いを吸った者の多くは、あの方に惹かれ、恋に落ち、あの方の言うことをなんでも聞くようになる。そういう、猛毒のようなお方なんだ」

　――リーシュカも言ってたな、お姉様の匂いを嗅ぐなとか。俺がお前以外に惚れるかよ。

　半信半疑でルドヴィークは尋ねた。

「お前も、マリーシカの匂いとやらであいつに惚れて、命令を聞いているのか？」

「違う」

　小さいが、はっきりした声だった。

「なぜ違うと言い切れる？」

「……俺は生まれつき嗅覚がない。嗅覚とはどんなものなのかわからない。今日もそれで、気付かず他の者より毒の煙を吸っていたらしい。この汗はそのせいだ」

　アザロは苦しげに汗を拭うと、続けた。

「嗅覚の有無が関係するかわからないが、俺はマリーシカ様に対して不埒な思いは一切抱いたことがない。あの方が生まれたときから、つかず離れず、ずっと側に居た。だが、あの方の匂いに惑わされることがないんだ。だからここ数年、他のものがマリーシカ様の側で、次々に狂っていくのが……怖かった」

俯いたアザロを見上げ、傍らのリーシュカが怯えたようにルドヴィークに身を寄せた。

「リーシュカ王女、女王個体は、思春期を迎える頃から、己が選んだ男を、己の匂いで誘惑できるようになると聞いた」

アザロの言葉に、リーシュカがびくりと身体を震わせる。匂い……たしかに、リーシュカの身体からはたまらなく甘く、優しい匂いがする。身も心も溶けてリーシュカと一つになってしまいそうな匂いだ。ルドヴィークには錯乱するほどの効果は及ぼさないが。

――確かに、最後に会った十三の頃には、リーシュカから甘くていい匂いがした。へえ、あれはやっぱり誘惑の匂いなんだ。そんな、子供を卒業したての頃から、俺を一生懸命誘惑してたなんて……可愛すぎないか？

考えが逸れそうになり、ルドヴィークはアザロの話に意識を向ける。

「だがマリーシカ様は違う。ちょうど十二、三歳の頃から、身体からおかしな匂いが出るようになったのだ……近衛隊の中には、マリーシカ様に欲情する者が現れた。犯されかけたマリーシカ様は、他人の小銭をくすねた解雇予定の侍女を、自分を犯そうとしている近衛兵に抱かせた。どうやらマリーシカ様の匂いを感じている間は、性交相手をマリーシカ様だと思い込むようだった」

アザロは大きく息を吐いた。

「マリーシカ様の匂いは、ここ数年で劇的に力を増した。ああして地下牢に籠もっている以外、どうしようもない。一人で部屋に閉じ籠もっていても、男たちが扉を突き破って入ってくる有様なのだ。ゆえに、ああするしかない……お前たちが見た地下牢は日常の光景だ。事情を知っている王宮の人間は、マリーシカ様の匂いと、匂いに幻惑された取り巻きたちを恐れて、近づこうともしない」

――マリーシカに同情する気はない。だが、因果な身体に生まれてしまったんだな。

ルドヴィークは震えるリーシュカを抱き寄せ、アザロに尋ねた。

「はじめの質問に答えろ。お前はなぜマリーシカの言うことを聞く。匂いに操られていないのであれば、なぜ彼女に従うんだ」

そう言うと、アザロは疲れたようにため息を吐いた。

「さあ、どこでこうなったのか……マリーシカ様に『お父様を殺してしまった』と泣きつかれ、死体の処理を手伝ってしまったときからだろうか」

――マリーシカが王配殿下を殺した？

リーシュカが怯えたようにルドヴィークの上着を摑む。どうやら彼女もそんな話は初耳らしい。ルドヴィークは息を呑み、アザロが語る言葉に耳を傾ける。

「マリーシカ様は乱交中、心停止や媚薬の濫用で死んだ人間たちを何人も『廃棄』している。自分を犯そうとした男を、毒針で殺したことも何度もある。それも廃棄してきた。だが、王宮の人間たちや貴族議院も馬鹿ではない。マリーシカ様の犯罪にほぼ気付いている。あの方に近づかずに見張りができるよう、ちゃんと適任な間諜を見つけた」

そう言って、アザロは胸に手を当てた。

「生まれたときにマリーシカ様の婚約者と定められ、ずっと側に居て、あの匂いに狂わなかった嗅覚のない人間だ。俺は昨日マリーシカ様の罪の証拠を貴族議院に差し出した。理由は……もう辛いからだ。辛い。俺は俺なりに、あの方に踏み留まってほしかった。犯した罪は決して許されるものではないが、普通の身体の娘として生まれていれば、平穏な人生を送れたはず。だからせめて、王家と貴族議院、内密に処刑して頂ければと……」

——お前……。

言葉を失ったルドヴィークに、アザロは告げた。

「マリーシカ様が、ギリアン殿が生きていると断定する理由はわからない。だが、彼とリーシュカ王女を憎む理由はなんとなくわかる。ギリアン殿とリーシュカ王女に、母上を取られたと思い込んでおられるのだろう」

「はぁ……？　母上を取られた、だと？」

予想外すぎる言葉に、ルドヴィークは思わず呆れた声を上げた。二十にもなった人間が、母に愛してもらえないから、母の恋人を殺す……。一国の王太子でありながら、そんな未熟な精神であっていいのか。

「マリーシカ様は、ずっと女王陛下に執着しておられる。母上を殴る父上を殺してやったのになぜ自分を愛さない、生まれ損ないだからなのかと、ひたすら荒れておられた」

「そんな理由で、父親を殺したのか？　王配殿下が亡くなったのは、マリーシカがまだ子供の頃だろう、どうやって……？」

「知らない、死因がわからなかったんだ。殿下は王配に与えられる公邸の階段の下で倒れていらしたのだが、首を折ったわけでもなく、身体からも毒の成分は出なかった……らしい」

震え続けるリーシュカを抱き寄せ、ルドヴィークは宥めるように背中を撫でた。

「とにかく俺は、最後までマリーシカ様の側に居る。あの匂いを完全に止められない限り、あの方が人前に引きずり出されることはないだろう。危険すぎるからな」

そう言ってアザロは深々とルドヴィークとリーシュカに頭を下げた。

「申し訳ない、俺は、匂いに狂った同僚の愚行を止めることすらできない」

リーシュカが小さく首を横に振って、妙に耳に残る茫洋とした声で呟いた。

「しかたないわ、わたしたちにこわされたら……」

——急にどうした、リーシュカ。どういう意味だ？

ぎょっとしたルドヴィークから離れ、リーシュカが足早に煙が引き始めた教会のほうへと歩いて行く。

「もうすぐ煙が収まるわ、救助活動に参加しなくては。行きましょう」

その口調には、たった今までの怪しげな揺らぎは感じられなかった。

ルドヴィークは後ろを振り返らず、刺激臭のきつい教会のほうへと向かった。

「……結構……苦しいな……」

周囲を歩く人たちも咳き込んでいたり、「酷いな」、「喉が痛い」と話している。煙がほとんど来ていないこの場所ですらかなりの息苦しさだ。

「あ、あそこが、昔お父様が働いていた、教会の施療院……ルディが運ばれてきたところよ、覚えてる？」

リーシュカがとある建物を指さした。確かに見覚えがある。病院から出て港へ向かった道のりを、なんとなく覚えて……。

そこまで考えたとき、ルドヴィークの身体が凍り付いた。

「えっ？」

思わず声を漏らす。施療院から飛び出してきた黒髪の男を知っていたからだ。

はっとしてリーシュカの様子を確かめる。

すぐ傍らに立つリーシュカも、絶句して白衣の男——ギリアンを見つめていた。

◆

リーシュカは信じられないものを見て立ちすくんだ。

懐かしい『闇医者ギリアン』の施療院。

五歳のとき、ルドヴィークに初めて会った場所。

父が山村に引っ越してからは、よほどの急患が出ない限りは閉ざされていた。父が亡くなってからは、後釜の闇医者が見つからなくて、ずっと閉鎖されたままだった。

――え……あれはお父様の……幽霊？　幽霊が皆を助けに出てきたの？

夢でも見ているのか、あるいは他人のそら似かと、リーシュカは目をこらした。

やや癖のある束ねた黒い髪と、白衣を着た真っ直ぐな背中から目が離せない。父らしき人物は、足早に煙の中心となった教会に向かおうとしている。

「あれ……ギリアンさん？」

水の入った容器を抱えて走っていた薬草の卸問屋の男が、白衣の男に声を掛けた。リーシュカ同様、信じられないものを見たと言わんばかりの顔をしている。

卸問屋の男が、何も答えない父の背中を放心したように見送った。

「待って、お父様！」

リーシュカの大声に、先を走っていた男が振り返る。

懐かしい金色の目が、一瞬だけ驚いたように見開かれた。

「リーシュカ」

静かに名を呼ばれ、リーシュカは戦慄く唇を開く。

「お……父……様……」

リーシュカの目に涙が滲んだ。

『どうして生きているの。どうして！』

父は、死んだふりをしていたのか。そんなはずはない。父が自分を騙すはずがない。どうして生きているのか、なぜ生きていると教えてくれなかったのか。リーシュカが心潰れるほど嘆くことをわかっていてずっと無視していたというのか。

問いつめたいのをぐっと呑み込む。

こぼれる涙を拭い、リーシュカはぎゅっと唇を噛んだ。煙が晴れ、だんだんと被害の全容が見えてきた。地獄絵図だ。倒れている人が多すぎて、何人居るかわからない。

――今は、この話をしている場合じゃない。

全身の力を振り絞り、リーシュカは言った。

「私も行きます。私がルディや、他の若くて力がある男の人に蘇生法を教えます」

リーシュカが必死に絞り出した言葉に、父は静かに首を横に振った。

「心肺蘇生術よりも、吸引した毒の中和剤をすぐに投与しなければだめだ。手巾を」

言いながら、父が己の口の周りに手巾を巻いた。

リーシュカはまずルドヴィークの懐から取り出した手巾を、彼の鼻と口を覆うように巻き、自分も同じように装着する。

「残留している気体が目からも入る。痛くても擦らないように」

父の指示に無言で頷く。ルドヴィークは何も言わずにリーシュカの後を追っていく。

たどり着いた教会の周囲は、凄惨な有様だった。通りすがりと思われる若い女性に、老夫婦、仕事中だったと思われる荷運び人……たくさんの人が倒れ伏している。

父は倒れた男性の顔を怖い顔で覗き込み、懐から取り出した燐寸《マッチ》を擦って火を点け、こじ開けた目に近づけて、ため息をつく。

リーシュカは、目印として、亡くなっている人の手を交差させている父に近づいた。

「お父様、手伝うわ。私にも燐寸をください」

リーシュカは父から燐寸を受け取り、煤《すす》だらけで倒れている若い娘に近づき、目をこじ開けて、火を点けた燐寸を近づけた。

――だめ……。

失望を嚙み殺し、父と同じように、胸の上で手を大きく交差させる。心の中で、どうか安らかに、と付け加え、すぐに次の倒れている人に駆け寄った。

同じように燐寸の火で瞳孔を確かめようとして、はっとなった。かすかに胸が動き、苦しげに身をよじったからだ。

――この人生きてる……！

恐らく、荷車が倒れたときに、落ちた荷物が顔の上に落ちたのだろう。そのお陰で大量の煙を吸わずに済んだのだ。

「お父様！　この人はまだ……」

リーシュカの声に父が走ってくる。素早く荷運び人の傍らに膝を突き、脈を数秒取って、すぐに懐から針のついた筒を取り出した。

「中和剤を投与してみる」

父が被害者の服の裾を裂き、白衣の下に着ていた上着の懐から、小瓶を取り出した。その中身に布を浸し、口に無理やり咥えさせる。動かなかった人が、びくんと痙攣したのが見えた。

——なに……その薬……？　施療院から持ってきたの？　こんな未知の毒に対応できる薬が、どうして教会の施療院にあるの……？

訝しげに思いながらも、リーシュカは父に声を掛けた。

「私、他の生存者を探してきます」

見回せば、他にも救助に駆けつけてきた人がたくさんいる。家族とおぼしき亡骸に縋っている人、まだ脈があるといって頬を叩いて目を覚まさせようとしている人。

リーシュカはすぐ側に倒れている人を仰向けにし、新しく火を点けた燐寸で目を覗き込んだ。かろうじて生きている。だが窒息し、呼吸はほとんど止まっているようだ。

「リーシュカ」

父が小さな刃を手渡しながらリーシュカに言った。

「倒れている人の服を切り取って、この薬を浸し、口の中に突っ込んでおきなさい。喉まで入れなくていい、咥えさせる程度で。喉に詰まらないよう、布の端を長く外に出して。呼吸が復活したら、動かしていい。救護所があればそこへ運ばせよう」

そう言って、父がもう一つの薬の小瓶を、やはり自分の上着から取り出した。

何故この窒息性の毒にそんなに詳しいのか、どうして、窒息剤の『中和剤』とやらを持っているのか。聞きたいことは山ほどあるけれど、後にしなければ。

「ルドヴィークは、この薬で蘇生できた人と、自力で呼吸できている人を探して、被害者が集められている場所に運んでくれないか」

「わかった」

父の言葉にルドヴィークは頷き、周囲でバタバタ走り回っている人々に大声で告げた。

「まだ息のある人を運ぶ！　力に自信がある奴は、皆手伝ってくれ」

よく通るルドヴィークの声に、慌てふためいていた人たちが一人、二人と振り返った。

長い銃を背負って走ってきた若者が、咳き込みながらルドヴィークに話しかける。

「手伝います！　なんすか、この煙！」

「カイルも口の周りに手巾を巻け。これから救護所の設置状況を確認して、簡易担架を作り、一人でも多くそこに運ぶ。いいな」

ルドヴィークは一瞬だけ父とリーシュカを振り返り、若者と共に走り去っていった。

◆

教会の火事から、半日ほどが経った。日が落ちてすっかり寒くなったのに、ルドヴィークは汗だくで上着を脱いだままだ。

急遽設けられた仮の救護所で、容体が急変した人がいないかの見回りを終えたリーシュカは、慌てて水場で手を洗い、ルドヴィークに駆け寄ると、手巾を裏返しにして汗を拭った。

「ありがとう、ルディ。私やお父様は力仕事には向いていないから助かったわ」

「いや、俺とカイルには、手当ての方法はわからなかった。少しでも役に立てて良かった」

ここで治療を受けている人たちの大半は、ルドヴィークが部下のカイルや街の人と一緒に、その場にあった材料で作った簡易担架で運んできた人たちだ。

「王宮には支援を仰いだのか？」

「わからないわ。私、ずっとお父様の手伝いを……」

ルドヴィークはリーシュカの腕を取り、薬品類の整理を終えた父に歩み寄った。

「ギリアン」

ルドヴィークの呼びかけに、父が振り返った。

「君は上着を着なさい。興奮しているだけで身体は冷えているよ」

リーシュカはルドヴィークが救護所の隅に投げ出した上着を拾い、背伸びして彼の肩に着せかけた。

「ああ、悪い。ありがとう、リーシュカ」

かいがいしくルドヴィークに尽くすリーシュカを見て、父が微笑む。そのとき、背後で声が上がった。

「あんた……ギリアンさん……だよな……」

皆、途方に暮れた顔をしていた。父の知り合いの人たちが救護所に押しかけてきたようだ。

「いいえ……違います。通りすがりの者ですが、惨状を見て、放っておけなくて」

父が悲しげな笑みを浮かべ、その問いを否定する。

「いや、ギリアンさんだろう。生きていたならどうして……リーシュカちゃんは大変だったんだぞ、あんたを亡くして泣いて泣いて。どうして死んだふりなんてしてたんだ」

「本当に人違いです、では」

父はそう言って首を横に振り、人々を押しのけて歩きだす。

リーシュカは何も言わず、父の後を追った。父は振り返らずにどんどん港町の外れ、高級住宅街との境のほうへと歩いて行く。この先は王宮へ続く山の上り道だ。

リーシュカは必死に後を追い、振り向いてくれない父に向けて叫んだ。

「お父様！　お願い、待って！」

綺麗に舗装された住宅街の道で、父が足を止め、ゆっくりと振り返る。空には欠けた大きな月が浮かんでいた。

「どうして死んだふりなんて……私に嘘を吐いたのはどうして！」

単刀直入に聞くと、父は淡く微笑んで、静かな声で答えた。

「君が成人するからだよ。僕は君のためにルドヴィークを呼んだ。可愛い大事な君は、ルドヴィークを開花させて、僕のもとを巣立っていくだろうから……」

――お父様がルディを呼んだ？

絶句したリーシュカの代わりに、ルドヴィークが怒りを滲ませた表情で口を挟んでくる。

「説明になってない！　あんたが死んだふりをしたあと、こいつがどんなに苦しんだかわからないのか！　あんなに大切に……あんなに可愛がっていたくせに、なぜ死を装って娘を捨て去るなんて残酷な真似ができるんだ！」

ルドヴィークの言葉に、父は少し躊躇ったあと、淡々と答えた。

「幸せになってみたかったんだ。もう一人子供が欲しかった。だからジェニカとやり直そうと思ったんだよ。そのせいでマリーシカを激怒させてしまったんだけどね……」

リーシュカの胸に汗が伝った。

――お父様はご自分の立場を忘れてしまわれたの……？

固唾を呑むリーシュカを一瞥し、父は淡々と続けた。

「ルドヴィーク、君にお招きの手紙を出したあと、僕は長い長いやせ我慢をやめて、ばあやさんの手引きでジェニカに会いに行ったんだ。ジェニカは女王の私室からのみ繋がる秘密通路で地下に下り、蝋燭一つで僕のところに駆けつけてくれた。王配殿下亡き後、会いたいという秘密の手紙を何度送ってくれても僕は全部燃やしていたのに、彼女は僕の冷淡な振る舞いを許してくれた」

そこまで言って、父は幸福そうに微笑んだ。

「十八年ぶりに会ったのに、ジェニカは『ずっと愛していた、一人にしてごめんなさい』と泣いて謝ってくれた。跡継ぎたちを産んだあとは、ずっとばあやにもらった避妊薬を飲んで、犯されるのを我慢したって。それでも孕んでしまったら、すぐに薬で流したって。僕しか夫じゃない、僕の子しか要らないって言ってくれたんだ。嬉しかった。本当に嬉し

くて……お互いに歯止めが利かなくなったんだ。あの女王専用の地下室は、王宮で一番深い場所にある。僕らが立てる些細な物音なんて、どこにも漏れることはなかったよ」

「い……や……何を言って……」

父の言葉とは思えない異様な内容に、リーシュカの喉から悲鳴のような声が漏れた。母はリーシュカを産んだとき、父と二度と会わないよう厳命された。

もし命令を破り、女王がまた異国の奴隷と子を為すようなことがあれば、母は王位を剥奪され、生涯幽閉される。父は処刑すると宣告されていたはずなのに。

「二人でこの国から逃げようと言ったら、ジェニカは頷いてくれた。ばあやさんも協力してくれた。昔何度か助けた貧民窟の元締めの伝手で、二人分の偽装旅券も準備できた」

リーシュカは何も言えず、父の懐かしい姿から目を逸らした。一緒に居たのに、父が狂っていたことに気付けなかった衝撃で、頭が真っ白になる。

父は常に、リーシュカにとっては普通の……優しく真面目で患者想いの、薬草の研究が好きな、自慢の父だった。

呆然としているリーシュカを抱き寄せ、ルドヴィークが強い口調で父に言う。

「いや、ギリアン、おかしい。そもそも何故、陛下と子供なんて……。リーシュカだって大変な思いをして育てたのに！　それに陛下は虚弱と聞いた。王宮から逃げ出すだけで、どれだけ負担になるか。身重の陛下がご無事で済むはずがないだろう」

「でも他に幸せになる方法がなかった」

短い答えに、リーシュカは言葉を失う。父はリーシュカによく似た金の目を細め、優しい声で言った。見慣れた笑顔に、リーシュカの目に反射的に涙が滲む。

「父様は……本当に君が可愛くて大事だったんだ。君と一緒に居るときだけ、僕は『お父様』でいられたのかな……年々、己の狂気に呑み込まれる一方で、本当に辛かったよ……」

「……狂気に呑み込まれるってどういう意味なの、お父様」

「バチェスク聖王家の女王個体は、男を劇的に『成長』させられる力を持っているんだ。誰でも成長させられるわけではなく、匂いで、自分の力との相性がわかるらしい。一人を見つけてその男を開花させたら……女王の役目はそれで終わり。女王は償いのために、愛も身体も開花させた男に捧げ尽くす。引き離したら狂ってしまうんだよ、双方が」

――償い……？　私もルディを開花させたら……償うの……何を？

父は静かな声で話を続ける。

「僕の研究では『開花』とは、女王の放つ誘惑の匂いで、男の脳を異常に成長させ、活性化させることらしい。自分の身に起きたことと、過去の文献とを比べて、そう推定した。つまり、女王の匂いを完全に受け止める体質の男が『開花対象』に選ばれるのだろう。そして、脳の全てが、女王個体の匂いの力で爆発的に成長させられる……直感力も記憶力も理解力も、それから感情面における特徴まで、全てだ」

息を呑むリーシュカの前で、父は表情を変えないまま言った。

「僕はジェニカに選ばれ、開花した。それまでは、教会の医者に指示されたことを嫌々やるただの奴隷だったんだ。なのに開花した一年後には、誰もが驚く『闇医者ギリアン』の誕生だよ。母から聞いたバラバラの知識同士が繋がった。薬の組成式が目を瞑れば浮かんでくる。次から次に新しい処置方法が浮かんできて止まらなかった。ああ、これで母さんの願い通り、たくさんの人を助けられるって思ったよ。一切できなかった読み書きまで、だんだんできるようになったし、本当に奇跡のようだった」

呆然としたままのリーシュカのほうを向かず、父は続けた。

「ルドヴィーク、君はたったの十二歳で、両親をだまし討ちにした『お祖父様』を殺した。君の巨大な欠点は、自滅してでも相手を殺したいという凶暴さだ」

「黙ってくれ、リーシュカに聞かせるな」

ルドヴィークが唸るように言う。だが父は話をやめなかった。

「リーシュカに開花させられて、君は何を得た？」

「俺は……開花なんかしてない。こいつが何か頑張っているのは知ってるが、俺には何の影響もない」

ルドヴィークの言葉に、父が初めて驚いたように目を瞠った。

「ギリアン、あまねく慈愛の花が枯れていく……って、どういう意味だ」

父を睨み据えたまま、ルドヴィークが尋ねた。

——ルディ……何の話をしているの……？

たくましい胸に抱かれたまま、リーシュカは息を呑んで話の成り行きを見守る。

「……ジェニカと離れては駄目だった、という意味だ。男を開花させると、女王の匂いは『沈静』の匂いに変わる。その匂いは、長所や能力と共に爆発的に大きくなった欠点を覆い隠してくれる。だから女王は開花させた男と離れてはいけない。僕と離れてはいけなかったんだよ……『夫選びの儀』は、開花させた男を縛り付ける女王と、開花させられたがゆえに、女王から引き離されたら何をしでかすかわからない男を、生涯結びつけておくために考え出された方法だったんだ」

父は、疲れたようにため息をつく。

「僕の欠点は、嫉妬心、それから憎悪を抑えられないこと。母と僕を踏みにじったこの国への憎悪。王配殿下への嫉妬心、ジェニカの身体を犯す男たちへの憎悪。どす黒い心を燃やすことで費やした長い間に、僕はもっといろんなことができたんだろうな……」

そう言って父は星がちりばめられた空を見上げた。

「ジェニカの側を離れたら、平気で人を殺せるようになってしまった」

あまりに穏やかな、いつも通りの父の声だったので、リーシュカは一瞬何を言われたのかわからなかった。

「貴族議院の有力者に金を払えば女王の閨に入り込める……上流階級の男たちの間では常識だったらしい。ばあやさんが教えてくれるんだ。ジェニカ様を犯す不届き者が、今日あたり来ますよ、って。そんな日は、僕は『感染症の急患が出た』と嘘を吐き、君を村長夫人に預けて、女王宮の裏門の側でジェニカを犯しにくる男を待っていた。効率が悪くて、僕の毒針で仕留められたのは何人かだけ、大抵の男は護衛に守られていて、手も足も出なかった。名前を覚えて、隙を狙い執拗につけ回したけれど、殺せたのは二十人もいない」

父の目は凍った月のようだった。冬の空に浮かんだ月よりも冷たい色だ。

こんな顔をした父を見るのは初めてだった。

――怒りと憎しみで君の尊い人生を浪費してはいけない。

リーシュカへの遺言として、父が残した言葉の意味がわかった。

本当に、言葉の通りの意味だったのだ。父はリーシュカに、自分と同じようなことで『人生の浪費』をするなと……。父にとってはそれが、何より重い言葉だったのだろう。

父は疲れたように息を吐き出し、胸に手を当てた。

「でも最近またジェニカと過ごせるようになって、やはり人の命は尊いし、憎悪に費やす時間は無駄だと思えるようになった。これからは、僕たち二人の幸せだけを考えよう。僕たちが踏みにじられない世界に行こうって。ジェニカもそう言っている。今は幸せ。早く『二人目』の赤ちゃんに会いたいって……」

父の表情から、どんどん毒気が抜けていく。リーシュカの知っている父の顔だ。狂気と正気を行き来する父の様子に、リーシュカの胸が締め付けられた。

「マリーシカに毒を渡したことも、今の僕なら、間違いだったと思える」

「何の話だ」

ルドヴィークが鋭く父に問いかけた。ぼんやりしていたリーシュカは父の言葉を心の中で復唱する。

――マリーシカに、毒を、渡した……。

「施療院に、マリーシカが部下を連れて乗り込んできたんだ……急患が出たと嘘を吐き、教会を通して僕を呼び出して。リーシュカが、十歳くらいのときのことかな。僕を殺すと言って、近衛兵たちとやってきたんだ。殺しに来た理由は『女王が僕とリーシュカに執着するから、王家の人間として目障りに思っている』からだって……っ、はは……っ」

そこまで言って、父はおかしそうに笑いだす。

「……あんな嘘じゃ、僕ほどに嫉妬深い人間の目は誤魔化せないよ。だから指摘したんだ。『惚れた女に男と子供がいるから両方排除したい、の間違いだろう、君は愛するジェニカの膝に縋って、一生彼女を独占していたいんだよね？』って。いくら賢くてもまだ十二歳だね、動揺してた。だから僕は言ったんだ。取引をしようと。ここに死後一時間ほどで、毒が体内で分解される害獣駆除剤があるから、毒針に入れてお父様を駆除しておいでよって。きっと陛下は喜ぶ。だって彼女は、王配殿下が誰よりも嫌いなんだからって」

――そん……な……お父様……。

王配殿下の死は原因不明と聞いている。

アザロも、階段から落ちたように見えたが首は折れていなかったと言っていた。それをマリーシカに、殺してしまったから始末を手伝ってと言われたと……。

きっと、事故死を装うために身体を傷つけ、うやむやのままに『階段から落ちたかも』とでも報告したに違いない。

「マリーシカには、その後もずるずると薬をあげ続けた。僕とリーシュカを殺させないよう『便利な薬師』としての立場を維持し続けたんだ。マリーシカの汗を分析してみてわかったけれど、彼女の匂いは恐らく、万人の脳の抑制力を破壊してしまう毒だと推定した。だから周囲に飲ませる興奮抑制剤や、マリーシカ用の匂いの成分の分泌を抑える薬を、彼女の近衛隊の伝令役を通して渡していたんだ」

淡々と語られる言葉を、凍り付いたまま聞くことしかできない。

「だけど、再会した僕とジェニカの間に赤ちゃんができてしまったから、嫉妬の鬼であるマリーシカ君は激怒してね。薬をあげる程度では大人しくしてくれなくなった。あれも……僕が言うのもなんだけど、本当に、どうしようもなく嫉妬深い男だね。だから僕は、身重のジェニカを連れての逃亡を決行することにした。赤ちゃんは安定期に入ったから、あとは運次第だ」

「死んだふりしたのは、お母様と逃げるためなのね。ルディを呼んで、私を預けて」

乾いた声が出た。父の服に染みついていた母の匂いが浮かぶ。間違いではなかったのだ。母は多分、父のためなら死んでもいいと本気で思っている。どんなに断り、男とは関係を持たないと断言してもしつこく送り込まれてくる男に抱かれ続けるなら、父の子を産み、二人で暮らすために、国を捨てて逃げようと思っているのだ。たとえ道半ばで死んだとしても。

「僕は仮死状態になる薬と、山で罠に掛けた獣の血で、死をかろうじて偽装した。死にそうな僕を発見してもらうのも、勘が鋭い君を眠らせてもらうのも、ばあやさんに頼んだ。あとはジェニカの伝手で、『冷たい部屋』に運ばれたあと、別の人間と遺体をすり替えてもらった。教会は女王陛下のお言葉にだけは絶対に従う。『奴隷ギリアンの遺体を、最近の身元不明者とすり替え、棺に入れたまま王宮に送れ。女王陛下が〝愛人〟として王家の墓の隅に埋め、心の慰めにしたいそうだ。家族からは当然不満が出るだろうから、適当に処置をした別の遺体を返しておくように』という指示も、何も聞かずに受け入れてくれた」

何も言わないリーシュカに、父は言った。

「マリーシカはこの世で一番僕が嫌いなんだ。ジェニカに『男』と認識されている人間は、この世で僕だけだからだろうね……。山村や港の教会に、僕が隠れていると思ったのかな……あんなにたくさんの人を殺して、罪を犯して、どうしようもない子だ。ジェニカに、あの子がまた毒の煙をまくかもしれないと言われたから、急ごしらえで中和剤を作っておいて良かった」

そう言って父はルドヴィークに歩み寄り、不思議そうに尋ねた。

「どうして君は、開花しなかったんだろう？　リーシュカには本気になれないからか？　それなら、この子も連れて行っていいかな、僕たちと一緒に」

ルドヴィークは、リーシュカを抱く腕に力を込めて、答えた。

「ふざけるな。散々リーシュカを泣かせて、今更何言ってやがる……！　こいつは俺の女だ、誰にも、父親のあんたにも渡さない。それに、俺には女王個体とやらの『匂い』は効かないらしい。こいつが十三の頃から俺も『匂い』とやらには気付いていたが、俺には何の変化もないままだ。……誰に壊されるまでもなく、ガキの頃から壊れてるからだろうな。ギリアン、あんたは俺のことより自分のことを心配しろ」

一度言葉を切り、ルドヴィークはより厳しい音声で続けた。

「言い方は悪いが『お荷物』を連れての逃亡は簡単じゃない。迂闊に動くな。俺がなんとかしてちょうどいい時機を見計らって、王宮のばあやさんなりに伝えに行く。それまで軽《けい》挙妄動《きょもうどう》せず待っていろ」

「僕たちは、失敗したらしたでいいんだ。やれることをやってそれで駄目なら、共に死のうって約束している……何故君がそこまでしてくれるの？」

父の淡々とした問いに、ルドヴィークが拳を握りしめる。

「ギリアン、あんたがどう思っているかは知らないが……俺にとってあんたは、本当に命の恩人なんだ。だから、たとえ罪人だとしても助けたい。それが理由だよ」

意外なことを言われたとばかりに、父が大きく目を瞠る。

「俺はギリアンが奴隷として踏みにじられているのが納得いかなかった。今だって、あんたが奴隷呼ばわりされていることには、納得できてない」

――ルディ……。

リーシュカの目に涙が滲む。目の前に居るルドヴィークは灰藍色の美しい目をぎらつかせて、父にはっきりと告げた。

「それにもし、リーシュカが女王陛下と同じ目に遭わされていたとしたら、俺は関係者を全員殺しただろう。金を払えば同意もなく抱き放題だなんて、屑の所業だ、反吐《へど》が出る。だから決めた。俺が力を貸す」

◆

――女王が開花させた男性は、壊れてしまう……。

王宮の方角へ去って行った父を追う気力もないまま、リーシュカはルドヴィークと共に、隠れ宿に戻ってきた。何度もふらついて、どうしたと聞かれても、何に衝撃を受けているのか答えることすらできなかった。

――私はルディに愛されたわけではなくて、彼を狂わせて、愛されている状態に変えてしまっただけ、ということなのかしら……。

父が生きていたことも衝撃だった。だが、更に衝撃だったのは、父が見せた母への異様な執着心だ。ただひたすら母に執着し、自分だけのものにすることしか考えていない姿。そんな父の姿が、マリーシカに群がる男たちに重なる。

次また過ちを犯せば厳罰を受ける身でありながら、母に二人目の子を宿させ、連れて逃げると言いきった父。一人娘に対して死を装い、真実を告げないまま去ろうとしていた父。

正直に言えば、恐ろしいし、悲しかった。

父は常にリーシュカを愛してくれ、理性を失わない人だと思っていたからだ。

――怖い、どうしよう。お母様がお父様を悪意なく壊したように、私もルディを……壊してしまったかもしれないの？

リーシュカは震える身体をぎゅっと抱きしめる。

アザロは、成熟した女王個体は、匂いで選んだ男を誘惑すると言っていた。マリーシカも思春期を迎えた頃から、人を狂わせる匂いを放つようになったと……。

『ジェニカの側を離れたら、平気で人を殺せるようになってしまった』

父の言葉がリーシュカの心に闇を広げていく。

――優しかったお父様に、そんなことができるなんて、怖い。女王個体の匂いが怖い！

自分はルドヴィークを壊したうえで、彼の心に無理やり恋情を植え付けてしまったのではないか。そう思うと、怖くて悲しくてたまらない。恋しているのは、自分だけなのかもしれないと思うと、涙が止まらなかった。

「何泣いてるんだよ、いい加減泣きやめ。一緒に風呂入って煙の臭いを落とそう」

リーシュカは温かな風呂場で、ルドヴィークが髪や身体を洗ってくれるのに身を任せた。

けれどこうして優しくしてくれるのも、匂いで彼を狂わせ『好きになってもらった』結果なのではないか。そう思うと、ルドヴィークに肌を晒して身体を委ねているのに、涙が出るばかりで何も感じない。

リーシュカの髪や肌を丁寧に手入れし、自分の身体や髪もがしがしと洗い終えて、ルドヴィークが言った。

「洗い終わった。綺麗になっただから、浴槽に入ろう」

広い湯船に浸かっても、強ばった身体はほぐれなかった。

泣き続けるリーシュカを脚の間に座らせ、そっと抱き寄せて、ルドヴィークが困り果てたように言った。

「ギリアンたちのことは、俺が何とか助けてみせるからな」

「あり……がと……う……」

そう答えるのがやっとだった。この数日間で起きた何もかもが辛くて、ルドヴィークが側にいてくれることだけが救いだったのだと、改めて思う。けれど、その彼の気持ちまでもが『女王個体』の力が歪めたものであったら……。

——いろんな人が大変なのに……私……自分のことしか考えてない……だから、バチがあったのかもしれない……。

再びとてつもない悲しさがこみ上げてきて、リーシュカはしゃくり上げた。

ルドヴィークが背後でため息をつく。

「お前、マリーシカのように、自分の匂いで俺を惚れさせた、とか妄想してないか？」

泣きじゃくるリーシュカの喉から、ひっという声が漏れた。今までルドヴィークにされた中で一番怖い質問だった。

「思えばお前、十三歳の頃、最後に会ったあのときから、俺のこと誘惑する匂いを出していたんだな」

唐突なルドヴィークの言葉に驚き、リーシュカは嗚咽しながら顔を上げる。

「そう……なの……？」

ルドヴィークは妙に嬉しそうな顔だ。何をにやついているのだろう。

「ああ。あの時も、今と同じすごくいい匂いがしてた。香水でも付け始めたのかなって思ってたけど、そっか、一生懸命俺の気を惹こうと頑張ってたのか。可愛すぎるな」

「そ……そんなの……自分じゃ……わからな……」

「でも別に俺はその匂いを嗅いでも、お前と離れていた五年間、特に気が狂うこともなかった。客観的に、お前とはもう一生会わないほうがいいって判断出来ていたし」

「やだぁ……っ！」

『一生会わない』という恐ろしい言葉に、リーシュカは反射的に立ち上がりかけた。その手を掴んだルドヴィークが、リーシュカを再び湯船に引きずり戻す。

「落ち着けって。『思ってた』んだよ。過去形だ。そのほうが俺の血なまぐさい人生に巻き込まずに済むと思ってたんだよ。可愛い大事な存在に怖い思いをさせるくらいなら、俺一人が銃弾喰らってるほうがましだろうが。違うか？」

「嫌だ！　ルディが知らないところで怪我するのは嫌！」

「だからそういう可愛いこと言うなって。孕ませるぞ」

とんでもない台詞にリーシュカは絶句し、赤面した。ルドヴィークは言葉一つでリーシュカの気分をころころ変えてしまうから怖い。

「確かにお前からはいい匂いがする。くらくらさせられるのも事実だ。だけど俺は昔からお前が大切だった」

真摯で愛情溢れる言葉に、リーシュカの強ばった身体から力が抜けていく。ルドヴィークはリーシュカを抱く腕にそっと力を込め、優しい声で続けた。

「今も大切で、どんな男にも渡したくない。ばあやさんに、伯爵様が姫様を引き受けてどうこう言われたときは、嫉妬で発狂するかと思った。自分で思っている以上に、独占欲が強いみたいだ。だけどお前の匂いを嗅いでも、別にギリアンが言うように自分が変わった実感なんて全くない。安心しろ、俺は本当に『開花』してないんだ。きっと元から頭がイカれてるせいで、これ以上は壊せないんだろうな」

ルドヴィークの言葉を聞いて、リーシュカの身体が安堵のあまり震え出す。

「つまり今の俺は、ただお前に恋してるだけの幸せな男だ。昔から可愛がってた女が最高の美女になって現れたら、普通の男は堕ちる。安心しろ」

再びリーシュカの顔が燃え上がるくらいに熱くなった。いや、顔だけではない、身体中全部が……だ。

「じゃ、のぼせるから上がるか」

ルドヴィークはリーシュカの身体を拭き、丁寧に髪を何度も拭ってくれた。洗い髪専用の油で髪を手入れしてもらったら、すぐに髪は乾き始めた。

「お前に手を出したら、ギリアンに悪いなってものすごく躊躇してたんだけど……やっぱりお前が可愛い、この関係も大人同士、独占し合える感じで最高だ」

「私……大人になってる……？」

沐浴のときも見てもらえず、父の部屋で休む彼に夜這いをかけても抱いてもらえず、結ばれた今でも子供扱いなのかと思うときがある。彼を『開花』させずにすんだのも、リーシュカがお子様だからなのかもしれない。未だに自信が持てないままだ。

「俺の目には大人だな」

裸のリーシュカを寝台に座らせ、ルドヴィークは額に口づけをしてくれた。

「本当に……？」

「どのくらい大人になったか一緒に確認しようか」

そう言ってルドヴィークが、壁の緞帳《どんちょう》の端にある、太い錦の紐を引いた。

緞帳がスルスルと巻き上がり、一面、鏡になった壁が現れる。

壁に掛けられた緞帳は、飾りだと思っていた。一糸纏わぬ姿で寝台に座っているリーシュカは思わず揺れる乳房を片手で隠す。

「横向きに寝そべってみろ」

「い、いや……この鏡、元通り隠したい……」

小さな声で苦情を言ったが、何かを考えている様子のルドヴィークに無視された。腰に巻いた布を取り去り、いなく服を脱ぎ捨て、逞しい裸身を晒した彼は、リーシュカに背中から抱きつきながら、耳元で囁きかけた。

「鏡のほうを向いて横向きに寝そべってくれ」

――……自分の裸が見えるの……嫌だな……恥ずかしい……。

リーシュカはなるべく鏡を見ないようにして、ゆっくりと寝そべる。左側を下にして、長い髪は、乱れないよう手ぐしで左の肩口にまとめた。

「寝た……よ……？」

恐る恐る報告すると、ルドヴィークも同じように鏡のほうを向いて寝そべり、ぴたりとリーシュカの背中に寄り添う。

馴染んだ温もりに、リーシュカはほっとため息をついた。そのとき、背後のルドヴィークの手がゆっくりと脚の間の茂みへと伸びてくる。

「嫌、鏡に映るの……見えちゃ……」

リーシュカはその手を払いのけようとしたが、もちろん力ではまるで敵わなかった。

「ん、あ……そこは、押しちゃ……あっ……」

和毛に隠された小さな何かを指で潰され、リーシュカの身体にどっと汗が滲んだ。

ルドヴィークはリーシュカの火照った耳を食みながら、小刻みに震えだすリーシュカの身体を楽しむように、淫粒を繰り返し押した。

次に濡れ始めた蜜口へと指を滑らせて、緩やかな愛撫を繰り返す。

リーシュカは上のほうの手で、乳房を覆った。快感を受け止め、きゅっと尖った自分の乳嘴を見るのが恥ずかしかったからだ。

「そのうち、隠してる余裕なんてなくなる」

耳元で囁かれ、リーシュカは小さく唇を尖らせた。

「大丈夫……もう慣れたもの」

「へえ、もう慣れたんだ。つまらないな。じゃ、今日はちょっと違うことをしよう」

優しいルドヴィークの声に、妙に意地悪な響きを感じて身構えた瞬間、リーシュカの右脚がひょいと持ち上げられた。

「な……っ……！」

鏡にはっきりと黒々した和毛が映る。角度のせいか、その奥に隠された鮮桃色の陰唇までもが見えた。

「い、いや、いやだ！」

「何でだよ、お前赤ちゃん欲しいんだろ？」

率直に尋ねられ、リーシュカは思わず目を丸くして尋ねる。

「どうして知ってるの」

「寝言で言ってた」

断言され、頭が真っ白になった。

──嘘……嫌……嘘……っ……！

鏡に映るリーシュカの顔から、鎖骨の下までぱあっと赤く染まる。

「避妊薬だって一度も飲んでないしなぁ……鈍い俺でもさすがに気付くに決まってるだろ」

「あ、そ……それは……あの……っ……」

リーシュカの脚を更にぐいと開き、ルドヴィークが低い声で囁きかけてきた。

「じゃあ、子作りできるくらい大人になったことを自覚しろ。お前がどんなにいやらしい、綺麗な身体で俺と交わっているのか、しっかり目に焼き付けておけよ」

ルドヴィークの声が甘く曇る。その声の色香に、リーシュカはごくりとつばを飲み込んだ。

「どこを見てる。鏡から目を離すな」

リーシュカは大いに抵抗を覚えながら、ちら、とその部分に目をやった。

わずかにルドヴィークの指先でまさぐられただけで、和毛には蜜の雫が絡まり、小さな玉を作っている。

肌を触れあわせただけで秘部を濡らしている姿をまざまざと見せつけられ、強い欲情が下腹部を焼いた。

強引に広げられた脚の間の淫らな口が、ひくひくと蠢くのが鏡越しにもわかった。

「もっと触ったほうがいいのか、それとも、お前のここを舐めるとか……」

再び長い指が、濡れそぼった場所をかき分ける。ひくつく襞を弄ばれて、じれったさに涙が滲んだ。

たまらなく息が熱い。焦らされるよりも、意識が飛ぶまで愛されたい。

「ううん……挿れて……」

自分の声に滲んだ欲望の強さに戸惑いながら、リーシュカは繰り返す。

「ルディが欲しい……挿れて、お願い……」

答えの代わりに耳をかりっと噛まれた。ルドヴィークはリーシュカの右腕を引いて、膝の裏に手を掛けさせた。

自分で脚を開いた姿勢を取らされ、羞恥心にますます身体が火照る。

「こうやって、自分で脚を開いておけ。お前がどんなにおねだり上手か見せてやるよ」

ルドヴィークの手も、脚を閉じないように、腿をがっしりと押さえたままだ。右手をこうされては、たぷたぷ揺れている大きな胸も隠せない。とてつもなく恥ずかしい、いやらしい姿勢だと思った刹那、餌《えさ》を強請る魚の口のように蠢く場所に、じゅぷじゅぷと音を立ててルドヴィークの肉杭が沈み込んでいった。

「ひっ……」

目もくらむような快感に、喉から意味をなさない声が漏れる。鏡に映る爪先が、貫かれた衝撃にぎゅううっと丸まったのが見えた。

「見ろ、お前はいつもこうやって、俺の理性も欲望も全部貪り喰らっているんだ」

淫溝に深々と埋まった雄茎は、どす黒い色をしていた。空に投げ出された浅黒い脚が、男を受け入れた喜びに震えているのがわかる。

リーシュカは目を離せず、熱い顔でじっと鏡のそこを見つめた。

ルドヴィークが、そっとリーシュカの耳に口づけをした。蕩けるような優しい口づけと同時に、中を満たす怒張が質量を増す。

脚を曲げられたままの姿勢で、リーシュカの身体が巧みに突き上げられた。

リーシュカは身体の下側になった左手で、必死に敷布を掴む。

「んっ、あっ……あ……いや……あぁ……っ……」

抜き差しのたびにぬらぬらと光る雄茎から蜜が更に下へと伝い落ちていく。ぐちゅっ、ぐちゅっという大きな音が、一定間隔の抽送に合わせて、恥ずかしいくらいに響いた。

「すごくいやらしい音だろ？　聞こえるか、これ、お前の身体が出してる音だからな」

「ふぁ……だって……出ちゃう、濡れちゃう……から、っ……」

「気持ちいいからだろうが。そうならそうと言え」

「う……あ……そう……そう……気持ち、い……ん、っ」

起こしていた頭を支えられなくなり、リーシュカはくたりと寝台に頭を落とした。

じゅぷじゅぷと身体を貫かれるたび、目尻に涙が滲む。ルドヴィークを受け入れている場所からは、朝に注がれた白濁混じりの濁った蜜が、絶え間なく溢れ始めていた。

「見ながらするの……むり……っ、いっちゃうから……いっちゃ、あぁ……」

「駄目だ、しっかり見てろ、いつか孕むときも、お前はこんなふうに、淫らで綺麗な顔をしているはずだ」

生々しく淫猥な眺めに、目の前がくらくらしてきた。リーシュカの声が蕩けるような甘さを宿す。こんなに恥ずかしい格好で絶頂に達する自分の姿を見ていなければいけないなんて。そう思ったら、ますます熱い蜜がお腹の奥から溢れてきた。

「自分の脚、自分でしっかり開いてろよ」

ルドヴィークの意地悪な命令に、リーシュカは蕩けた自分の顔を鏡に映したまま、力の入らない指を必死に膝裏に掛ける。

ずるりと肉杭が抜かれた瞬間、強い快感が身体を走り抜けた。次に深々と突き上げられて、リーシュカは思わず背を反らせる。

「ああぁっ」

脚の間を貫き、中を行き来するものが、ますます硬くなったのがわかった。

びくびくと震える身体で、リーシュカは言われたとおりに震える手で膝を開き続けた。

「ほら……どこもかしこも綺麗な色だ。お前は抱く前も達《い》くときも、全部可愛い」

鏡に映る淫らな交わりの姿に煽られ、覚えたばかりの快楽の波が、一気にリーシュカを呑み込んでいく。

「あ……だって……ルディが、好き、だから……あぁ……っ」

ぐりぐりと蜜窟の奥を執拗に押し上げられて、リーシュカの言葉が途切れた。涙と絶頂感で視界が霞む。

ルドヴィークはひときわ大きく息を吐き、びくびくと収斂《しゅうれん》する器の奥に、多量の熱液を吐き出した。

リーシュカの脚を支えていた手が、そっとリーシュカを抱き寄せる。貫かれたまま、脚がゆっくりと敷布の上に落ちた。

「私、ルディが好き。本当に好きだから……壊したくない……壊すのは嫌……」

口にしたら、快楽とは別の涙があふれ出す。荒い息を繰り返しながら、ルドヴィークがリーシュカの首筋に口づけた。

「壊れないって言ってるだろう。それに、お前が俺に心底惚れてることくらいわかってる。ただ交わっただけで、あんないい顔で啼かれたらな」

結合を解いたルドヴィークが、リーシュカの身体を反転させ、力いっぱい胸に抱いた。

「俺も、俺の意思でお前に惚れた。お前のご大層な力なんて関係ない。わかったな？」

リーシュカは泣きながら頷く。汗と体液に塗れて抱き合っていると、頭のてっぺんから爪先まで幸福感で満たされていくようだ。

――ルディ、大好き……初めてお膝に乗せてくれたときから大好きなの。だから良かった……私の異様な力を以てしても、ルディは壊れないのね……。

そう思ったら、安堵で涙が溢れた。

◆

その夜、リーシュカを宿に残し、ルドヴィークは一人因縁の屋敷を訪れていた。

ルドヴィークの母は三人きょうだいだった。公爵家を継ぐ兄と、母、そして、女王ジェニカの王配となるも、事故で早世した弟。そしてその娘にはマリーシカがいる。

港町で噂を聞いた。誰でも面白半分に眉をひそめて語っていた。公爵閣下は『ご病気だ』と。出入りのお針子相手にも『あれ』を聞かせるのがご趣味なんだ……と。

ルドヴィークは、貴族の屋敷外でもひときわ大きな公爵家の門を見上げた。

──反吐が出るほど懐かしい……。

父の遺産狙いで一人生かされたルドヴィークは、『お祖父様に、お父様が船に積んできた宝石の話をしたい、その代わり僕を助けて』と嘘を吐いて面会を乞い、『他の人に聞かれたら、先に宝石を盗られちゃう』と二人きりになるやいなや襲いかかったのだ。

その蛮勇の記録は今でも左脇腹に残っている。いつぞやの事後、リーシュカがじゃれついてきて『痛そう』と言って舐めてくれたので最高に滾《たぎ》った。傷が残っていて良かった。

──懐かしいな。さて、公爵閣下に面会願おう。

ルドヴィークはやる気のない表情の門番に母の名を告げて『公爵の甥だ。伯父に会いたい』と言った。門番はかつて母がここで殺されたことを知っているのだろうか。言われたとおりに取り次ぎに行った門番は『伝声管越しであれば会う』という公爵の答えを告げた。

——一生会いたくなかった。『母方の伯父上』にも、マリーシカにも。

そう思いながら、門を通されたルドヴィークは、建物の脇にある伝声管に耳を近づける。

『何の用だ。父上に次いで、私までも殺しに来たのか』

どうやら暴れん坊の甥っ子のことは覚えておいでのようだ。妙に呼吸が荒いが『噂どおり』らしい。ルドヴィークは心の中で肩をすくめ、単刀直入に尋ねた。

「質問があって来た。マリーシカの処刑日は決まったのか」

アザロの『全ての証拠を提出した』という言葉を手がかりにかまをかけただけだが、公爵は覿面《てきめん》に黙り込む。やはり彼女は、捕らえられたようだ。

「山村と、港の教会の大量殺戮事件のせいで、バチェスクの国民は殺気立っている。その犯人が公爵家の血を引くマリーシカだと知られたら『身内の罪を見過ごしてきた公爵閣下』、つまりあんたも国民の憎悪の対象に含まれちまう可能性が大だ。下手をすれば公爵家の体面が地に落ちるぞ。このまま手をこまねいて屋敷に籠もるか、それとも貴族議院に金を積んで『マリーシカを秘密裏に処置してくれ』と頼み込むか、今すぐ腹を決めろ」

言い終えたルドヴィークは、名前のない苦い感情を呑み込む。

——いい気分はしないな……あの女、顔だけは母さんの面影があった……。

しばらく待つと、再び伝声管から乱れた声が聞こえた。

『くそ……マリーシカめ。弟に続いて、公爵家の家名に泥を塗りおって……っ……』

「マリーシカの秘密処刑を貴族議院に懇願しろ。あの女には大量の『信者』がいる。そいつらに助けられ、逃亡先で更に惨事を起こしたら、事態は悪化する一方だ」

伝声管の向こうから、はあはあと不気味な呼吸が聞こえる。黙り込んだ『公爵』にルドヴィークは強い語気で告げた。

「女に股ぐらの一物をしゃぶらせてる余裕なんてない。明日の朝になったら女王陛下と貴族議院に、即日の秘密処刑を願い出ろ。多分許可される。王家も貴族議院も、あの女を持て余しているからな」

伝声管の向こうから『ああ』と聞きたくもないうめき声が聞こえた。どうやら達したらしい。人と会話しながら、ひっそり女にしゃぶられることに最高に興奮するようだ。

『公爵様は伝声管がお好きでね……』と港町の酒場で笑い話にされていたが、真実だなんて救いようがない。

——母さんがこの家を飛び出した訳がわかったよ。

そう思いながらルドヴィークは言った。

「とにかく明日の早朝が最後の機会だ。マリーシカの父方の親族はお前しかいない。お前が願い出れば、あいつの公開処刑はなくなる」

伝声管からは、何かを絞り尽くしたあとのかすれた声で『わかった』と聞こえた。どうやら、現実から逃げ続けていても極楽には行けないことに気付いたようだ。

舌打ちしたい気分で、ルドヴィークは隠れ宿に戻った。部屋では、リーシュカが座りもせずに待っていた。心配してくれていたようだ。けなげすぎて涙が出る。

「お帰りなさい、ルディ……」

飛びついてきたリーシュカを抱きしめ返し、ルドヴィークは言った。

「悪いが、明日の昼前からまた留守番をしていてくれ。多分王宮で騒動が起きる予定だから、様子を確認してくる、上手く行きそうなら、陛下にギリアンと逃げるよう進言する」

リーシュカの温もりを確かめながら、ルドヴィークは己に言い聞かせた。

――あいつは俺のいとこじゃない。リーシュカを殺そうとしている女に母さんの面影があるのが忌々しい。お前の命を奪おうとする存在は、俺が排除する。

第八章　恋獄の獣

――あの変態公爵、早速動いたのか？

ルドヴィークは朝一番で、リーシュカに教えてもらった『貧民窟で一番耳の早い』情報屋から情報を買った。

彼によると、貴族議院の定例会議は、五のつく日の朝九時から行われるが、今日はその条件に当てはまらないのに、なぜか夜明け頃から馬車が集まっているようだ……と。

――状況だけでも確認しなければ。もし今日が秘密処刑日なら、ギリアンと陛下を逃がせる絶好の機会だ。これを逃したら……！

頭の中で様々な可能性を検討する。王太子の廃嫡《はいちゃく》、関係者の処分、新王太子の指名だのと女王の立ち会いが必要な行事が続く。

時が来れば、女王はギリアンの子を産み落としてしまう。時間がない。

ルドヴィークは港町で馬を借りて、王宮へ急いだ。マリーシカが貴族議院に捕らわれたのであれば、あの怪しげな地下牢付近に彼女の兵はいないはずだ。

案の定、王宮の奥の、例の地下牢入り口あたりには、全く人の気配がない。

──予想どおり……かな？

息を弾ませて全力疾走し、人目につかないうちに一気に裏庭を横切る。

──今日が処刑日なら、全てを捨てて逃げろ、機会は今日しかない……。

ギリアンはルドヴィークの命の恩人だ。彼がいなければルドヴィークはこの世に居ないし、リーシュカと愛し合うこともなかった。

──俺は、十二のとき、不当に踏みにじられていたギリアンを助けたかったんだ。だけどあんたは一番大事な女が地獄にいるから、見捨てて行けなかったんだよな。

ルドヴィークの脳裏にギリアンの優しい笑顔が浮かんだ。小さなリーシュカを抱いてあやしていた痩せ細った背中も、ルドヴィークの傷を案じてくれた真剣な顔も。

──ギリアンがどんな罪を犯していたとしても、俺には、断罪なんてできない。殺人に走るほどの憎しみの深さも、患者に向かう誠実で真摯な姿勢も、全部ギリアンの一面なんだ。あの港の教会の火事のときだって、毒の煙に巻かれる人たちを無視できなくて飛び出してきたんだろう？　隠れていれば安全だったのに……。

今日は、リーシュカを宿に残したままだ。一人で危ないことをしないでと訴える彼女を置いて来るのは辛かったが、仕方ない。今日ばかりは機動力を優先しなければ。

──いつも必死に俺を追いかけてくるあいつが、どんな思いで……。

出がけに見たリーシュカの涙を、ルドヴィークは頭の中から振り払う。

ルドヴィークはリーシュカに聞いた『女王宮』の入り口に走り、息を整えて衛兵に歩み寄った。そして、イストニアの正式な身分証を見せ、堂々とした口調で告げた。

「女王陛下にお会いしたい」

衛兵たちがぎょっとした顔になる。約束もなく派手な異国人が現れたからだろう。だがルドヴィークは、どんな局面も勢いとはったりで乗り越えてきた。

今回も何が何でも女王に面会し、もしも処刑が決行されるのであれば、すぐにギリアンと逃げろと伝えなければ。

「マルヒナ殿がおいでならば伝えてくれ、ルドヴィーク・バーデンが来たと」

マリーシカが捕らわれたのであれば、マルヒナは無事解放されているはずだ。

「は、はい。マルヒナ様のお知り合いでいらっしゃいますか？」

「ああ、第二王女殿下の件で、緊急の用事があって来たと伝えてほしい」

「さ、さようで……少々お待ちくださいませ」

やはりマルヒナは無事だったらしい。あの気持ち悪い変態公爵も、さすがに全てを奪われるとなれば、引きこもりと現実逃避をやめて重い腰を上げたのだろう。

しばらくして、衛兵に呼び出されたマルヒナが飛ぶように走ってきた。

「……いかがされました？　姫様に何か……！」

質問を断ちきり、ルドヴィークは言った。

「あいつは無事だ、安全な場所に隠してきた。余計な話は後だ。ばあやさん、あんたは女王陛下の腹の子をどうしたい？」

短く聞くと、マルヒナはぎゅっと表情を引き締め、低い声で答えた。

「もちろん、ご無事に陛下の腕に抱かせて差し上げたいに決まっております……」

「父親が『彼』でもか？」

「はい。あの方は、ジェニカ様が開花させた伴侶。私どもにとっては、それが全てです」

「女王が国を裏切ってもいいのか？」

声を潜めて問いを重ねると、マルヒナはしっかりと頷いた。

「私たち一族は、何百年も前から、王家ではなく『女王個体』をお守りすることを使命としてまいりました。女王個体が異国人を選んだことも、私どもには窺い知れぬ運命の定めなのだと思います。『バチェスクは変われ』と、神が仰っているのかも……」

ルドヴィークは何も言えず、マルヒナの涙の溜まった赤い目を見つめた。

「ジェニカ様が理不尽な苦しみに耐え抜いてこられたのは、ギリアンさんが生きて、この国に留まっていたからです。もう、ジェニカ様を地獄から解放して差し上げたい」

ルドヴィークは頷いて、マルヒナに耳打ちした。

「一つ聞く。マリーシカは捕らえられたんだな。秘密処刑も決まったのか？」

マルヒナがはっとしたようにルドヴィークを見上げ、頷く。

「二人を逃がすなら、処刑の混乱に乗じられる今しかない。身重での逃避行は命がけだろうが、腹をくくってギリアンを選ぶか、腹の子の命を諦めて、ここに女王として居続けるか選んでもらうしかない」

しばらく考えた後、マルヒナは青ざめた顔で頷いた。

「わかりました。ですが、陛下は今……。説得にお力をお貸し下さいませ」

マルヒナはそう言うと、足早に女王宮の奥へと歩いて行く。人の気配はない。普段から人の行き来がない場所独特の、停滞した空気を感じる。

——誰も近づけない王宮の奥にずっと籠もっていると聞いたが、本当らしいな。

「こちらでございます」

マルヒナが静かに扉を開ける。女王の私室だという広い部屋は異様な緊張感に包まれ、静まりかえっていた。横目でマルヒナを見ると、彼女は小声で囁きかけてきた。

「マリーシカ様を処刑する人間が決まらないのでございます。処刑人は男ばかり。あの方の匂いに狂う危険性がございます。アザロ殿に処分させればよいと貴族議院の者たちは言っておりますが、それを聞いた途端、陛下がひどく興奮なさって……」

言われて、ルドヴィークはそっと部屋の様子を窺った。

部屋の真ん中に、大きな腹をした、小柄で華奢な女が立っている。

女王の姿は初めて見る。年齢を忘れた儚い少女のような姿だった。手首にはどこかで見たことのある、金色の紐を巻いていた。しばらく見ていたら、ギリアンが『母の形見だ』と言っていた紐だと気付いた。身重の女王に、お守り代わりに贈ったのだろう。

リーシュカのことはずっと、ギリアンに生き写しだと思っていたけれど、女王を見ればまた、リーシュカの面影をいくつも見つけられる。華奢で小さい輪郭とほっそりした首筋、それから、目の形も、唇の形も。ルドヴィークの胸が締め付けられた。

——そうか、女王陛下は、本当にお前のお母さんなんだな……。

女王は傍目にもわかるほど震えている。白い小さな手に、古い型の銃を持っていた。

——おい、妊婦が銃なんて持つな。

ルドヴィークは内心舌打ちする。女王は、足音を忍ばせて入ってきたルドヴィークに気付かない様子で、震える声を張り上げた。

「アザロは、や、優しい子でした。あの子の婚約者になど、指名しなければ良かった。これ以上、誰も苦しめたくはありません。マリーシカは、女王である私が裁かねば……」

ルドヴィークはマルヒナに囁きかけた。

「陛下の銃を取り上げる。俺の奇行を見逃させて、侍女たちを黙らせられるか」

マルヒナは真剣な目で頷き、ひとかたまりになって女王を見守る侍女たちに向け、一本指を立て唇に当てた。黙っていろという仕草だ。侍女たちが、青ざめた顔で頷く。

ルドヴィークは大きく息を吸い、場違いに明るい声を上げた。

「おお！　まだ残っておりましたか！　そのような補助点火銃の逸品が」

女王がびくんと身体を震わせ振り返る。

突然現れた派手な大男に恐怖を覚え、小さな身体で必死に身構えているのがわかる。青ざめて目を見開いた表情が、怯えたときのリーシュカに似ていて胸が痛かった。

「陛下、その年代の銃は大変珍しゅうございます。更に申し上げれば、錫象眼《すずぞうがん》の銃、というのが更に珍しさに拍車を掛けておりまして……。銃把《じゅうは》の錫象眼が、まるで変色していないことに大変感心いたしました」

「そなたは……？」

やや低い声もリーシュカにそっくりだ。

ルドヴィークは愛想のいい笑みを浮かべ、深々と頭を下げた。

「リーシュカ様に可愛がっていただいている男です。どうにも鼻が利かないのか、それとも生来の頑固ゆえか、あの方の甘い匂いでも頭が蕩けないまま五年経ちます」

冗談めかした言葉に、女王が灰色の目を大きく見開いた。意味が通じたようだ。

「『花が全然咲かない』とリーシュカ様は拗ねておられますが、これからも側には置いてくださるようで、俺としてはほっとしています」

女王が、ゆっくりと頷いた。

「そう……ですか……あの子はもう、伴侶を見つけていたのですね。開花しないとは、なんと不思議なこと……でも、そのほうが……良いに決まっています……」

女王が涙を堪えるように顔を歪めて、銃身を握りしめていた指の力を緩める。ルドヴィークはわずかにほっとして、声の無駄な明るさを抑えた。

「この型の銃が作られていたのは、百年近く前です。見たところ、一度も動作試験はしておられないようですね、煤がこびりついておりません。高値で売れるよう、このままお持ちいただくほうがよろしゅうございます」

「……私に、慣れぬ銃を撃つなと言いたいのですね」

話を最後まで聞いた女王が、静かな口調で言った。ルドヴィークは何も言わず、胸に手を当てて優雅に一礼する。

「あの子は私のために夫を殺したと言いました。それがあの子が凶行に走った引き金だったのでしょう。私には……あの子を処刑する義務があると思います」

――マリーシカはギリアンにそそのかされ、渡された毒で父親を殺したんだよな。

恐らく女王は、ギリアンのしたことをほとんど知らないのだ。

それを知ったとしても、女王は多分、ギリアンをその場で許すだろう。女王個体は、常人とは違う愛と価値観を持つ生き物だ。だからこそ、マルヒナのような『監視』が常に付き従い、人の道を外れぬよう見守り続けねばならなかったのだ。

そう思いながら、ルドヴィークは口を開いた。

「ご自分の手で殺したところで、マリーシカを矯正できなかった陛下の罪は晴れない」

女王が薄い肩を揺らした。彼女自身も、頭ではわかっているのだ。

ただ、心の底からは理解できていないのだろう。

『マリーシカとキィラ。無理やり孕まされ、勝手に生まれてきた生き物が嫌だった』としか考えられない自分を、理性では責め抜いてきたはずだ。

「どんなに嫌いでも、見たくもない子供でも、貴女の意思で後継者として産んだのだろう。ならば向き合ってやってほしかった。陛下がお辛かったことはわかる。……でも、殴ってでも躾けてやってほしかった。人は自分一人の力では人間になれない」

自分にも突き刺さる言葉だ。

リーシュカが自分を庇って矢の前に飛び出してくるまで、ルドヴィークも、女王同様に自分しか見ていなかった。必死に生き抜いた結果、己に目隠しをしていたのだ。

ルドヴィークの言葉に、女王が震えながら顔を覆う。

「……は……い」

震える女王の手から、ルドヴィークは銃を取り上げた。

「罪は罪として持って行け。処刑は俺が代わってやる。陛下のためじゃない、腹の赤ん坊のためだ。そんな精神状態でマリーシカを殺したら、母体の心労で赤ん坊がもがき苦しむ。それからもう一つ、銃を撃ったことがないなら知らないだろうが、一発撃つだけで後ろに吹っ飛ぶぞ。腹も出ているし、多分反動に耐えられない。すっ転んで床にたたきつけられる。罪もない赤ん坊がどんなことになってもいいのか？」

その言葉に、女王は青ざめた。やはり何も知らずに銃を手にしただけなのだ。

「俺に処刑の代行を命じてくれ」

ルドヴィークの言葉に、女王がはっとしたように顔を上げた。

「いいえ、いけません。殿方は大概、あの子の匂いにやられます。かといってアザロにもそんな残酷なことはさせられない……で、ですから、私が……っ……」

「もういい、貴女はギリアンと逃げろ。今しか機会はない。ギリアンと逃げて、赤ん坊を抱かせてやってくれ……子煩悩だから、きっと喜ぶ。リーシュカのことだって、本当に愛して可愛がっていたから」

女王の目から大粒の涙が何粒も落ちた。

「わ、私に……国を捨てろと……」

「ああ。捨てろ。一番大事なものだけ選んで、他を捨てたそしりを受けて、たくさんの後悔を抱えながら生きてくれ」

侍女の一人が耐えかねたように、ふらふらの女王を支えに駆け寄った。

「俺は大丈夫。リーシュカ様の匂いにも、脳みそをいじくられない人間だ。マリーシカに会ったときも、匂いなんてさっぱりわからなかった。……時間がない、処刑に向かう。俺に女王陛下の代行の証を何か貸してくれ」

そう言ってルドヴィークは、立ち尽くすマルヒナを振り返った。

「ばあやさん、隙を見てギリアンのところに女王陛下を連れて行け」

そのとき、女王を支えていた侍女がきっぱりと声を上げた。

「お母様、私、急いで陛下のお支度をして参ります」

彼女がマルヒナの娘の侍女頭らしい。

マルヒナが我に返ったように頷き、固まったままの侍女たちに言った。

「貴女たちには何の責任もありません。女王陛下は少々体調を崩されて、しばらく誰にもお会いになれません。あとは全て私が引き受けます……いいですね」

マルヒナの言葉に、侍女の一人が震え声で言う。

「これまで何回も、汚らわしい男たちがここに来ました。貴族議院の許可を免罪符に、私たちを衣装部屋に押し込めて、無理やり陛下を……私は、それが嫌で、嫌で」

他の侍女たちもおずおずと頷く。すすり泣きを始める侍女もいた。

ルドヴィークは卓上の紙に、宿の名前と場所を書き、女王の手に握らせる。

「ここにリーシュカが居る。ギリアンにこの紙を見せれば場所がわかる。ギリアンと合流したら……できれば、リーシュカと話をしてやってくれ」

女王は真っ赤な目で頷き、首飾りを外してルドヴィークに渡した。


——この部屋か。

ルドヴィークは、マリーシカを軟禁しているという部屋に足早に向かった。

女王宮の外にある建物だった。王宮の奥まった場所にある、目立たない部屋だ。

危惧していたとおり、警備もそれほど厳重ではない。

周囲に異変を悟らせないよう、あえて普段どおりにしているに違いない。だが、彼女の匂いに狂った人間たちが押し寄せてきたら、この場所はあっさり突破され、マリーシカは逃亡するだろう。

逃げた先で彼女がさらにどんな地獄を生み出すのか、考えたくもない。

扉の両脇には衛兵が立っている。一応弩を持っているが、特に強くはなく、真面目なだけの兵士たちという印象を受けた。

「女王陛下に頼まれて処分に来た」

首飾りを見せると、はっとしたように衛兵たちが身を引いた。

――これ、あとでリーシュカにやろうかな。あいつ、美人で何でも似合うからな。

ルドヴィークはあえて関係ないことを考え、抱きそうになる罪悪感を頭から追い出す。

部屋の中からは言い争いの声が聞こえた。

――アザロ……。

聞き覚えのある声だった。惚れた相手が重ねる罪の証拠を集め続けながらも、残虐な犯罪にただ涙を流しながら手を貸し続けた男。共犯者として処刑されることを受け入れたという『マリーシカの生まれたときからの婚約者』だ。

いつかマリーシカが正気に戻ってくれることを願いながら、凶行に手を貸したのは自分の弱さだと言っていた。マリーシカを庇いたかったと。それは間違いだ。間違いだが……自分がアザロと同じ立場だったら、助けを乞うて伸ばされた手を断固としてはね除け、恋しい相手をその場で断罪できただろうか。

――いや、俺に裁く権利はない。ただ、代わりに殺すだけだ。何も考えるな。

深く息を吸い込み、ルドヴィークは衛兵に尋ねた。

「中にいる者たちの身体検査はしたな」

「はい、どちらも武器、および自害の道具は所持しておりません」

「部屋を汚すぞ」

そう言うと、衛兵たちは怯えたように黙り込んだ。ルドヴィークは周囲を見回す。石造りの壁だ。窓枠の嵌まった部分で確認するに、外壁はかなり分厚い。これでは人体を突き抜けた弾が跳ね返り、どこに飛ぶかわからない。

ルドヴィークは上着の隠しに吊るした三丁の銃の中から一つを選ぶ。そして、銃弾も用意したものの中から慎重に選んだ。人間の骨や肉は撃ち抜くが、一定の強度以上のものに当たると粉砕される弾。処刑用のそれを二発装填した。

——三つ目は、別の弾にしておこう。

ルドヴィークは三発目の弾を通常弾に入れ替え、大きく息を吸い、扉を開けた。

マリーシカは、不機嫌な顔で長椅子に腰掛けていた。アザロは長椅子の傍らで、何も言わずに佇んでいる。

どうやら当たり散らすマリーシカとの問答を終え、黙り込んだ直後のようだ。

ルドヴィークの姿を見た瞬間、アザロがはっとしたようにマリーシカに手を伸ばす。

「マリーシカ様」

「……貴様の顔など見たくない。母上を来させるように言ったはずだ」

氷のような灰色の目でルドヴィークを見つめ、マリーシカが言った。

アザロは、マリーシカの華奢な身体を引きずるようにして長椅子から立ち上がらせた。

「母上に来させろ、俺は母上以外に殺される気はない」

「お前に処刑人を選ぶ権利はない」

ルドヴィークの言葉に、マリーシカの美しい面にかすかな怯えが走った。

一瞬心が揺らぐ。なぜ、『敵』に母の面影が重なってしまうのか……。ともすれば躊躇しそうになる己を、ルドヴィークは全身全霊の力でねじ伏せた。

「残念、お前からは気が狂うほどいい匂いがするらしいが……俺には全く響かねえな」

部屋の外から、俄に騒がしい声が聞こえてきた。

マリーシカ様を助けに、という叫びが混じっているのが聞こえる。はっとしたようにマリーシカが扉のほうに目をやった。

——時間、ないな……。

どうやら信者たちの『救助』が来たことに気付いたようだ。

銃を構えたのと、扉に向かって走ろうとしたマリーシカをアザロが羽交い締めにしたのは同時だった。

アザロは涙ながらにルドヴィークに頷きかけた。

ルドヴィークは、思い切り歯を食いしばる。

無抵抗な人間を撃つのは生まれて初めてだ。

——俺だって、こんな仕事は誰かに代わってほしいに決まってる……！

「放せ」

アザロは、吐き捨てるように命じたマリーシカには答えず、ルドヴィークに言った。

「俺も一緒に殺してください。処刑が決まった身ですから」

ルドヴィークはますます歯を食いしばる。

武器の価値をもう一つ見つけた。使い手の腕次第では、苦しませずに殺せることだ。

こんな悲しい価値を、自分で実感し、認める日が来るとは思わなかった。

全身から汗が噴き出す。

「……放せと言った。犬のくせになぜ命令を聞かない！」

苛立ちを滲ませるマリーシカに、アザロが涙を流しながら答える。

「俺は、貴女の犬ではありません。いつか貴方と一緒になる夢を捨てられなかった、ただの馬鹿な男です」

アザロの言葉に、氷のような声でマリーシカがまくし立てる。

「白々しい。お前も俺の匂いにたらし込まれて、俺に付きまとっているだけのくせに」

「何度も申し上げましたよね。マリーシカ様は昔から意地っ張りだ。俺は、本当に、生まれつき嗅覚がない。貴女の匂いなんてわからないんです」

怒りを湛えたマリーシカの顔に、初めて別の弱々しい表情が浮かび上がる。ルドヴィークの目に、その表情は、悲しみにも困惑にも見えた。

「俺はどこまでもご一緒します、どこで道が狂ったのか、もう俺にはわかりません。ですが、俺が十五のときに贈ったその首飾りを着け続けてくださって、幸せでした……」

マリーシカの美しい顔が、こみ上げる激情を堪えるように歪んだ。

「お前を勘違いさせるために着けていただけだ。特別扱いされて嬉しかったか？　だが俺は女じゃない。愛しているのも……お前じゃない。俺は、どんなにお前に想われても女になんてなれないんだ。なのに何故お前は、俺のもとから逃げなかったんだ……」

マリーシカの言葉が途切れると同時に、たくさんの人々の気配が部屋の近くに殺到する。言い争う声、悲鳴。もう時間がない。

ルドヴィークは意を決して銃口をマリーシカに向けた。

「お願いします」

穏やかなアザロの声に、ルドヴィークは思い切り息を吸う。『撃ちたくない』という己の絶叫をねじ伏せ、引き金を引いた。

マリーシカの頭を撃ち抜き、はるかに高い場所にあるアザロの頭も、次に撃ち抜く。マリーシカを撃った弾丸が胸の半端な位置に当たったアザロを、長く苦しませたくなかったからだ。二人はほぼ同時に、重なり合い、抱き合うように床に倒れた。

『銃声だ！』

『マリーシカ様！』

ルドヴィークは最後の一発を窓に向けて放った。頑強な窓枠が砕け散る。

——二階で良かった。

ルドヴィークは露台から身を乗り出し、手すりに手を掛けて懸垂の要領でぶら下がり、

そのまま一階に飛び降りた。

――脚の関節は無事だな。よし。

部屋の中から聞こえる絶叫を背に、ルドヴィークは素知らぬ顔で走りだし、王宮の庭の木々に姿を紛れ込ませた。

目から勝手に涙が噴き出している。今日生まれて初めて、引き金を引きたくないと本気で思ったからだ。しばらく待ったが、なかなか涙が止まらない。

『お願いします』というアザロの最後の声を、生涯忘れることはないだろう。

ルドヴィークは乱暴に顔を拭い、王宮外の辻馬車の待合めざして足を急がせた。だが途中、異質な視線に気付いて足を止める。

――キィラ王女が呼び込んだイストニアの密偵か？　髪が茶色いから、この国の人間じゃないな。俺のあとをつけて、リーシュカの居場所を特定する気か。

ルドヴィークは木々の間から自分を窺っている男を振り返り、抜き放った銃を片手にスタスタと歩み寄った。案の定、男は素知らぬ顔でさっとその場を離れようとする。ルドヴィークは全力でそのあとを追い、思い切り男の首に腕を掛けて引き留めた。

「ぐぁ……っ」

うめき声を上げたイストニアの密偵に、ルドヴィークは囁きかけた。

「女王個体の突然変異を産ませたいなら、キィラ王女でも大丈夫だぞ」

突然首を締め上げられた男が、驚いたように動きを止める。

「今、王太子殿下が銃殺されて、王宮内は大騒ぎになってる。キィラ王女を攫うなら今だ。あの王女は頭が悪いから、扱いやすいはずだ」

腕を緩めると、密偵がかすれた声で言った。

「な、なぜ、そんな話を？」

「すっとぼけるな。重要なことを教えてやるよ。キィラ王女もリーシュカも、突然変異を産む確率は変わらない。……覚えたか？」

「そんな馬鹿な、女王個体のほうが、突然変異を産む確率は高いに決まって……」

ルドヴィークは首を絞める力をやや強め、話を続けた。

「確かに、俺もそんな気がしてた。血が濃そうだし、母親が女王個体なら、次も女王個体が生まれそうに感じる。でもそれは間違いなんだってさ」

密偵の抗う動作がぴたりと止まった。

「女王個体は『夫選びの儀』で選んだ男との間なら、確実に女王個体を産める。だが、それ以外の男が相手の場合は、突然変異を産む確率は、他の姉妹と同じだ。それに女王個体は、自らが選んだ男以外に抱かれることを拒み抜く。無理強いすれば心を病み、下手したら自死を選ぶ。百年前に攫った女王個体も哀れな最期を迎えたはずだ。また同じ失敗を繰り返すのか？」

密偵は真剣にルドヴィークの言葉に聞き入っていた。前半は出まかせだが、後半は真実なので、心に迫るものがあったのだろう。

「キィラ王女は女王個体の遺伝子は持っていても、ただの女だ。しかも性格はだらしない。適当に贅沢をさせてやれば流される。扱いやすいほうの女を連れて行け」

密偵は抵抗をやめ、口を開いた。

「突然変異の話、なぜそんな重要機密を俺たちに教える？　ルドヴィーク・バーデン」

「へえ……知ってたのか、俺の名前」

ルドヴィークは笑って、密偵の耳元に口を寄せた。

「イストニア王家は弊社の大口取引先だろう？」

もうバーデン商会は抜けたけど、と腹の中で呟き、ルドヴィークは話を続けた。

「上顧客様にはそれなりにご奉仕させていただくさ。あ、そうそう、この前、お前らの仲間をぶっ殺してごめんな。お前らが先に喧嘩を売ってきたから正当防衛だけど」

明るく言って肩を叩くと、密偵は嫌な顔をしてルドヴィークから身体を離した。

「……今の話、持ち帰って検討させてもらう」

「そうしてくれるとありがたい。俺はお前らの敵じゃないからな」

密偵が立ち去るのを見送って、ルドヴィークは辻馬車の待合めざして再び走りだした。


——くっそ……辻馬車の車輪が外れるなんて……。

別の馬車を捕まえられれば良かったのだが、辻馬車とは一度たりともすれ違わなかった。

どうやら王宮の異変が港町に知らされたらしく、辻馬車が王宮前の待合で待機することが禁じられたらしい。

今ルドヴィークが乗っていた港行きのおんぼろ馬車が、最後だったようだ。夕暮れ近くまでかかって御者と共に修理を終え、虚無のような心地で港町に降り立つ。結局、徒歩と大して変わらない時間になってしまった。

――ギリアンと女王陛下は……どうなった？　リーシュカには会えたのか？

宿の部屋に駆け込むと、リーシュカは広い窓から、茜色に染まった海を見ていた。

「リーシュカ……」

息を弾ませながら、ルドヴィークは声を掛ける。リーシュカの金色の目からは、音もなく透明な涙がしたたり落ちていた。

「何があった？」

振り向かせて肩を抱くと、リーシュカが弱々しく身を寄せてくる。

「お父様とお母様が来たわ。お父様は……今は誰も居ない、港町に近いばあやの実家に隠れていたんですって……古いお屋敷の手入れをする、使用人のふりをして」

どうやら無事に顔を合わせることができたらしい。

安堵しつつ、ルドヴィークはリーシュカの華奢な身体を抱き寄せた。リーシュカが、腕の中で、小さな声で語り始めた。

「私、初めて見た。あんなに短く、耳の下まで髪を切ったお母様。その辺にいる、普通のお母さんみたいだった。もし女王様じゃなかったら、あんな感じで、毎日一緒に暮らして、笑ったり、喧嘩したりしてたのかなって……思っ……」

リーシュカの言葉が途切れる。ルドヴィークは何も言わずに、優しくリーシュカを抱いて、小さな頭に頬ずりした。ひとしきり泣いた後、リーシュカは震える声で言った。

「お父様には、君の父親は死んだんだよって言われた……だけど……」

リーシュカは顔を上げ、ルドヴィークの目を見据えて、はっきりとした口調で言った。

「私はお父様のお陰で今日まで生きてこられたし、ルディにも会えたの。悲しい嘘を吐かれたのだとしても、お父様への感謝の気持ちは生涯変わらない。だから『私はお父様を愛している、生きていてくれて嬉しい』ってちゃんと伝えたわ」

リーシュカの言葉に、ルドヴィークは静かに尋ねた。

「ギリアンは、なんて……？」

「……分かった、って……」

そう答え、リーシュカは顔を覆ってしまった。

――リーシュカ、お前の言葉が正しい。どんな罪を犯したとしても、ギリアンがお前を愛し、命を削って育てたことに間違いはないんだ。

そう思いながら、ルドヴィークは言った。

「頑張ったな……遅くなって、悪かった」

「そうよ、ずいぶん遅いから、すごく心配した……！」

顔から手を離し、ぼろぼろ泣きながらリーシュカが顔を上げた。

「逆だ。俺のほうこそ、お前が大丈夫か、それにギリアンたちも無事に港までたどり着いたのか、ものすごく心配してた」

じっと見つめ合っていたら、不意にリーシュカが濡れた顔をほころばせた。

「……いじっぱり。絶対に自分を譲らないんだから」

やや低めの声は、ルドヴィークに心の全てを委ねたとばかりに甘く柔らかかった。

リーシュカの無垢な愛が、自我と怒りの塊だったルドヴィークを緩やかに変えてくれたのだと改めて実感する。

ルドヴィークはやっと、自分より大事だと思えるものを得た。

だから、今までの自分とは違う考え方が、次々に生まれてくるようになったのだろう。

——にしても、キツかったな……今日は……。

『武器は完全な悪ではない。使い手の熟練度次第では苦しませずに殺せる』

ルドヴィークは、今日新たに心に刻まれた苦い信念を噛みしめる。

これからも、ルドヴィークには新たな試練が示され、それに立ち向かうたびに、何かが心に刻まれるのだろう。

「……ギリアンたちは船に乗ったのか」

「ええ、お父様はずっと前から、私を貴方に託して、お母様と逃げる気だったのね。念には念を入れて準備していたようだわ。仮死状態になる薬まで飲むなんて。到底正気とは思えないけれど、本気だったのね」

「正気じゃないけど本気……まあ、そのとおりだ。上手いこと言うな」

ルドヴィークが笑うと、リーシュカはもう一度笑った。

「開花させられたことが、お父様の判断にどれだけ影響しているのかわからない。でも、お母様を愛していたから……二人で逃げたかったんだよね」

ルドヴィークは考えた。

ギリアンが凶行に走ったのは、女王を辱める男への復讐のためだ。

――ただ憎悪の感情を爆発的に膨らませられただけなら、この国の人間を無差別に殺しても良かったはず。ギリアンにとって、憎いのはこの国の全てだったはずだからな。

ギリアンと出会ったとき、女王は本能を踏みにじられ、屑のような夫に殴られ犯され、望まぬ子を国のためにと産まされて、心身共にぼろぼろだったに違いない。

哀れな美しい女王に、ギリアンは奴隷として虐げられてきた己の姿を重ね、愛するようになったのだろう。きっかけは何であれ、同じ色の魂同士が出会い、寄り添っただけではないかと思える。

「狂わされた部分はあっても、良き父親で、妻を守ろうとする夫だった。俺はそう思う」

「うん、ありがとう……お父様のこと大事だから……そう言ってもらえると嬉しい」

ルドヴィークは頷き、リーシュカの額に口づけた。

「とりあえず俺たちは隠れる必要はなくなった」

短く言うと、再びリーシュカが涙を滲ませる。マリーシカとアザロに何があったのか、すぐに悟ったのだろう。

ルドヴィークは余計なことを言わず、明るい声で言った。

「宿替えようぜ。別の部屋からおっさんのすごい喘ぎ声が聞こえるの、勘弁だよな」

正直な意見を口にしたら、リーシュカが笑いだした。

「う、うん……そうね。ちょっと刺激強いし……こ、この鏡とか……」

「俺はとてつもなく大好きだけど」

「私は嫌」

リーシュカは真っ赤な耳でさっさと荷物をまとめ始める。

同じく荷物をまとめ始めたルドヴィークは、なんとなく手を見た。まだ硝煙の匂いがこびりついている。人の命を終わらせた自分はまだ生きて、恋をして、未来のことを考えている。理不尽だが、それが現実だ。

——忘れなければいい。俺は抗えない人間を殺した。アザロとマリーシカを。

ルドヴィークは大きく息を吸い、鞄に詰め終えた荷物を手に立ち上がった。

「豪華な宿はないか？　気分が晴れるところ」

「だめ、一文無しになりそうなんでしょう？　節約して……」

リーシュカには社員たちとの会話で誤解を与えたままだが、父とルドヴィークが築いた財産のほぼ全てをバーデン商会に吸い上げられても、まだ庶民が十回ほど人生をやり直せる程度のはした金は残っている。

金属の鉱山を数個買ったら尽きてしまう財産だが、宿に泊まる程度なら困らない。

「一文無しにはならないぞ。ロードンが持って来てくれる武器の在庫を売るから」

ようやく安心したように頷いたリーシュカと手を繋ぎ、ルドヴィークは宿を出た。ロードンが選りすぐった武器の在庫と共にイストニアから戻るのは、早くて三週間後だ。

その武器は、バチェスクの貴族議院に高値で売りつけることにしよう。この国の貴族は武器の相場など知らないので、上手いこと言いくるめればいい。

これから先、バチェスク聖王国では驚天動地の大事件が連発する。

貴族議院の言うがままだったはずの女王は、誰にそそのかされたか元愛人の奴隷と逃避行してしまった。

最後に残ったキィラ王女まで、誰かに誘拐されてしまう予定だ。

このていたらくでは、国の面子が立たないはず。貴族議院のお偉方はさぞや焦るだろう。

そんな中、偶然、独立したばかりの若手の武器商が、それなりの武器を売りにくる。

『そんなしょぼくれた武器じゃ、あっと言う間に他国に蹂躙《じゅうりん》されるぞ』と脅して、バチェスク軍の標準支給品である弩と、軍用銃の威力の比較を一通り実演すればいい。

なんなら自分とカイルとロードンで射撃実演をしてもいい。上顧客への特別ご奉仕だ。

武器の知識がない彼らならば『おお、よく当たる銃だ』と言って喜ぶはず。そのときは『武器は使い手次第だ、馬鹿』なんて余計なことは言わないよう心がけよう。

——こんな最高の商機に出くわすなんて。すごい、俺の日頃の行いがいいからだな。

ルドヴィークは薄笑いを浮かべる。

すると、リーシュカがルドヴィークを見上げて、迫力満点のつもりらしい声で言った。

「今、悪いことを考えたでしょう？」

「悪いこと？　俺がそんな男に見えるか？」

「見えるわ」

なぜバレたのだろう。そう思いながらルドヴィークは可愛い女の額に口づけた。

ルドヴィークはこれからも武器を売る。武器を売った金で更に武器を買い込み、もっと売る。今までと同じことを、今まで以上の熱意でやり遂げる。

たくさんの人間が自分の関わった『商品』のせいで死ぬだろう。武器がなければ死なずにすむ人が大勢居ることは、痛いくらいに理解しているし、熟知している。

もちろん、今だって好きか嫌いかと問われれば、武器など嫌いだ。

だが時代の流れは止まらない。ルドヴィーク一人が引退したところで、新しく強力な武器は世界に広まり続ける。

全ての人間を理不尽な運命から救うのは不可能だ。

ルドヴィークには『使い手自身の責任において、武器が使われますように。奪った命の重みが魂に刻み込まれますように』と祈ることしかできない。

だからもう、余計なことに気を散らしたりしない。

ルドヴィークの命は、特異な運命を背負って生まれたリーシュカを守り抜くため、彼女を奪おうとする人間を容赦なく排除するために使うと決めた。

いつか、ルドヴィークの名前を聞いただけで町の子供たちが泣きだすような、死神のような存在になれればいい。

一番大切なものが守れるならば、この世界から背を向けられてもいいのだ。

死の商人として、この世界に血まみれの名前を刻もう。忌まれ恐れられるほど、それは強くなった証、愛する女を守り抜く力を得た証となるだろう。

◆

宿を移る途中で、リーシュカは山村の人たちの弔《とむら》いの花を、封鎖された山道の入り口に捧げてきた。

十年を過ごした、大切な故郷だった。改めて大量の涙が出たが、ルドヴィークに『今は考えすぎるな』と制された。

『色々なことがありすぎたんだ。一気に全部を受け止めたら、お前が壊れる』と言われ、無理やり心の外に押し出した。

ルドヴィークが言うとおり、今は悲嘆に呑まれないよう踏みとどまらねばならないときなのだ。きっと一生、一連の事件で負った心の傷は消えることがないだろうけれど。

何度も何度も泣いてはそのたびに涙を拭い、よろよろとルドヴィークに手を引かれてやってきたのは、港町一番の高級宿だった。

さっきまでいた宿は『高級逢い引き宿』だったから、やや場末感があって落ち着けたのだが、この宿は、正真正銘、バチェスクの港町で一番の高級宿だ。

外国から来た貴族が利用することもあるという格式の高さ、灯りも絨毯も高級そうで、窓硝子《ガラス》は水のように透明だった。慎ましい暮らししか知らないリーシュカは、顔を拭く布一枚のふかふか加減にも怯んでしまう。

それに、この特別室の広さと美しさときたら……。

——ルディは今まですごくお金持ちだったから、節約とか全然知らないのかも。私が頑張って教えなくちゃいけないんだ。……がんばろう。

リーシュカは半裸でベッドに転がっているルドヴィークを振り返った。

「特別室は今日だけで、明日は別のお部屋に移ろうよ」

勇気を出して提案すると、ルドヴィークに手招きされた。

「お前、俺に命令したいんだ？　さては俺を尻に敷く気だな？」

リーシュカはルドヴィークの寝転がっている寝台に歩み寄り、そっと腰掛けた。

「そんなことないけど……」

「素直に俺を尻に敷きたいと言え」

言うなり、ルドヴィークは跳ね起きて、リーシュカのドレスに手を掛けた。巧みな手つきで服を脱がされながら、リーシュカは語気を強めた。

「真面目なお話をしてるのに。私、ちゃんとばあやに節約方法を習ったから任せて」

「お、早速俺を尻に敷こうとしてるな。いいぞ！」

——もう……！　す、すぐ、こういうことするから……っ……！

膨れながらも、リーシュカは抗えなかった。

父と母は無事に旅立ち、イストニアも、ルドヴィークの交渉で一旦手を引いてくれたと聞いた。そして何より、自分を殺すと言っていたマリーシカはもういない。

——めちゃくちゃだったな……今、私が生きてるのが不思議……。

けれど、今のリーシュカには、ルドヴィークが居てくれる。あれほどに望み、焦がれた男がリーシュカを選んでくれたのだ。

この厄介な身体の放つ匂いに狂わされることなく、自分の意思で側に居てくれる。

ルドヴィークは、手に持っていたたくさんのものを放りだして、リーシュカを引っ張り上げてくれたのだ。

——今も、私がまた思い出し泣きをするから、気を逸らそうとしてくれてる……？

そう思うと、胸からルドヴィークへの思慕と感謝があふれ出してくる。

彼に抗おうなんて、もう思えなくなってきた……。

「相変わらず、美味そうな身体してるな……いただきます」

ルドヴィークが形のいい顔を傾け、半ば露わになった乳房を甘噛みする。

リーシュカの背中を滑り落ちていくドレスを乱暴に脚から引き抜き、胸に巻いた布を解いて、剝き出しのお腹に唇を押し当ててきた。

「あ……っ……」

押しのけようとしたところで、ルドヴィークの身体はびくともしない。腰のところで結んだ下着の紐を解かれ、リーシュカは身体を震わせた。

「優等生のお説教、もっとしていいぞ。お前に怒られるとなんかゾクゾクする」

「へ、変だよ、そんなの……」

全裸にされてしまった身体を庇うように抱きしめると、ルドヴィークはさっさとズボンを脱いで逞しい身体を再び横たえてしまった。

「ルディ……？」

胸と下腹部を両手で隠したまま、リーシュカはそっと身を乗り出す。大きな手が伸びてきて、乳房を隠す手を強引に外した。

「お前の尻に敷いてくれ」

きょとんとしたリーシュカに構わず、ルドヴィークが自分の腹の上を指さす。

何を言われているのかわかって、リーシュカは真っ赤になって抗った。

「ち、違う……よ……尻に敷くって……意味が違……」

「イストニアでは女房の尻に敷かれるってのは、こうすることを言うんだ」

——嘘……だよね？

「今『嘘つけこの適当男』って思ったな？」

ずばり言われて、リーシュカはビクッと肩を揺らした。

「う、ううん、そんなこと思ってない」

「じゃあ乗れよ。俺の楽しみを奪わないでくれ。こんなに期待させられて終わるのは嫌だ」

そう言われると、何もしないのは悪い気がする。

遠慮がちに逞しい裸身に跨がりながら、リーシュカはごくりと息を呑む。

下からルドヴィークに見上げられるのは、とても落ち着かない。

「何を躊躇う。自分は村での礼儀だなんだと言いながら、下着を脱いで夜這いに来たくせに」

「あ……あれは……っ……」

思い出すだけで、羞恥心で目の前がクラクラしてきた。

「俺は、お前の村の伝統的な夜這いに付き合った。だからお前も、イストニアの破廉恥な伝統に付き合ってくれるよな？　……そんな場所じゃなくて、ここに座れ」

リーシュカは耳まで赤くなりながら、言われた場所にちらりと目をやった。そこにあるものは、既にお腹につくほど反り返り、強い欲望を滲ませている。

「や……やだ……恥ずかし……」

「今更恥ずかしがるな。『俺と寝るのに慣れた』って自分で言ってたくせに」

ルドヴィークに腕を引かれ、リーシュカは真っ赤な顔で、屹立した雄の上に、自らの秘裂を押し当てる。

「あ……ん、っ……」

柔らかな襞の裂け目に、びくびくと蠢く彼の分身を感じ、甘い息が漏れる。

はしたない場所同士が触れあった瞬間、故郷の村が被った悲劇もこれからの不安も、今だけどろりと溶けていくのがわかった。身体が、ルドヴィークだけを求めている。

お腹の奥が怪しく疼く。早くこれを食べてしまいたい。覚えたての強い欲望が、リーシュカの肌を火照らせた。

「……俺の上に手を突いていいから、自分の手で持って、挿れてみろ」

リーシュカは言われるがままに、反り返る雄茎に手を添え、その先端を、そっと己の泥《ぬか》濘《るみ》に触れさせた。

――ああ……いい匂いがする……今日のルディは格別にいい匂い……。

余裕のあるルドヴィークの顔を見つめたまま、リーシュカはごくりと喉を鳴らし、雁首の部分を己の中に押し込もうとした。

――あ……硬い……。

滑って上手く入らない。リーシュカは膝立ちになり、身を屈めた。胸が揺れるのが気になるが、押さえている余裕もない。

「ルディ、ごめんなさい、上手く入らない……」

「ん、最高だからその調子で頼む」

全くあさっての回答が返ってきて、リーシュカは顔を火照らせたまま言い返した。

「な……何が最高なの？　ごめんね、上手く……あ……」

ようやく、膨らんだ雁首の部分が、中に埋まった。ほっとしたリーシュカは、身体を前に倒したまま慎重に身体を沈める。

「平気だった。よかっ……た、う……」

身体の中を強引に押し開かれる感覚に、思わず声が漏れる。ぬるついた蜜窟は、苦もなく愛おしい男の身体を呑み込んだ。

全部呑み込んだだけで、わずかに呼吸が乱れ始める。無防備に投げ出された乳房の先端がきゅっと硬く凝るのがわかった。

「ねえ、入ったよ」

笑顔でそう報告したら、両手を枕にして偉そうに寝転んだまま、ルドヴィークが素っ気ない返事を寄越した。

「……ふうん」

リーシュカは頬を染めたまま、むっと眉根を寄せる。

「ルディも動いて」

「嫌だ。お前が動けよ」

なぜか今日の彼は、意地悪で素っ気ない。中に呑み込んだものはがちがちに硬くなり、力強く脈打っているのに。どうして平気な顔をしているのだろうと戸惑いながら、リーシュカは繋がり合った部分に視線を向けた。

――こう……かな……？

恐る恐る腰を浮かせ、ゆっくりと身体を上下させる。くちゅ、くちゅ、と小さな音が響いて、リーシュカの息の乱れが激しくなってきた。

「ねえ……気持ちいい……？」

動くたびに中が擦れ、とろとろと熱いものがあふれ出してくる。

自分の意志でゆっくり動いていると、咥え込んだものの形はおろか、その表面に浮き出た凹凸の全てまでがはっきりと感じ取れた。

――反応してくれない……。

戸惑いながらも、リーシュカはだんだん、腰を弾ませるのを止められなくなってきた。

身体を沈め、奥まで呑み込むたびに、濡れた道の果てが突き上げられる。

ねっとりとした快感が身体中にまとわりついてくる。

「ルディ……気持ちいい？」

身をくねらせそうになりながら、リーシュカは尋ねる。ぎこちなく腰を上下させるたびに淫らな泉が溢れ、リーシュカの腿を濡らした。

「ルディ……どうして何も言って……あぁ……」

お腹の奥が強くうねり、リーシュカは動きを止めた。自分で動いた興奮のせいか、早くも強い愉悦の波に攫われそうになってしまったからだ。

――返事してくれない。気持ちよくないのかも……どうしよう……。

リーシュカはひくひくと震える下腹部に力を込め、ルドヴィークの上で身体を揺する。

蜜窟がもっとこの快感が欲しいとばかりにうねりだす。お腹の奥からとめどなく淫蜜が溢れて、脚に力が入らなくなってきた。

「なんで、黙って……っ……ねえ……ルディ……ん、っ……」

ゆさゆさと揺れる胸を押さえる余裕もない。

口の端を涎が伝うのがわかって、リーシュカは慌てて拭いながら、夢中で腰を振った。

「ねえ、私、もうだめ、終わっちゃう……気持ちいい、ねえ、ねえってばぁ……」

肉杭を不器用に貪りながら半泣きで訴えたとき、不意にお尻の肉をがしりと摑まれた。

「わかった。俺が悪かった……暴発するからもういい」

何を言われたのかもわからないうちに、くるりと体位が入れ替わる。びしょ濡れになった脚の裂け目に、一度抜き放たれた屹立が容赦なく突き立てられた。

「ん、ン……ッ」

甘い疼きに耐えきれず、リーシュカの爪先が弱々しく敷布を蹴る。

「いいに決まってる、最高に決まってるだろう……俺と交替だ」

唇が、汗の味がする唇に塞がれた。

リーシュカの身体を組み敷き、寝台が悲鳴を上げるほどの勢いで身体を突き上げながら、

ルドヴィークは執拗に口腔を貪ってきた。

奥までルドヴィークを受け入れて、リーシュカの目尻から快感のあまり涙が伝い落ちる。

「んん、んぅ……っ、ん、ふ……く……」

リーシュカは腕を伸ばして、ルドヴィークの背中にしがみついた。

ぐちゅぐちゅと淫らな音を立てて番《つが》いあいながら、震え続ける脚をルドヴィークの引き締まった腰に絡める。

「お前の匂いも味も、声も身体も全部いい」

唇を離したルドヴィークがうめくように言い、肘を突いてわずかに身体を起こした。

背中にしがみついていた手が、強引に外される。

両手の指を互いに絡め合わせ、握り合ったまま、ルドヴィークが言った。

「リーシュカ、お前に俺の命を捧げる。だから、一生俺のものになってくれ」

「ル……」

突然の告白に、リーシュカの目から涙が溢れた。

「うん……だって私、ルディしか好きじゃない……ずっと昔から、ルディだけ……」

そう答えると、すぐ側にある精悍な顔がほころんだ。

「ああ、お前は俺だけの女だ。俺から奪う奴は、皆殺しにしてやる」

ルドヴィークの強烈な独占欲が、リーシュカのお腹の奥を強く疼かせる。

リーシュカは逞しい身体に、己の身体を不器用に擦りつけた。

「うん……私、ルディ以外に抱かれたら死んじゃうから……」

ルドヴィークがすうっと目を細め、今度は優しく唇を触れあわせてくる。再び始まった抽送に、リーシュカの身体は敏感に反応した。

重なり合い、汗ばんだ肌が一つに溶けていくようだ。身体中が、愛しい、愛しいと訴えるかのように、深い場所から震えだす。

身体をよじり、息を弾ませながら、逸れてしまう唇を何度も押し付け合う。

「ん……ん……っ……」

あまりに気持ちがいいと、声も出ないのだと知った。無我夢中で身体を揺すり、愛しい男の舌を、杭を貪りながら、リーシュカはただ一つのことを思う。

——嬉しい……私のこと、もっと独占して……私を貴方に縛り付けて……。

リーシュカは何度も繰り返しルドヴィークの唇に口づけた。

「っ……う……」

ルドヴィークに穿たれ続けた身体の震えが止まらなくなる。リーシュカは指の色が変わるほどの力で大きな手を強く握り、甘い絶頂の波に身を任せた。

びくびくと痙攣する蜜窟の最奥で、ルドヴィークの動きが止まる。

隙間なく肌を合わせ、口づけを交わしたまま、ルドヴィークは弾けるように熱を迸らせた。

お腹の奥深くまで、じっとりとした熱が広がり絡みついていく。波打つ下腹部が、吐き出された欲液の全てを、歓喜と共に啜り取るのがわかった。

互いに何も言わず、唇を重ね繋がり合ったまま、どのくらいの時間が経っただろう。

ルドヴィークが唇を離し、リーシュカの頭に頬ずりした。

「これからも、たくさん危ない目に遭わせると思う。だけど、俺は絶対にお前を守る」

焼けるように熱い欲液がお腹の内側にどろりと広がっていく。溢れんばかりの吐精の熱を味わいながらリーシュカは思った。

守られるべきはルドヴィークのほうだ、と。

女王個体に見いだされるほどの個性を持ち、開花を受け入れずとも、変化を遂げていく稀有《けう》な存在。彼こそが、世界の新しい光の一つなのだ。

そう思いながらリーシュカはルドヴィークに力いっぱい抱きついた。

「ルディは私が守る。絶対、命がけで守るから」

「……馬鹿」

ルドヴィークが一瞬だけ悲しげに笑い、もう一度リーシュカの頭に頬ずりする。

「お前を危険に晒したくない。だから俺は、力を売りつける側に回るんだ」

エピローグ　大人になれた俺たちは

　ギリアンたちがこの国を去って、一年半ほどが経った。

　——ふーん……順調に傾いてるじゃないか。このまま行けば『特別役員手当』って名前の妻子への小遣いが、幹部たちからの上納金の収入を上回るな。

　ロードンにもらったバーデン商会の出納簿を放り投げ、ルドヴィークは起き上がった。

　バチェスク聖王国の港町にある賃貸の一般住宅が、ルドヴィークとリーシュカの新居だ。

　今、ルドヴィークは、独立した小規模武器商として、主にバチェスクの軍隊向けに武器を納品し、その使用方法を指導している。

　新しい武器に関する知識はほぼ皆無だったバチェスクの貴族議院は、それなりの金をルドヴィークに払ってくれる。昔の派手な商売っぷりに比べれば、ささやかすぎる売上ではあったが……。

　ともあれルドヴィークは、あと一、二年はバチェスクでゆっくり仕事をして、ある程度まとまった売上が立ったら、根城を変える予定でいた。

　リーシュカとは、バチェスク聖王国で結婚した。

奴隷と異国人の結婚には様々な手続きが必要で、数年かかると言われたが、呆れたルドヴィークが貴族議院のお偉いさんの懐に金貨をねじ込んだ翌日、無事にリーシュカと夫婦になることが出来た。

バチェスクでは異国人の挙式は行えなかったので、借りたばかりのこの家で、ロードンとカイル、それからマルヒナに結婚を祝ってもらった。

リーシュカの頭に、マルヒナに習って必死に編んだいびつな花冠をのせ、口づけを交わし、永遠の愛を誓った。リーシュカは『嬉しい』と、涙を流して喜んでくれた。

よれよれの花冠を喜んでくれた笑顔を、ルドヴィークは一生忘れないだろう。

リーシュカは港町で暮らし始めてから魚料理を覚え、よく振る舞ってくれる。

パンを焼くのは元から上手だし、ルドヴィークが仕事の一環で銃の模範射撃をし、張り切りすぎて脇のあたりを裂いても、すぐに繕ってくれる。

――幸せすぎて怖いくらいだな……。

そう思いながら、ルドヴィークは、目覚めてもぞもぞと動き始めた、傍らの赤ん坊を抱き上げた。

――リーシュカの本気を見せつけられた気がする……『赤ちゃんほしい』、『赤ちゃんつくりたい』って言い続けて、本当にすぐにできたもんな。

我が子が無事に生まれて、四ヶ月が経った。最近首が据わり、よく笑うようになった。

性別は男の子だ。

女王個体は最初に必ず姫を産むと聞いたが、どうやら『開花』しなかったルドヴィークとリーシュカの関係は、その定型に当てはまらないらしい。女王個体という特異な存在の在り方自体が、少しずつ進化して、変わっているのかもしれない。だが、ルドヴィークはあまり気にしていない。妻と我が子が無事に身二つになり、二人ともルドヴィークの傍らで笑っている。それだけで、充分幸せだからだ。

リーシュカと相談の末、赤ん坊には「ナイハルト」という、どこの国でも比較的通じる名前を付けた。名前には深い意味はなく、ルドヴィークとリーシュカの『健やかに育ち、伸びやかに生きてほしい』という強い願いだけが込められている。

「お前は可愛いな……母さんに似て本当に可愛いな……」

ルドヴィークは、息子の灰色がかった黒髪と、やや褐色のぷくぷくした頬に口づけする。最後に大きな金色の目を覗き込んで微笑みかけたとき、庭から明るい声が聞こえた。

「ルディ、お庭の鉢を見て。ちゃんと株分けができてる！　新しいほうも育ってる」

小さな庭から戻ってきたリーシュカが、笑顔で草の生えた鉢を指さした。彼女曰く貴重な薬草らしく、これで腹下しの薬が作れると一生懸命世話をしている。

「いつ引っ越してもいいように、全部鉢植えにしてるから」

リーシュカの得意げな報告に、ルドヴィークは笑った。山のような銃や迫撃砲、それから平和な可愛い植木鉢を船に積み込んで『根城』を変えるのはいつのことだろう。

ロードンはせっせと売上金を新型の武器の開発に回している。カイルは『うちの兵士では御社の模範射撃のようには撃てない』という苦情を受けて、毎日銃の指導に行っている。だが『弾を的に当てればいいッス』としか説明できず、この前更なる苦情が来た。相変わらず頭痛の種だが、ナイハルトをあやすことと銃の扱いにかけては天才なので憎めない。

——どうしてナイハルトは、カイルがあやすとあんなに笑って、帰ると延々と泣くんだ。父さんは毎日お前を風呂に入れてるんだぞ。妬くからな。

抱っこした愛息に髪の毛をしゃぶられながら、ルドヴィークは庭に出た。リーシュカ自慢の薬草を一通り見て回る。傍らに立ち、鉢を前ににこにこ笑っていたリーシュカが、ふと思い出したように言った。

「そういえば、また貴族議院の偉い人が来て、夫と別れて、王族の義務を果たせって。指定した貴族と再婚して子供を産みなさい、って言ってきたんだけど……」

ルドヴィークの手からナイハルトを抱き上げ、リーシュカがため息をつく。

「何も答えてないのに『かたじけない、私はくじ引きで負けて来たのだ。単なる伝言だから、返事などは不要ゆえ！　お構いなく！』ってすごい早口でまくし立てて、涙目になって走って帰っちゃった。ルディ、貴族議院の人に何か言ったの？」

もちろん言った。ここそこリーシュカに接触したら容赦しないと。それだけだ。即座に殺すとまでは言っていない。別に泣いて逃げるほどのことではないのに。

「その後にばあやが来て、ナイハルトにいっぱい布をくれたの。ね、服作ろうねえ」

リーシュカが優しい声で、最愛の息子に語りかけた。

——ばあやさんには結局、そもそも存在しない『姫様をお迎えしてくれる伯爵様』の話で振り回されたな。お陰で俺が嫉妬で怒り狂って、踏み出せたからいいのかもしれないが。

ルドヴィークは、強かなマルヒナの顔を思い浮かべ、ため息をついた。

一年半ほど前から、バチェスク聖王国は激動の嵐に晒されている。

女王ジェニカが、流産が原因で落命し、それと前後して、王太子マリーシカが、重ねてきた様々な罪を自白しないまま服毒自殺をした……ということに表向きはなっているのだ。

キィラ王女は、貴族議院に何の断りもなく勝手にイストニアに遊びに行き、再三の貴族議院の帰還要請にも応じない。

どうやらキィラは、イストニアに行ってすぐに王子様の誰やらに脚を開き、子を孕んで産み、半年ほどでまた別の王子様の子を孕んだようだ。生まれた子供は女王個体の因子を持つため、乳母や侍女にそれは大切に育てられているという。恐らくイストニアが、キィラを解放することはないだろう。

——国が荒れれば荒れるほど、俺の商売が上手くいく。めでたいな。

ルドヴィークは肩をすくめた。

「あと、ばあやが布と一緒にこれも持って来てくれたの……。初めて届いたって。緊張するから、私と一緒に見てくれる？」

ナイハルトを抱いたまま、リーシュカが一通の封筒を差し出す。

その封筒には、妙に可愛らしい字で『リーシュカへ』と書かれてあった。見たことがある字だ。誰からの手紙か気付いて、胸がいっぱいになる。

短刀で封を切ると、手紙と一緒に、小さな手形と足形が押された厚紙が出てきた。

『久しぶりです。やっと故郷に帰り、生き別れた僕の父、つまり君のお祖父さんと再会できました。僕を捜していた、母さんと同じ顔だ、と言われて嬉しかった。あの金の紐を見て、君のお祖父さんは泣いていました。実は孫がもう一人居ると言ったら、とても驚いていました。絶対にリーシュカに会いたいそうです。

話が前後した、ごめんね。あの後無事、女の子が生まれました。名前は、ラディカと言います。リーシュカのときは僕が勝手に名付けたので、今度はジェニカが名前を付けました。お産は大変でしたが、ジェニカはもう元気です。ラディカに手を焼いて、驚くほど力強く怒っています。きっと君も母様の逞しさにびっくりするよ。今、ジェニカは僕の後ろで、〝リーシュカに世界一愛していると書いて〟と言っています。ちゃんと伝えたからね。

いつか僕たちに会いに来てください。

父母より』

手紙に目を通したルドヴィークは、思わずリーシュカと顔を見合わせた。

リーシュカの美しい目に、うっすらと涙が滲んでいる。

「嬉しい、やっとお父様が手紙をくれた。お母様が無事なことも分かってほっとしたわ」

ナイハルトに愛しげに頬ずりして、リーシュカが続けた。

「『君の父様は死んだ』っていう発言、やっと心の底から撤回してくれる気になったのね。……私、いつか、皆に会いたい。ナイハルトの顔も、皆に見せたいわ」

ナイハルトを抱いたリーシュカが身を寄せてくる。

ルドヴィークは愛しい二人を胸に抱き、万感の想いを込めて口を開いた。

「そうだな。もう少し落ち着いたら、絶対に会いに行こう」

腕の中にあるリーシュカの温もりも、ナイハルトのうにゃうにゃ言っている声も、何もかもがたまらなく愛おしい。

あの日、全てを捨てて選んだリーシュカが、ルドヴィークに尽きることのない幸福を運んでくれたのだと思う。

決して、誰にも奪わせない。そして必ず、幸せにする。

改めて誓いながら、ルドヴィークはリーシュカと、ナイハルトの額に優しく口づけた。

あとがき

栢野《かやの》すばると申します。このたびは、拙著『恋獄《れんごく》の獣《けもの》』をお手にとって頂き、ありがとうございました。

今回のヒーロー、ルドヴィークは、十二の時から伯父さんの家で虐げられていましたが、負けていない男です。パワー型の俺様、常に頼れる男を目指して書きました。

ヒロインのリーシュカも生まれつき恐ろしい力を持っていますが、ルドヴィークは今後も特に影響は受けず、彼女とラブラブのまま俺様ルートをばく進すると思います。

今回は炎《ほのお》かりよ先生に、ヒーロー、ヒロイン、サブキャラに至るまで震えるほど美しく格好良く描いて頂きました。『ヒーローはめちゃくちゃゴリラにしてください』とか言って申し訳ありませんでした。先生が描かれるタフネスなイケメンを世界に布教したいです。リーシュカも可愛く美しくエッチに、ヒーローが好きでたまらない女子……という感じで夢のようです。ありがとうございます。先生の絵なくして本作はありませんでした。

そして担当様……いつも申し訳ございません……。本当にありがとうございます。

最後に、拙著を手にしてくださった皆様、本当にありがとうございました。

またどこかでお会いできることを祈っております。

この本を読んでのご意見・ご感想をお待ちしております。

◆ あて先 ◆

〒101-0051
東京都千代田区神田神保町2-4-7 久月神田ビル
㈱イースト・プレス　ソーニャ文庫編集部
栢野すばる先生／炎かりよ先生

恋獄《れんごく》の獣《けもの》

2020年9月4日　第1刷発行

著　　　者　栢野《かやの》すばる
イラスト　炎《ほのお》かりよ
装　　　丁　imagejack.inc
D　T　P　松井和彌
編集・発行人　安本千恵子
発　行　所　株式会社イースト・プレス
〒101－0051
東京都千代田区神田神保町２－４－７ 久月神田ビル
TEL 03－5213－4700　　FAX 03－5213－4701
印　刷　所　中央精版印刷株式会社

ISBN 978-4-7816-9680-5
定価はカバーに表示してあります。

Sonya ソーニャ文庫の本

『人は獣の恋を知らない』 栢野すばる

イラスト 鈴ノ助